PERDIDOS NA BABILÔNIA

A BATALHA COM A FERA

PETER LERANGIS

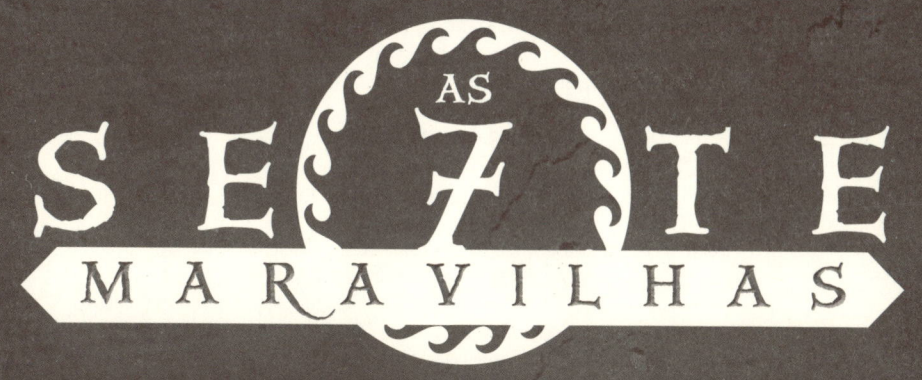

AS 7ETE MARAVILHAS

LIVRO 2

PERDIDOS NA BABILÔNIA

Tradução
Johann Heyss

1ª edição

Rio de Janeiro-RJ / Campinas-SP, 2014

VERUS
editora

Editora: Raïssa Castro
Coordenadora editorial: Ana Paula Gomes
Copidesque: Katia Rossini
Revisão: Cleide Salme
Capa e projeto gráfico: Adaptação do original (© Joe Merkel)
Ilustração da capa: © Torstein Norstrand
Diagramação: André S. Tavares da Silva

Título original: *Seven Wonders Book 2: Lost in Babylon*

ISBN: 978-85-7686-340-3

Copyright © HarperCollins Publishers, 2013
Todos os direitos reservados.
Edição publicada mediante acordo com HarperCollins Children's Books, divisão da HarperCollins Publishers.

Tradução © Verus Editora, 2014
Direitos reservados em língua portuguesa, no Brasil, por Verus Editora. Nenhuma parte desta obra pode ser reproduzida ou transmitida por qualquer forma e/ou quaisquer meios (eletrônico ou mecânico, incluindo fotocópia e gravação) ou arquivada em qualquer sistema ou banco de dados sem permissão escrita da editora.

Verus Editora Ltda.
Rua Benedicto Aristides Ribeiro, 41, Jd. Santa Genebra II, Campinas/SP, 13084-753
Fone/Fax: (19) 3249-0001 | www.veruseditora.com.br

CIP-BRASIL. CATALOGAÇÃO NA FONTE
SINDICATO NACIONAL DOS EDITORES DE LIVROS, RJ

L619p

Lerangis, Peter, 1955-
  Perdidos na Babilônia : As Sete Maravilhas : livro 2 / Peter Lerangis ; tradução Johann Heyss. - 1. ed. - Campinas, SP : Verus, 2014.
  il. ; 23 cm

  Tradução de: Seven Wonders Book 2: Lost in Babylon
  ISBN 978-85-7686-340-3

  1. Ficção infantojuvenil americana. I. Heyss, Johann. II. Título.

14-12469
CDD: 028.5
CDU: 087.5

Revisado conforme o novo acordo ortográfico

Para meus grandes amigos da National Book Store e da MPH, e para os incríveis leitores do outro lado do mundo a quem eles servem.

1
Morte. Ferrados.

NO TERCEIRO DIA depois de voltar da Grécia, eu não fedia mais a baba de grifo. Mas ainda estava com manchas roxas causadas por uma estátua de bronze mal-humorada, queimaduras de sol descascando, depois de atravessar o Mediterrâneo em uma bola voadora, e com uma bomba-relógio dentro do corpo.

E agora avançava em alta velocidade pela selva em um jipe, ao lado de um gigante de cento e trinta quilos que adorava jogar o carro nos buracos da estrada.

— Não tire os olhos da estrada, Torquin! — gritei quando minha cabeça bateu no teto.

— Olhos na cara, não na estrada — Torquin respondeu.

No banco de trás, Aly Black e Cass Williams gritavam de dor. Mas todos nós sabíamos que era preciso aguentar firme. O tempo era curto.

Precisávamos achar o Marco.

Ah, quanto à tal bomba-relógio... Não é um explosivo de verdade. Eu tenho um gene que, basicamente, acaba com a vida da pessoa aos catorze anos de idade. Chama-se G7M, e todos nós o temos — não apenas eu, mas também Marco Ramsay, Aly e Cass. Felizmente, tem cura. Infelizmente, os sete ingredientes para isso são quase impossíveis de achar. E Marco voou para longe com o primeiro deles.

Razão pela qual estávamos enfiados em um jipe abafado, em uma missão maluca de resgate.

— Esse passeio já está ruim demais. Não fique puxando a pele do rosto, Jack! — disse Aly do banco de trás. — É nojento! — Ela empurrou para o lado uma mecha de cabelo cor-de-rosa caída sobre a testa. Não sei onde ela consegue tinta de cabelo nessa ilha doida, mas um dia desses vou perguntar. Cass se sentou ao lado dela, de olhos fechados e com a cabeça apoiada nas costas do banco. Seu cabelo era normalmente cacheado e castanho, mas hoje estava parecendo um espaguete com tinta de lula, todo escuro e escorrido.

Cass foi quem mais se deu mal com o grifo, muito mais que qualquer um de nós.

Fiquei olhando fixo para o pedaço de pele que eu segurava entre os dedos. Eu nem sabia que a estava puxando.

— Desculpa.

— Emoldura — disse Torquin, distraidamente.

Seus olhos estavam fixos no GPS que mostrava um mapa do oceano Atlântico. No alto, estava escrito RASTREADOR RAMSAY. Embaixo, nenhum sinal. Zero. Eles haviam implantado rastreadores em todos nós, mas o de Marco estava quebrado.

— Espera. Emoldurar um pedaço de pele queimada de sol? — Aly perguntou.

— Colecionar. Fazer colagem. — Se eu não conhecesse o Torquin, acharia que ele não havia entendido a pergunta da Aly. Quer dizer, nós quatro somos uns desajustados, mas o Torquin é o único representante de sua categoria. Ele tem uns dois metros e vinte de altura, descalço. E está *sempre* descalço. (Sinceramente, aqueles dois trambolhos nunca caberiam em sapato nenhum.) O que lhe falta em capacidade de conversar sobra em esquisitice. — Eu te dou um pouco da minha. Me lembra.

A cara da Aly ficou branca feito cera.

— Me lembre de não te lembrar.

— Quisera eu estar só queimado de sol — Cass resmungou.

— Você não precisa vir comigo dessa vez, viu? — disse Aly.

Ele franziu a cara sem abrir os olhos.

— Estou um pouco cansado, mas fiz o tratamento e deu certo. Temos que encontrar o Marco. Somos uma família.

Aly e eu trocamos um olhar. Cass havia atravessado um oceano voando nas garras de um grifo, que depois o preparou para o almoço. Além disso, ele estava se recuperando do suposto tratamento, e *isso* não era fácil.

Todos nós recebíamos um tratamento. A gente precisava disso para sobreviver. O tratamento controlava nossos sintomas temporariamente, para podermos continuar naquela busca louca pela cura definitiva. Na verdade, o objetivo inicial do Instituto Karai é nos ajudar a lidar com os efeitos do G7M.

Não é para me gabar nem nada, mas ter o G7M significa ser descendente da família real do antigo reino de Atlântida. O que provavelmente é a coisa mais legal sobre o sujeito incrivelmente banal e desprovido de talentos que sou eu, também conhecido como Jack McKinley. O lado positivo é que o G7M transforma em superpoderes as coisas nas quais você já é bom — como esportes, no caso do Marco; talento com computadores, no caso da Aly; e memória fotográfica, no caso do Cass.

O lado negativo é que a cura envolve a procura dos Loculi de Atlântida, que foram escondidos séculos atrás nas Sete Maravilhas do Mundo Antigo.

E, como se isso não fosse ruim o bastante, seis dessas maravilhas não existem mais.

Loculus, a propósito, é uma bela palavra de Atlântida que significa "esfera com poder mágico maneiro". E nós encontramos mesmo um Loculus. A história envolve um buraco no tempo e no espaço (que eu fiz por acidente), um grifo (bicho nojento meio águia, meio leão, que saiu do buraco), uma viagem a Rodes (onde o tal grifo tentou almoçar Cass), uns monges malucos (gregos) e o Colosso de Rodes (que ganhou vida e tentou nos matar). Tem mais... Mas tudo o que vocês precisam saber é que fui eu quem soltou o grifo, de modo que a coisa toda foi basicamente culpa minha.

— Ei... — disse Aly, olhando de lado para mim.

Virei o rosto.

— Ei o quê?

— Eu sei o que você está pensando, Jack — disse ela. — Para com isso. Você não foi responsável pelo que aconteceu com o Cass.

Sinceramente, acho que essa menina lê mentes por esporte.

— Torquin responsável! — Torquin berrou. Ele bateu no volante, fazendo o carro inteiro pular como se fosse um pequeno canguru enferrujado pingando óleo. — Fui preso. Deixei vocês sozinhos. Não pude ajudar Cass. Não pude impedir Marco voar longe com Loculus. Arrrrrgh!

Cass gemeu de novo.

— Ah, meu *oçab*.

— Hãã, Torquin? — disse Aly. — Pega leve com o volante, tá?

— O que é *oçab*? — Torquin perguntou.

— Baço — expliquei. — Você precisa soletrar de trás para frente.

Sorte nossa que o jipe chegou ao fim daquele labiríntico caminho de selva e se precipitou na pista de decolagem de um pequeno campo de pouso. Enfim, chegamos ao nosso destino. Adiante, brilhando no calçamento, havia um avião militar com equipamento antirradar.

Torquin pisou no freio do jipe repentinamente, fazendo um perfeito ângulo de cento e oitenta graus. Duas pessoas estavam inspecionando o avião. Uma delas era um cara de rabo de cavalo e óculos de leitura. A outra era uma moça tatuada e com batom preto brilhante que parecia um pouco minha última babá, a Vanessa, só que mais morta. Eu me lembrei vagamente de ter visto essas pessoas no nosso refeitório, o Comestíbulo.

— *Elddif* — disse Cass, grogue. — *Anavrin*...

A moça pareceu assustada.

— Ele perdeu a capacidade de falar?

— Não, ele está falando sua língua favorita — Aly respondeu. — *Detrásprafrentês*. É uma versão do nosso idioma. É assim que sabemos que ele está se sentindo melhor.

— Esses dois... — Cass murmurou. — Esse é o nome deles.

Eu fiz ressoar as palavras na minha cabeça, soletrei-as mentalmente e as reorganizei de trás para frente.

— Acho que ele quis dizer Fiddle e Nirvana.

— Ah. — Fiddle olhou para nós com um sorriso tenso. — Estou tentando fazer esse neném funcionar. O nome dele é Slippy, é meu orgulho e minha alegria, e vai atingir velocidade mach três se vocês o empurrarem.

Nirvana tamborilou na parede do avião com as unhas longas e pintadas de preto.

— Um aparelho que rompe a barreira do som merece um excelente sistema acústico. Eu o carreguei de músicas em mp3.

Fiddle afastou a mão de Nirvana.

— Por favor. A pintura é nova.

— Desculpe, Picasso — ela respondeu. — De qualquer forma, tem uns rocks pesados... emo... techno... death metal. Já que vão voltar para os Estados Unidos, é bom tocar umas músicas que façam vocês lembrarem de casa.

Voltar.

Eu tentei parar de tremer. O pessoal em casa devia estar procurando por nós vinte e quatro horas por dia — famílias, polícia, governo. Casa significava detecção. *Re*captura. Não retornar para a ilha. Não receber tratamento. Não ter tempo de buscar a cura. Morte.

Mas, sem o Loculus do Marco, estávamos ferrados.

Morte. Ferrados. A história da nossa vida.

Mas, sem sinal do Marco, o que mais poderíamos fazer? Procurar por ele em sua casa parecia a melhor aposta.

Enquanto saíamos do jipe, Torquin soltou um arroto que fez o chão tremer.

— Quatro ponto cinco na escala Richter — Nirvana disse. — Impressionante.

— Vocês têm certeza que querem fazer isso, pessoal? — Fiddle perguntou.

— Tem que fazer — Torquin respondeu. — Ordens do professor Bhegad.

— Por-por que a pergunta? — Cass se voltou para Fiddle.

Ele deu de ombros.

— Todos vocês têm um rastreador implantado cirurgicamente, não é?

Cass olhou para ele com cautela.

— É. Mas o do Marco está quebrado.

— Eu ajudei a projetar o rastreador — Fiddle disse. — É de primeira. Inquebrável. Não parece estranho que tenha parado de funcionar, coincidentemente, depois de ele desaparecer?

— O que você está querendo dizer? — perguntei.

Aly se aproximou dele.

— Não existe nada inquebrável. Vocês projetaram uma máquina falha.

— Prove — disse Fiddle.

— Você sabia que o sinal do rastreador é vulnerável quando se trata de rastrear radiação de quatro elementos? — Aly perguntou.

Fiddle fez um sinal de muxoxo com os lábios.

— Por exemplo?

— Irídio — disse Aly. — Ele congela as transmissões.

— E daí? — Fiddle rebateu. — Você sabe como o irídio é raro?

— Posso apontar outras falhas — Aly retrucou. — Reconheça. Você fez bobagem.

Nirvana levantou o punho pálido num soquinho.

— Mandou bem, garota.

Fiddle bateu o pé na escadinha do avião.

— Divirtam-se em Ohio — ele disse. — Mas não me esperem no seu funeral.

2
O ERRO

"Eu botei fogo no seu cachorro e esfreguei o chão com trapos feitos das memórias de tudo que já fiz com vocêêêêêê..."

Enquanto o repertório da Nirvana retumbava nos alto-falantes, Torquin retorceu os lábios em um formato que parecia mais um casco de cavalo de ponta-cabeça.

— *Num* é música. Barulho.

Na verdade, eu meio que gostei. Tudo bem, omiti algumas palavras da citação acima, mas... mesmo assim. Tinha uma graça meio biruta. A música estava distraindo minha mente do fato de eu estar voando zilhões de pés acima do Atlântico, com a velocidade do avião me empurrando para trás no banco e o estômago a ponto de sair pela boca.

Olhei para a Aly. Sua pele estava esticada nas maçãs do rosto, como se estivesse sendo massageada. Eu não aguentei e caí na risada.

Os olhos dela brilharam de pânico.

— Qual é a graça?

— Você parece ter uns noventa e cinco anos — respondi.

— E você parece ter cinco — disse ela. — Depois que isso terminar, me lembra de te ensinar a ser mais educado.

Glup.

Eu olhei para o outro lado, arrasado pela minha falta de noção. Talvez fosse esse meu grande talento G7M: a capacidade sobrenatural de sempre dizer a coisa errada. Principalmente perto da Aly. Talvez por ela ser tão autoconfiante. Talvez por eu ser o único Escolhido que não tinha razão para ser escolhido.

Jack "Erro" McKinley.

Luta, cara. Voltei-me na direção da janela e vi um bando de prédios correndo abaixo de nós. Era meio chocante ver Manhattan passando tão rapidamente. Um minuto depois, a visão foi substituída por terras agrícolas semelhantes a tabuleiros de dama, que deviam ser a Pensilvânia.

Enquanto adentrávamos nuvens grossas, fechei os olhos. Tentei pensar positivo. Nós íamos encontrar o Marco. Ele ia nos agradecer por procurá-lo, pedir desculpas e pular para dentro do avião.

Certo. E o mundo ia começar a girar ao contrário.

O Marco era teimoso. Além disso, ele tinha total convicção de que: a) estava sempre certo e b) era imortal. E mais: se ele estivesse em casa, contando a história de seu sequestro, haveria paparazzi e repórteres de tevê esperando no aeroporto. Embalagens de leite com nossas fotos em todos os supermercados. Cartazes de PROCURA-SE pendurados nos correios.

Como poderíamos resgatá-lo? Torquin deveria nos proteger em caso de emergência, mas isso não me deixava seguro.

Os eventos dos últimos dias seguiam em disparada na minha mente: Marco caindo dentro do vulcão em uma batalha com uma fera ancestral. A gente procurando por ele e o encontrando, miraculosamente vivo, no borrifo de uma cachoeira curativa. O poço ancestral com sete hemisférios vazios brilhando no escuro — os Heptakiklos.

Se ao menos eu tivesse ignorado o poço... Se eu não tivesse puxado aquele fragmento de lâmina do centro. Então o grifo não teria escapado, nós não teríamos de correr atrás dele sem treinamento adequado, e Marco não teria tido chance de escapar...

— Lá vai você de novo — disse Aly.

Voltei a prestar atenção no meu entorno.

— De novo o quê?

— Se culpando por causa do grifo — ela respondeu. — Estou vendo.

— Ele esmagou o professor Bhegad — eu disse. — Levou o Cass para o outro lado do oceano e quase o matou...

— Os grifos foram gerados para proteger os Loculi — Aly observou. — Esse nos levou para o Colosso de Rodes. *Você* fez isso acontecer, Jack! Vamos recuperar o Loculus. O Marco vai nos ouvir. — Ela deu de ombros. — Talvez você possa soltar mais seis grifos. Eles vão nos conduzir aos outros Loculi. Para nos proteger, posso ajudar o IK a desenvolver... sei lá, um repelente.

— Um repelente de grifos? — Cass perguntou.

Ela encolheu os ombros.

— Existe repelente de insetos, repelente de tubarões... então, por que não? Vou me informar sobre eles e trabalhar na mecânica da fórmula.

Mecânica. Era assim que Bhegad chamava a Aly. Cada um de nós tinha um apelido — *Mecânica, Costureiro, Soldado e Marinheiro.* Aly era a Mecânica que consertava tudo; Marco era o Soldado, por causa de sua bravura e sua força; Cass era o Marinheiro, por causa de seu excepcional senso de navegação. Eu? "Você é o Costureiro, porque você junta tudo", Bhegad dissera. Mas eu não estava juntando nada agora, a não ser pessimismo.

— MOOOOOORREEEEEEE!

Todo mundo ficou tonto com o berro súbito da Nirvana. Torquin deu um pulo e bateu com a cabeça no teto.

— O que aconteceu? — perguntei.

— O fim da música — Nirvana disse. — Adoro essa parte.

— Nada bom? — disse Torquin, fazendo passar os títulos das músicas no aparelho. — Nada Disney?

Cass olhava para baixo pela janela, para um entremeado de estradas e terrenos abertos.

— Estamos quase lá. Isso aqui é Youngstown, Ohio... eu acho.

— Você acha? — perguntou Aly. — Não é a sua cara dizer isso.

— Eu... eu não reconheço o padrão de ruas... — ele respondeu, balançando a cabeça. — Devia reconhecer. Está me dando um branco. Acho que tem algo errado com a minha... sei lá.

— Sua capacidade de memorizar cada rua de cada lugar do mundo? — Aly envolveu o ombro dele com o braço. — Você está nervoso por causa do Marco, só isso.

— Certo... certo... — Cass tamborilou com os dedos no descanso de braço do banco. — De vez em quando você se engana, não é, Aly?

Ela assentiu.

— É raro, mas sim. Sou humana. Todos nós somos.

— O esquisito é que — disse Cass — tem só uma parte do Marco que *não é* humana, que é o rastreador. E essas coisas não falham simplesmente, a não ser que algo realmente incomum aconteça com o portador.

— Tipo...? — perguntei, hesitante.

Os olhos de Cass ficaram molhados.

— Tipo a coisa de que nenhum de nós está falando. Tipo o rastreador ser destruído.

— Está dentro do corpo dele — disse Aly. — Ele não pode destruí-lo.

— Certo. A não ser que... — disse Cass.

Ficamos em silêncio. O avião começou a descer. Ninguém terminou a frase, mas todos sabíamos as palavras.

A não ser que o Marco esteja morto.

3
INCIDENTE EM OHIO

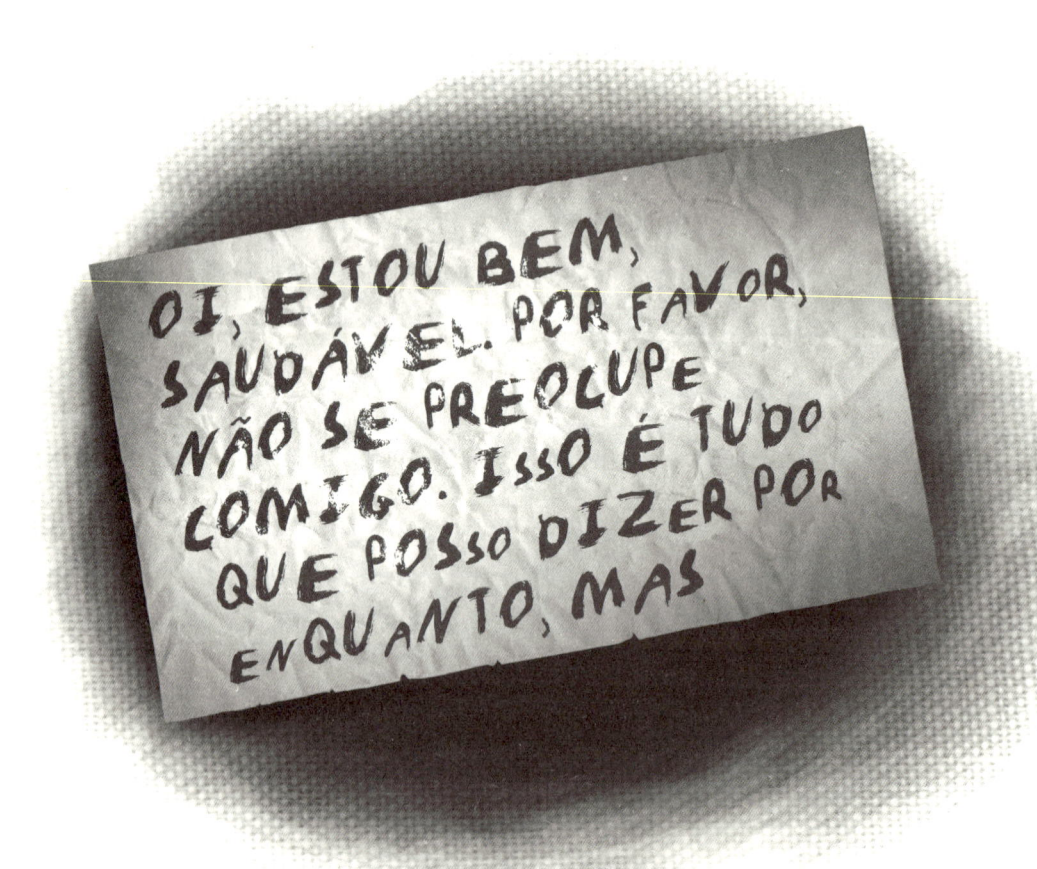

> OI, ESTOU BEM, SAUDÁVEL. POR FAVOR, NÃO SE PREOCUPE COMIGO. ISSO É TUDO QUE POSSO DIZER POR ENQUANTO, MAS

— Ei! — Enquanto Cass dava meia-volta e subia a rua a passos rápidos em minha direção, levei as mãos às costas.

— Então, chegamos? — perguntei como quem não quer nada.

Ele me lançou um olhar de curiosidade.

— O que você está fazendo?

— Raspando — respondi. — Um bilhete de loteria. Que eu encontrei.

— E como você vai pegar o dinheiro se ganhar? — Ele caiu na gargalhada. — Vamos, a casa é logo ali. Número quarenta e cinco da Rua Walnut. Com a varanda verde.

Não sei bem por que eu não contei a verdade — que havia encontrado um pedaço de carvão e uma embalagem de chiclete no chão, e que agora eu estava escrevendo para o meu pai. Talvez por ser uma ideia mais idiota do que apostar na loteria. Mas eu não consegui resistir. Só era capaz de pensar em meu pai. Que estava a apenas um estado de distância.

Enfiei o bilhete no bolso traseiro da calça. Apertamos o passo atrás de Torquin e Aly, que estavam na entrada de um pequeno beco sem saída no meio de Lemuel, Ohio. Torquin havia estacionado nosso Toyota Corolla alugado em uma área arborizada e isolada, mais adiante no quarteirão, para evitar ser visto. Juntei-me a Cass e Aly e ficamos lá, olhando para a casa como se fôssemos três esculturas de gelo.

Torquin seguiu em frente, balançando feito um pato, sem se importar com mais nada.

— Não posso fazer isso... — disse Aly.

Concordei com um gesto de cabeça. Eu estava com medo, com saudades de casa, preocupado e noventa por cento certo de que devíamos ter deixado Bhegad mandar outra equipe fazer isso. Qualquer grupo, exceto nós.

A casa tinha um pequeno gramado decorado com um caminho de pedras. A tela da varanda trazia dois rasgos cuidadosamente reparados. Havia uma janelinha espreitando do telhado, e degraus frontais desgastados que serviam de abrigo para um regador enferrujado. Não parecia a minha casa, mas, por alguma razão, meu coração começou a bater em ritmo de saudade.

Um garoto com uma mochila estufada nas costas caminhava com dificuldade em direção à casa do outro lado da rua, onde a mãe o esperava com a porta aberta. Isso me fez lembrar de minha mãe, antes de ela viajar e nunca mais voltar. E de meu pai, que passou um ano me pegando na escola depois da morte dela, porque não queria me perder de vista. Será que meu pai estava em casa agora?

— Vem! — Torquin virou o pescoço e berrou. — Tem tempo de sonhar não!

Ele já estava seguindo pelo calçamento, batendo pesadamente com os pés descalços nas pedras verde-acinzentadas. Cass, Aly e eu o seguimos.

Antes que ele pudesse tocar a campainha, ouvi o barulho de alguém abrindo o ferrolho. Então a porta se abriu, revelando a silhueta de um cara de ombros enormes. Quando ele deu um passo à frente, tive de segurar um sobressalto. Ele tinha uma expressão incisiva e misteriosa, os cantos da boca levantados — tudo igual ao Marco. Mas seus traços eram profundamente marcados, os cabelos tinham alguns fios grisalhos, e os olhos eram tão tristes e vazios que quase dava para enxergar através deles.

Ele baixou o olhar para os pés de Torquin e então o encarou.

— Em que posso ajudar?

— Procuro Marco — disse Torquin.

— Áhá. — O homem meneou a cabeça de um jeito cansado. — Você e todo mundo. Obrigado pelo interesse, mas sinto muito.

Ele se virou para dentro e ia fechando a porta quando Torquin o impediu com o antebraço.

— Com licença? — O homem se virou lentamente, com os olhos brilhantes.

Rapidamente tomei a dianteira.

— Eu sou amigo do Marco — disse. — E pensei que...

— Então por que não conheço você? — o sr. Ramsay perguntou, desconfiado.

— Das... competições de futebol em outras cidades — eu disse, repetindo o que havia decorado. — Por favor. Estou preocupado, só isso. Este é meu tio, Thomas. E aqueles dois são jogadores de futebol também, a Cindy e o Dave. Ouvimos falar que o Marco estava na área. Aí achamos que ele podia ter vindo para casa.

— A última vez em que o vi, ele estava no Hospital Lemuel, depois de entrar em colapso durante um jogo de basquete — o sr. Ramsay disse. — Aí... sumiu sem deixar rastro. Como se tivesse fugido de tudo. Desde então, só temos ouvido rumores. Se formos acreditar em tudo que dizem, ele já esteve em Nova York, Ashtabula, Kuala Lumpur, Cingapura, Manila e Ponca City. Veja! — Ele pegou uma cesta com fotos instantâneas de cima de uma mesa e as estendeu em minha direção.

— Eu... não entendo — eu disse, passando as fotos pixelizadas e desfocadas de adolescentes com jeito de atletas que, com certeza, não eram Marco. — Por que as pessoas inventariam que o viram?

— Elas querem a recompensa — o sr. Ramsay respondeu, esgotado. — Cem mil pratas por qualquer informação que leve ao Marco. Era para ajudar. Mas, na verdade, a gente acaba sendo bombardeado de e-mails, cartas, visitas. Tudo besteira. Então, escute o que eu digo, garoto, não acredite no que dizem por aí.

Enquanto o pai de Marco pegava a cesta de fotos e voltava a colocá-la sobre a mesa, duas pessoas saíram de dentro da casa — uma ruiva elegante e uma garota de suéter. Os olhos azul-ardósia da mulher estavam cheios de medo. A menina parecia com raiva. Ambas encaravam Torquin.

— Eu sou... a mãe do Marco — a mulher disse. — E essa é a irmã dele. O que está acontecendo? Se for outra farsa, eu chamo a polícia.

— São só garotos, Emily — o pai do Marco afirmou. — Vocês precisam entender o que estamos passando. Hoje apareceu um cara dizendo que tinha vindo inspecionar o aquecedor. Na verdade, ele queria bisbilhotar pela casa.

— Blogueiros, maníacos por crimes — a sra. Ramsay disse. — Para eles, é como um jogo. Quem vai encontrar mais sujeira, quem vai postar mais fotos... Eles não fazem ideia do que é... perder... — Sua voz ficou embargada, e tanto o marido quanto a filha lhe abraçaram os ombros.

O telefone de Torquin gorjeou e ele desceu da varanda. Aly e Cass o seguiram instintivamente. Isso me deixou a sós com os três membros da família Ramsay, abraçados na semiescuridão da sala de estar.

A sensação era familiar demais. Após a morte da minha mãe, meu pai e eu quase não desgrudávamos um do outro, mas estávamos os dois solitários, trancados na própria infelicidade. Nossa cara devia estar bem parecida com a da família Ramsay.

Eu estava morrendo de vontade de contar o que realmente havia acontecido com o Marco, contar toda a história do Instituto Karai. Falar do incrível heroísmo do filho deles ao salvar nossa vida, do fato de ele ter conseguido acertar com uma flecha um alvo do outro lado do gramado de um campo de atletismo.

Mas eu também sabia o que era perder um membro da família. E, se Cass estivesse certo, se o silêncio do rastreador do Marco significasse que ele estava morto, eu não queria lhes dar falsas esperanças.

— Nós... nós vamos continuar procurando — eu disse, sem graça.

Enquanto começava a me afastar, senti a mão carnuda de Torquin no meu ombro, puxando-me escada abaixo. A cara dele, que não era das mais fáceis de interpretar, transmitia preocupação.

— Obrigado! — disse ele. — Tem que ir!

Eu saí tropeçando atrás de Torquin, Cass e Aly. Quando percebi, já estávamos correndo pela rua em direção ao carro alugado. Nunca vi Torquin correr tão rápido.

— O que houve? — Cass perguntou.

— Recebi... mensagem — disse Torquin, ofegante, enquanto abria a porta do carro do lado do motorista. — Encontraram Marco. Entra. Agora.

— Espera... Encontraram o Marco? — disse Aly. — Onde?

Torquin lhe entregou o telefone. Cass e eu fomos atrás, olhando por cima do ombro dela enquanto caminhávamos.

> Rastreador ativo novamente. Ramsay não está em Ohio. Forte sinal na latitude 32.5417° N, longitude 44.4233° L

— Onde fica isso? — perguntei.

— Não pode ser... — Cass balançou a cabeça.

— Cass, diz logo! — Aly pediu.

— O Marco — ele respondeu — está no Iraque.

— O quê?! — gritei.

Mas eles já estavam entrando no carro.

Rapidamente, enquanto não estavam olhando, peguei o bilhete que escrevera a meu pai. E o arremessei no bueiro.

4
MEGARIM

AS HÉLICES DO helicóptero eram tão barulhentas que achei que fossem chacoalhar meu cérebro até ele sair pelos ouvidos.

— Tem certeza que você leu o rastreador direito? — gritei em direção aos bancos da frente.

Bhegad nem sequer olhou para trás. Ele não havia escutado nada.

Nós encontramos o professor e Fiddle no aeroporto de Erbil, no Iraque. Eles pegaram um voo separado no Instituto Karai quando conseguiram localizar o sinal do Marco. Agora, a gangue completa — Bhegad, Torquin, Fiddle, Nirvana, Cass, Aly e eu — estava comprimida dentro de um helicóptero que sobrevoava o deserto Sírio. Nossa sombra cruzava uma enorme extensão de areia pontilhada de arbustos e corroída por longos oleodutos pretos.

A cabine estava sufocante de tão quente, e o suor escorria pelo meu rosto. Cass, Aly e eu estávamos espremidos no banco de trás. No longo voo a partir de Ohio, tivéramos tempo de sobra para conversar. Mas a coisa toda parecia mais confusa do que nunca.

— Ainda não estou entendendo por que ele viria para cá! — eu disse. — Se eu fosse ele, iria para casa. Com certeza. Afinal, todos queremos voltar a ver nossa família, não é?

Pude praticamente sentir Cass se encolhendo. Ele havia pulado por vários lares adotivos; não tinha família nenhuma para a qual voltar. Só se você contasse os pais dele, que estavam na prisão e não o viam desde que ele era bebê.

— Desculpa, eu não devia ter dito isso.

— Tudo bem, Jack "Boca-Grande" McKinley — Cass respondeu com um sorriso triste. — Eu sei o que você quis dizer. Na verdade, estou feliz pelo Marco estar vivo. Eu estava me perguntando a mesma coisa que você: Por que o Iraque? O que tem aqui?

O professor Bhegad se virou lentamente, ajustando os óculos pesados que lhe escorregavam pelo nariz.

— Não é o que tem aqui, mas o que *tinha* aqui — disse. — A antiga Babilônia ficava onde hoje é o Iraque.

Cass arregalou os olhos.

— Dá. Local de uma das Sete Maravilhas: os Jardins Suspensos!

— Ele resolveu partir sozinho, em uma missão perigosa, para encontrar um Loculus? — disse Aly. — Sem minhas habilidades técnicas e sem o GPS humano do Cass? Se eu fosse o Marco, ia querer fazer isso em grupo! A vida de todos nós está em jogo. Ir sozinho não faz sentido. Nem mesmo para um egocêntrico como o Marco.

— A não ser que — eu disse — ele *não* esteja tentando fazer tudo sozinho.

— Como assim? — Cass perguntou.

— Talvez ele não saiba que o rastreador está com defeito — respondi. — Quem sabe, quando saímos de Rodes, ele não achou que íamos captar o sinal e segui-lo? Talvez ele só estivesse querendo forçar as coisas, apressar a missão.

Aly levantou uma sobrancelha.

— Como vamos saber que ele não desligou e ligou de novo o rastreador de propósito?

— Teria que ser um gênio para fazer isso! — eu disse.

— Eu sei fazer isso — retrucou Aly.

— É o que estou dizendo! — respondi.

Aly cruzou os braços e olhou pela janela. Cass deu de ombros.

Agora o professor Bhegad estava berrando, com o rosto pressionado contra a janela.

— Os rios Tigre e Eufrates! Estamos nos aproximando do Crescente Fértil!

Olhei para baixo. Eu sabia que a antiga Babilônia era o centro do grande Império Babilônico. E que esse império era parte de uma área maior conhecida como Mesopotâmia, termo grego que quer dizer "entre dois rios". Agora estávamos olhando para eles, em seus caminhos sinuosos pelo deserto, ladeados por mato cerrado e árvores anãs que, do alto, pareciam grandes bigodes verdes. Tudo era empoeirado, amarelo e seco. A área, com certeza, não me parecia fértil.

Franzi os olhos para ver as ruínas ao longe. Um muro de pedras serpenteava ao redor do terreno. Lá dentro, havia montes de escombros com algumas partes niveladas cercadas por cordas, que deviam ser escavações arqueológicas. Olhando com a ajuda de um par de binóculos, Bhegad apontou para uma pequena silhueta de edifícios baixos, perto de um portão no muro. Alguns tinham telhados planos, outros eram pontudos.

— Essas restaurações da cidade antiga... — disse ele, estalando a língua em desaprovação. — Acabamento tosco, tosco.

— Onde ficavam os Jardins Suspensos? — Aly perguntou.

— Não se sabe — Bhegad respondeu. — A Babilônia foi destruída por um terremoto lá pelo ano 200 a.C. Os Jardins devem ter afundado no Eufrates, ou talvez tenham sido pulverizados no terremoto. Alguns dizem que talvez nunca tenham existido. Mas são idiotas.

— Tomara que seja a opção número dois. Pulverizado. Igual ao Colosso. Pelo menos assim teremos a chance de procurar por dois dos sete Loculi.

— Mais que vinte e oito por cento — Cass berrou.

Olhei para o painel do rastreador na cabine. O sinal do Marco estava perto do rio Eufrates, não tão longe quanto as ruínas. À medida que Fiddle ia descendo, pudemos ver uma equipe de guardas em frente ao sítio arqueológico, olhando para nós com binóculos.

— Acenem para eles! Oi! — Nirvana disse. — Estão esperando por nós. Eles acham que isso aqui é um grande projeto arqueológico.

— Como você arrumou isso tudo? — Cass perguntou.

— Fui professor de arqueologia em outra vida — disse Bhegad. — Meu nome ainda carrega certo peso. Um de meus ex-alunos ajuda a tocar este sítio. Ele também é um membro-satélite do Instituto Karai.

Fiddle desceu devagar e pousou. Desligou o motor, abriu a porta e nos deixou sair.

O sol estava fortíssimo; a terra, árida e lisa. O solo poeirento parecia juntar o calor e irradiá-lo através da sola dos nossos pés. Ao longe, à direita, pude ver um ônibus seguindo vagarosamente em direção ao antigo sítio. Grupos de turistas seguiam devagar em meio às ruínas, como formigas em meio aos seixos. Entre eles, o solo arenoso parecia dar lugar a um lago impressionantemente enorme.

— Você está vendo o que eu vejo? — Aly perguntou.

Cass fez sinal afirmativo.

— *Megarim* — disse ele. — Não vá se animar.

— Traduza, por favor — eu disse.

— Miragem — Cass respondeu. — O chão está cheio de partículas de silicato. O mesmo material que compõe o vidro. Quando está muito claro e quente assim, a luz do sol reflete todas as partículas. Olhando de lado, parece uma massa enorme e brilhante, que faz lembrar água!

— Obrigado, sr. Einstein — eu disse, observando atentamente o horizonte. Bem à nossa frente, do outro lado do deserto marrom-amarelado, havia uma fileira de pinheiros baixos que se espalhava para um lado e para outro. O brilho de calor que subia do chão fazia as árvores ondularem em uma corrente invisível. — É de lá que vem o sinal do Marco. Do Eufrates.

Ele estava tão perto!

Virei o pescoço para olhar para trás. Torquin e Nirvana estavam levantando o professor Bhegad, não sem dificuldade, tirando-o do helicóptero e colocando-o em uma cadeira de rodas.

— Isso vai levar uma eternidade — disse Aly. Ela saiu correndo em direção a Torquin, puxou o rastreador que ele carregava no cinto e então se apressou na direção do rio. — Vamos lá, vamos começar!

— Ei! — Torquin gritou, surpreso.

— Deixa esses três, já temos muito o que fazer aqui — Nirvana disse.

Nossos passos formavam nuvens de pó amarelado enquanto corríamos. Mais perto do rio, o chão estava coberto por uma combinação de vegetação raquítica e pequenos arbustos. Paramos no bosque cerrado de pinheiros que se estendia para os dois lados.

O chão se inclinava bruscamente. Abaixo de nós, o Eufrates cortava a zona rural em formato de S, como um espelho curvilíneo azul-prateado. Ao norte, ele atravessava um povoado distante, depois seguia em direção às montanhas embaçadas pela neblina. Ao sul, passava pelas ruínas da Babilônia e, em seguida, desaparecia na paisagem plana. Observei as margens do rio à procura de algum sinal do nosso amigo.

— Não estou vendo o Marco — disse Aly.

Levantei o rastreador. O ponto azul de nosso localizador e o ponto verde do de Marco estavam superpostos.

— Ele está aqui, em algum lugar.

— Ei, *Ocram*! — Cass gritou. — Apareça, apareça, onde quer que você esteja!

Aly revirou os olhos e começou a descer o declive em direção ao rio.

— Ele deve estar escondido. Se estiver de palhaçada, eu mesma vou dar um caldo nele nesse rio.

— A não ser que ele te dê um caldo primeiro — respondi.

Olhei rapidamente para trás, para ver como estava o restante do pessoal. Nirvana fazia força para empurrar a cadeira de rodas do professor Bhegad naquele solo pedregoso. Ele quicava na cadeira e reclamava o tempo todo. Torquin havia tirado seu cinto de couro aparelhado e estava tentando usá-lo para prender Bhegad na cadeira de rodas, como se fosse um cinto de segurança, mas, sem cinto, suas calças iam descendo lentamente.

Eu corri pelo meio dos arbustos. Era uma vegetação densa, de um metro a um metro e meio de altura, que dificultava a visão. Enquanto avançávamos, continuávamos chamando por Marco.

Paramos à beira de uma cordilheira rochosa. De longe, nenhum de nós a tinha visto. Havia um abismo íngreme, de uns seis metros de altura, até o rio.

— Ah, que ótimo — disse Aly.

Olhei para norte e para sul. Em ambas as direções, a cadeia rochosa fazia ângulo descendente até alcançar o leito do rio.

— Vai dar certo se formos pela lateral — eu disse.

Fui até a beirada e dei uma olhadela. Observei o emaranhado de árvores, raízes e arbustos ao longo do declive íngreme. Escarpas não me davam mais medo desde que o Marco nos ensinara a escalar. Parecia bem mais fácil do que escalar o monte Ônix.

— De repente tem um atalho — eu disse. Avancei rapidamente sobre a borda e enfiei a ponta do pé em uma raiz vigorosa. Virei-me de frente para o abismo. Agarrei um galho e desci mais um passo.

— Epa, Jack, não — disse Cass.

Eu ri.

— É fác...

Meu pé escorregou. Meu queixo bateu no chão. Deslizei morro abaixo, ofegando freneticamente. Agarrei raízes e matos com os dedos. Arranquei uns dez, e outros dez me escaparam das mãos. Senti o pé bater em uma raiz e carambolei para fora, caindo de costas.

A cara de Aly foi ficando fora de foco. Eu podia jurar que ela estava tentando segurar o riso.

— Você se machucou?

— Não, só estou descansando — menti.

— Acho que vou procurar uma trilha — Cass gritou.

Fechei os olhos e fiquei deitado sem me mexer, com a respiração rangendo no peito. Ouvi um gemido embotado e achei que devia ser minha própria voz.

Mas, quando ouvi de novo, meus olhos se abriram.

Eu me sentei. Aly e Cass estavam logo abaixo do cume, tentando descer. Mas meus olhos estavam concentrados em um arbusto denso e marrom-esverdeado, a mais ou menos dez metros.

Um par de sapatos brotava de lá.

5
JUNTOS, CAÍMOS NA ESCURIDÃO

TÊNIS DE BASQUETE New Balance. Tamanho gigante. Com pés dentro deles.

Corri até eles, agarrei os tornozelos e puxei. As pernas deslizaram para fora — calça de moletom do time da Universidade de Ohio — e depois uma camisa polo, rasgada, do Instituto Karai.

Do alto, Fiddle gritava para eu fazer reanimação cardiopulmonar. Como se faz isso? Eu queria ter feito um curso. Só conseguia pensar em cenas de programas de tevê — uma pessoa soprando ar para dentro dos pulmões de outra.

Quando me inclinei cuidadosamente, seus olhos se abriram, despertando de um sono profundo.

— Jack? Ei, meu irmão. Não sabia do seu interesse.

Saltei para trás.

— O que... Como... Você estava... Nós achamos... — gaguejei.

— Pode se abrir — disse Marco, sentando-se. — Estou com tempo. Estava esperando vocês. É um tédio ficar aqui sozinho.

Ele estava bem. Descansando na sombra, só isso! Eu o ajudei a se levantar e lhe dei um abraço de urso.

— Uhuuuu!

Ouvi passos no chão de terra atrás de mim. Aly e Cass desceram por uma trilha na parte baixa do cume. Eles haviam pegado o caminho mais longo.

— Pessoal! — gritou Marco.

Eles pularam em cima do Marco, rindo e dando gritinhos de alívio, e eu recuei. Minha alegria inicial se esvaziou com a mesma rapidez com que chegara. Nossa reação pareceu, por alguma razão, errada.

Olhei para a cara dele, todo cheio de si, o próprio herói que retorna ileso. Tudo que havíamos passado, toda a barra pesada em Rodes, o abandono, aquela visita terrível em Ohio — tudo começou a tomar conta de mim como uma camada de piche quente. Então me veio um flashback da última vez em que o vira, em um quarto de hotel em Rodes. Com Cass deitado na cama, inconsciente.

Ele se mandou, nos deixou para trás. Como se fugir fosse sua única chance de sobreviver em algum tipo de jogo. Não se importou com ninguém do Instituto Karai. Nem se importou com a quantidade de vidas que havia virado de ponta-cabeça.

— Irmão Jack? — disse Marco de um jeito curioso, olhando para mim em meio ao festival de abraços. — Que foi? Precisa ir ao banheiro?

Balancei a cabeça.

— Preciso de uma explicação. Tipo, quando foi que você resolveu encontrar o Loculus sozinho? Simplesmente, *ta-dá*, vou para o Iraque virar herói?

— Eu posso explicar — disse Marco.

— Você faz ideia do que nós passamos? — berrei. — Acabamos de chegar de Ohio.

— Espere. Vocês... foram até a minha casa? — ele perguntou, arregalando os olhos.

Contei-lhe tudo — nossa viagem a Lemuel, a visita a seus pais, as expressões no rosto deles e no de sua irmã. Percebi que ele estava ficando com os olhos vermelhos.

— Eu... eu não acredito nisso... — murmurou.

— Jack, acho que podemos falar sobre isso depois — Aly sugeriu.

Mas Marco estava afundando a cabeça em um tronco de pinheiro enquanto massageava a testa.

— Eu... eu nem pensei em ir para casa. Lembro como foi doloroso quando a Aly tentou ligar para a mãe dela. — Ele respirou fundo. — Por que vocês foram lá? Por que simplesmente não seguiram meu sinal até aqui? Pensei que vocês fossem me seguir.

— Seu rastreador deu problema — eu disse. — Ficou desligado por uns dias.

— Sério? — Marco inclinou a cabeça. — Então vocês arriscaram tudo e foram até os Estados Unidos? Por minha causa? Uau. Acho que vocês têm razão, eu devo explicações...

— Somos todo ouvidos — disse Aly. — Comece por Rodes.

— É... aquele quarto de hotel... — disse Marco. — Estava quente, os programas na tevê eram todos em grego, o Cass estava dormindo. Eu só queria dar um tempo. Sabe, dar uma viajada com o velho Loculus, de repente assustar uns bodes por aí e voltar logo...

— Bodes? — eu disse. — O Cass estava em coma!

— A coisa mais imbecil que já fiz. Eu sei — disse Marco. — Sou um idiota, reconheço. Mas ainda piora. Então saio voando por aí, até que me distraio com uma ilhazinha chamada Nísiros. Do alto parece um vulcão, garotas gostosas na praia, sabe como é. Eu me aproximo, o pessoal grita. Diversão total. Só que, quando eu volto, o Cass não está lá. Eu surto. Mas aí vocês já deviam estar voando para longe. Acabo achando que vocês me abandonaram.

— Você falou mesmo "garotas gostosas"? — Aly perguntou, com expressão de desprezo no rosto.

— Então acho melhor sair atrás de vocês — Marco continuou. — Mas como voltar para a ilha dos geeks do IK? Fica no meio do caminho entre lugar nenhum e o Triângulo das Bermudas. Daí, eu ouço uma coisa. Uma voz. E é aí que o negócio fica complicado. E incrível. — Ele fez uma pausa e olhou para os lados.

— Ei, vocês aí! — ouvimos a voz do professor Bhegad. Fiddle o empurrava por uma trilha arenosa a uns quarenta metros de nós.

— *Ele* está aqui? — disse Marco, parecendo confuso. — Espera. Quatro xeretas do Instituto Karai?

— Isso aqui é papo sério, *por isso* eles estão aqui! — disse Aly. — Você podia estar morto, Marco. Ou ter sido sequestrado pelo pessoal da Massa. Além disso, não está quase na hora de você receber tratamento?

— Eu não preciso de tratamento nenhum — disse Marco, de um jeito apressado e agitado.

— Não é brincadeira, Marco, você podia ter morrido — Cass o advertiu.

— Precisamos levar você de volta — disse Aly, olhando para os lados. — Onde está o Loculus voador?

— Tive de esconder. As pessoas me viram voando nele. Tinha uma galera com câmeras. — Marco abriu os braços, nos juntou em uma espécie de abraço coletivo e disse rapidamente: — Eu fiz besteira e estou muito em falta com vocês. Mas vou compensar tudo, prometo. Olha, tem um negócio que preciso mostrar para vocês, tá? Passei um tempinho aqui e encontrei umas coisas impressionantes. Como... segurem essa... o segundo Loculus.

Meu queixo caiu.

— Você já encontrou?

— Não exatamente, mas sei onde está. Interessados? Achei que sim. — Marco começou a correr em direção ao rio, e é claro que fomos atrás.

Ele parou à margem. A água emanava um calor cintilante, e libélulas esvoaçavam pela superfície. Perto da margem oposta, um barco flutuava ao redor de uma curva, com duas pessoas deitadas languidamente, segurando varas de pescar sem entusiasmo.

— Lá está — disse Marco.

— Naquele barco? — disse Cass.

— Não, *ali*, na água — Marco respondeu. — Vocês são Escolhidos, feito eu. Não *sentem*? Sabe aquele negócio estranho de música que o Jack costuma falar?

Aly apertou os olhos.

— Não...

A música.

Eu a senti no centro do monte Ônix, quando encontrei os Heptakiklos. Não era uma canção de verdade, nem sequer um som que se escuta com os ouvidos. Era uma espécie de batucada de corpo inteiro, como se meus nervos estivessem sendo tocados por dedos invisíveis, como uma harpa.

Não sei por que era sempre eu quem sentia isso mais intensamente. Mas, naquele momento, eu sentia apenas uma indicação que mal chegava a fazer cócegas. Fiquei surpreso por Marco estar sentindo também.

Ele sorriu.

— Sem ofensa, irmão Jack, mas você não é o único que sente essas coisas. Está lá, com certeza. Quanto mais perto você chegar, mais vai sentir.

— Você entrou na água para encontrar? — Cass perguntou.

Marco confirmou num gesto de cabeça. Seu rosto brilhava de excitação.

— Entrei. Ainda não o localizei, mas vocês vão ficar bolados com o que encontrei lá embaixo. De verdade. Não vou nem tentar explicar. Confiem em mim. Vocês precisam ver por si mesmos.

A cara avermelhada de Cass começou a ganhar um tom uniforme de branco.

— Eu... eu fico esperando aqui, sem problema. Nadar não é minha atividade favorita.

— Eu te seguro, irmão — disse Marco, pegando no braço de Cass.

A voz do professor Bhegad surgiu por trás de nós.

— Meu rapaz! Venha cá, esta cadeira de rodas não se dá bem com a areia molhada! — A cadeira de rodas também não estava gostando nada da areia seca.

Cass se debateu, a fim de se soltar.

— Nós não podemos simplesmente mergulhar, Marco! Temos que pedir autorização. Você pode não ligar se está quebrando as regras, mas conhece o IK.

— Por que você está preocupado com eles? — Marco perguntou.

— Hãã, talvez porque eles controlam a nossa vida? — disse Aly.

Marco soltou um grunhido.

— Eles vão querer que a gente vá com um acompanhante, ou com um submarino oficial do instituto, sei lá. Vão acabar com a graça da coisa. A gente faz tudo rapidinho, juro. Você vão me agradecer!

Aproximei-me mais da água. Em direção ao som. *Uma hora atrás não tínhamos Loculus nenhum, agora temos a chance de ter dois Loculi. Dois de sete.*

Mas parei de repente. Bhegad estava gritando agora. Surtando. Ele não estava entendendo nada do que se passava. Por que estávamos parados à margem de um rio, parecendo prestes a nadar? Estávamos doidos?

Recuei, balançando a cabeça. Precisávamos do apoio do IK. O voo do Marco fora uma complicação das grandes. Um bom plano era melhor que o caos. Nós não tínhamos obrigação de dar ouvidos à Canção dos Heptakiklos naquele exato instante.

— Preciso de um minuto, Marco — eu disse.

Eu estava caminhando em direção a Bhegad e os demais quando senti aquela mão feito um tornilho no meu ombro. E fui voando de volta para a água.

— *Banzaaiiiii!* — Marco agarrou todos nós e tirou nossos pés do chão. — Respirem fundo, segurem firme, e o principal: confiem em mim!

Não tínhamos escolha. Juntos, caímos na escuridão do Eufrates.

6
SENSAÇÃO DE PAZ

HÚMUS. HÚMUS VERDE-ACINZENTADO, grosso, repleto de algas.

Não era de admirar que Marco não conseguisse encontrar o segundo Loculus. Não dava para enxergar nem a um metro do nariz.

Enquanto eu nadava, tentando acompanhar o Marco, coisas em formato de macarrão escorregavam pelo meu rosto. Marco segurava Cass com firmeza. A listra fluorescente na mochila de Cass brilhava, quando um ou outro raio de luz que conseguia atravessar a água batia. De roupas e sapatos, eu me sentia pesado feito uma baleia.

Descendo... Descendo... Esse negócio estava tão longe assim? Agora estava praticamente tudo escuro. A luz havia ficado bem lá em cima.

O tempo que você leva para descer é o tempo que vai precisar para voltar à tona. Foi o que aprendi na colônia de férias. Aprendi a sentir quando já estava no ponto máximo que aguentava. E havia passado bastante disso. Já estava sentindo a cabeça zonza e o coração prestes a explodir.

Marco não estava diminuindo nem um pouco a velocidade. Aly bateu no meu ombro. Ela estava gesticulando para voltarmos para cima com ela. Eu sabia que ela tinha razão. Marco ia matar todos nós. Até onde ele esperava que fôssemos? O que exatamente íamos ver, e onde?

À frente, Marco havia parado de nadar. Ele ainda segurava firmemente Cass, que flutuava, desacordado. Ambos foram contornados por um brilho amarelo opaco e estranho, que vinha de baixo.

Nadei para perto deles e percebi que estava ganhando velocidade. *Uma contracorrente submarina.*

Tentei resistir, mas não consegui. O brilho agora se intensificava, cada vez mais perto e enorme. Era uma esfera de ladrilhos brilhantes com o centro solidamente escuro. À minha frente, Marco parecia mudar de forma — primeiro lembrando um humanoide amorfo enorme, depois diminuindo para o tamanho de um molusco.

O que estava acontecendo?

Minha cabeça virou para trás e de repente eu estava entrando no buraco escuro, com se estivesse sendo esfregado por uma enorme borracha.

Enquanto eu passava pelo buraco, ele emitiu um zunido profundo e ameaçador. Um halo de luz branco-esverdeada lançou partículas de sua circunferência em meu corpo. Minha boca se abriu em um grito involuntário. Colidi com Marco e Cass, mas eles estavam porosos, como se nossas moléculas estivessem se juntando, atravessando-se mutuamente. Minha perna esquerda bateu em algo duro e eu me afastei com um pulo.

Eu estava girando em velocidade incalculável, como se minha cabeça estivesse em dez lugares de uma só vez. E então me senti catapultado para frente e pensei que meus membros fossem se separar do corpo e seguir rumos diferentes.

Mas não aconteceu nada disso. Meus membros relaxaram, desacelerando. A temperatura da água caiu de repente, e o mesmo poderia ser dito de sua textura. De repente, tudo ficou claro e frio — e eu estava inteiro outra vez. Sólido. Mas a mudança havia mexido com todas as minhas funções biológicas. Meu cérebro registrava alívio, mas nos pulmões havia caos. Como se alguém os tivesse esmagado com punhos de ferro.

Aly... Marco... Cass. Eu os vi com minha visão periférica, subindo. Mas as pernas de Cass pendiam como tentáculos, ondulando a cada impulso forte que Marco lhe dava. Os dois iam chegar à superfície primeiro. Dei impulso com o que me restou de força, tentando permanecer consciente. Mirando em uma superfície opaca, lisa e cinzenta acima de nós.

Meus braços perderam velocidade... e pararam.

Eu me senti viajando para um mundo de sonho com um sol luminoso e brisa fria. Estava flutuando por um campo de grama ondulante, no qual uma figura de manto branco se levantou de uma esfera incrustada no chão.

Quando ela se virou, avistei os sete Loculi brilhando e girando. Eles pareciam se amalgamar, de modo que as formas se fundiam em uma espécie de nuvem esférica.

O sonho.

Não. Eu não quero isso agora. Porque eu não estou dormindo. Porque, se eu tiver o sonho agora, é sinal de que morri.

— Eu sabia que você viria.

A voz não me era familiar, mas mesmo assim eu sentia que era parte de mim. Eu soube no mesmo instante quem era aquela figura. Ela se virou lentamente. Os olhos eram da cor de um claro oceano tropical, o rosto era delicado e gentil, emoldurado por uma gloriosa cabeleira ruiva flutuante.

Seu nome era Qalani.

Não sei onde a vira antes, mas fora acompanhada de uma série de explosões, uns flashbacks estranhos da destruição de Atlântida. No sonho, eu me aproximava da morte, mas sempre acordava antes.

Aqui, ela tinha vindo me receber. Como sempre, seu rosto me parecia familiar. Lembrava minha mãe, Anne McKinley — e agora, bem nas profundezas do Eufrates, era mais do que uma semelhança. Era um aceno, um sinal de boas-vindas.

— Oi, mãe — eu disse.

— Eu estava esperando — disse ela, com um sorriso sagaz. — Bem-vindo ao estar de volta.

Não pude deixar de sorrir. Nosso velho dito familiar... Eu dissera isso para o meu pai uma vez, quando ele estava voltando de uma viagem de negócios a Manila. A partir de então, nós sempre o usávamos como uma piada interna.

Eu me senti estranhamente em paz quando ela se aproximou. Eu ia ficar bem. E finalmente a conheceria, em um lugar melhor.

Ela tocou meu ombro, e as trevas rapidamente se fecharam sobre mim.

7

Novinho em Folha

— Aaah! — Minha cara rompeu a superfície da água. O ar invadiu minha boca como um projétil sólido. Suguei o oxigênio com força.

Ela não estava mais lá.

— Má-á-áe! — gritei.

— Não! Marco! — uma voz gritou em resposta.

Pisquei os olhos cheios de água. Vi Marco subindo e descendo em uma corrente violenta. Ele me soltou, foi nadando em direção a Aly e a empurrou para a margem. Percebi que ela se agarrava ao braço de Cass, com dificuldade de ficar em pé.

Eu estava em uma parte bem mais funda. Lutando para me manter acima da superfície e conseguir respirar. Quando afundava, a luta era para manter a consciência.

— Aguenta aí, irmão! — Marco berrou.

Seus dedos me envolveram o braço. Ele estava nadando a meu lado, empurrando a mim e a si mesmo para a margem. Seus braços cavavam com força a corrente espumada. Aly e Cass cambaleavam na praia, virando o pescoço para olhar para nós com expressão de horror.

Marco e eu saltamos na corrente do rio em um inevitável zigue-zague. Tivemos de desviar de uma pedra que surgiu entre nós, rasgando a superfície da água, o que forçou Marco a me soltar. Bem no nosso caminho, havia uma árvore caída. Bati os pés com intensidade, abri os braços e deixei a árvore colidir com toda a força no meu peito. Minhas pernas foram varridas para debaixo da madeira enquanto eu me segurava nela com firmeza.

— Marco! — gritei.

— Aqui! — Ele se agarrou à árvore a cerca de um metro à minha esquerda, já perto da margem do rio. Nós dois ficamos lá, retomando o fôlego. — Como está aí, irmão Jack? Firme e forte?

Acenei positivamente com a cabeça.

— Acho... que eu consigo chegar até a praia.

— Ótimo, te encontro lá! — Marco pegou impulso e subiu na madeira, observou com cuidado e seguiu a passos rápidos para a praia, como se fosse um ginasta olímpico. Ao pular na areia, começou a chamar Aly e Cass.

Eu me arrastei para cima da árvore tombada. Fiquei deitado nela, sentindo o coração disparar sobre a madeira escorregadia. Não ousei tentar me levantar. Segui em direção à margem lentamente, ainda me agarrando a um dos galhos da árvore. E assim dei meu jeito de chegar à margem, a passos de lesma, e desabei na lama.

Mais acima, Aly chegava a terra firme. Marco estava de volta ao rio, ajudando Cass a sair da água. Levantei-me com dificuldade. Minhas pernas estavam doendo e chovia na minha cara, mas eu me arrastei até eles com o máximo de velocidade que consegui naquele chão empapado.

Uma chuva totalmente bizarra. Em um instante estava quente, com o ar seco. Depois, *isso*. No deserto, isso era normal?

O que estava acontecendo ali?

— Jack! — Aly me tomou nos braços quando cheguei. Senti seu rosto quente em contato com meu pescoço. Acho que ela estava chorando.

— Comportem-se, vocês dois — disse Marco.

Eu me afastei dos braços dela, sentindo o sangue subir ao rosto.

— O que foi que acabou de acontecer? — perguntei.

Cass estava olhando para o outro lado do rio, parecendo perplexo.

— Tá, nós pulamos no rio. Encontramos um obstáculo dos grandes. Saímos na outra margem. Então... devíamos estar olhando para o outro lado do rio, para o lugar de onde viemos, não é?

— Lado esquerdo — disse Marco. — É isso.

— Então cadê tudo? — ele perguntou. — Cadê o Torquin, o Bhegad, a Nirvana? Eles já deviam ter chegado a essa hora.

Aly e eu acompanhamos o olhar do Cass.

— Parece que fomos levados para bem longe pela correnteza — ela disse.

— É, tipo a um zilhão de quilômetros de distância — respondi.

— Isso seria geograficamente *levíssopmi* — disse Cass.

— Como você faz isso? — Aly perguntou.

Uma densa cobertura de nuvens dificultava a visão do norte e do sul, mas não vi nenhum sinal de vida humana — nenhum povoado, nenhuma ruína babilônica, nada do pessoal do IK. Em todas as direções, só se via aquele rio caudaloso.

— Não podemos perder tempo, vamos! — Marco já estava subindo em direção a um grande bosque de pinheiros.

Cass, Aly e eu compartilhamos um olhar cansado.

— Marco, você está escondendo alguma coisa — eu disse. — O que foi que acabou de acontecer?

Ele se enfiou correndo no meio das árvores sem responder, como se nosso quase afogamento, nossa trombada nas rochas, nada disso tivesse acontecido. Cass olhou para ele sem acreditar.

— Isso não pode ser sério — disse.

— Relaxar é um termo que não existe no vocabulário desse garoto — disse Aly.

Fomos atrás o mais rápido que pudemos. Minhas pernas estavam cheias de contusões, e a cabeça, ensanguentada. A sensação nos braços era como se eu tivesse feito supino com um rinoceronte. A subida não era das mais íngremes, mas, em nossas condições físicas, era como se estivéssemos subindo o monte Everest. Alcançamos Marco no começo do bosque de pinheiros. Agora as coisas começavam a parecer um pouquinho mais familiares. Pouco depois do bosque, avistei um bom pedaço de terra no horizonte. As nuvens iam ficando mais altas e o chão ensopado mais seco. Arbustos baixos pontilhavam a paisagem, cruzada por uma rede de trilhas largas que cortavam o terreno.

— Olha só — disse Marco, apontando para a esquerda.

Um arco-íris gigante traçava o céu, descendo em uma cidade de edifícios baixos, quadrados, de tom marrom-amarelado; centenas deles, a maior parte com tetos que pareciam castelos de areia. A cidade se erguia em uma colina suave, e tive a impressão de ver um muro mais para dentro dela. Havia também um muro externo, que continha um gigantesco portão arqueado de azulejos azul-cobalto. No meio da cidade, havia um edifício imponente que parecia um bolo em camadas. As laterais do edifício eram cuidadosamente entalhadas, com as janelas desenhadas em espiral, rumo ao topo afunilado. O muro externo da cidade era cercado por um fosso que parecia extrair água do Eufrates. Mais perto de nós, depois dos limites da cidade, havia fazendas nas quais os bois seguiam com dificuldade, arando os campos.

— Ou eu estou sonhando — Aly disse —, ou então ninguém nunca nos contou que tem um parque temático sobre a Babilônia antiga, de um realismo fenomenal, do outro lado do rio.

— Não me lembro de ter visto nada disso do alto — eu disse, voltando-me para Cass. — E você, sr. GPS, alguma ideia?

Cass meneou a cabeça, desnorteado.

— Desculpa. Não faço ideia.

— Não é um parque temático — disse Marco, voltando a se abaixar entre as árvores. — E não é do outro lado do rio. Me sigam e procurem se esconder nas árvores o máximo que puderem.

— Marco — disse Aly —, o que você sabe que não está nos contando?

— Confiem em mim — disse Marco. — Citando Alfred Einstein: O seguidor fala, mas o líder mostra.

Ele voltou a se enfiar pelo bosque, seguindo na direção da cidade. Aly, Cass e eu seguimos atrás.

— É *Albert* Einstein — Aly o corrigiu. — E eu não acredito que ele tenha dito isso.

— Talvez tenha sido George Washington — disse Marco.

Seguimos mato adentro com certa dificuldade. O rio rugia à direita. Rugia? Tudo bem, ele estava inchado pela chuva, mas durante quanto tempo tinha chovido, cinco minutos?

A cobertura de árvores parecia bem mais densa do que eu me lembrava de ter visto do outro lado. Ela tapava parcialmente nossa visão da cidade, com exceção de um ou outro muro amarelado.

À medida que as nuvens iam sumindo, a temperatura aumentava. Podíamos ter caminhado por dez minutos ou uma hora, mas eu sentia como se fossem dez dias. Meu corpo ainda estava decrépito da nossa pequena aventura de mergulho. Tudo que eu mais queria era me deitar. E dava para perceber que Aly e Cass também estavam sentindo dor. Só o Marco ainda parecia novinho em folha.

— Até onde vamos? — gritei.

— Pergunte ao George Washington — Aly murmurou.

Marco virou de repente e se deteve na borda do bosque. Espiou ao redor de um tronco e sinalizou para que nos aproximássemos. Fez um gesto floreado, indicando à esquerda.

— Abracadabra, galera.

Olhei para a cidade e senti meu queixo cair. A cobertura das árvores acabava ali. De perto, percebi que a cidade se situava literalmente às margens do Eufrates.

Marco estava escalando um pinheiro e sugeriu que fizéssemos o mesmo. Os galhos não haviam sido aparados, de modo que era fácil ficar a uns cinco metros do chão, ou mais.

Dava para ver o interior da cidade, além do muro externo, de nosso privilegiado ângulo. Não era um parque temático. Era grande demais para isso. Também não era uma cidade. Não como as que eu conhecia: essa não tinha fios de eletricidade, nem torres de celular, nem carros. As estradas que conduziam para dentro dela eram de terra batida. Em uma, um grupo de homens barbados de túnica branca e sandálias guiavam mulas carregadas de sacos. Eles seguiam em direção a uma ponte sobre o fosso, que dava para o portão da cidade. Do alto das torres de observação, guardas os viam chegar. Estiquei o pescoço para ver como era o lugar por dentro, mas os muros eram altos demais.

— Essas pessoas não são nada ligadas em tecnologia — disse Cass. — Tipo, parecem de outro século.

Senti um arrepio, apesar do sol forte.

— De outro milênio — acrescentei.

— M-M-Marco... — disse Aly. — Você precisa se explicar.

Ele meneou a cabeça, embasbacado.

— Certo. Estou tão espantado quanto vocês. Perdido na Terra do Grande Dáá. Não faço ideia de onde estamos nem de como chegamos aqui. Queria mostrar isso para vocês porque eu não conseguia acreditar que fosse real. Mas vocês estão vendo, não estão? Não sou doido, sou? Porque eu já estava ficando com dúvidas.

Um barulho rítmico de chicotadas quase me fez cair do galho. Todos nós descemos das árvores. A voz de uma criança chegava cada vez mais perto, cantando em alguma língua estranha. Nós nos aproximamos uns dos outros, por instinto.

Um garoto moreno de uns seis anos, usando um manto marrom e segurando um cajado retorcido, passeava tranquilamente pela trilha que terminava onde estávamos. Ele cantava e batia em uma árvore morta e oca, no ritmo da canção, enquanto seus olhos vasculhavam tudo o que viam.

Ele congelou ao nos ver.

— Continue cantando, amiguinho — disse Marco. — Eu gostei. Parece uma coisa meio reggae.

O garoto transferiu o olhar gelado de nosso rosto para nossas roupas. Ele baixou o galho e disparou de volta à estrada principal. Devíamos parecer bem estranhos, pois ele começou a gritar de um jeito ansioso, em uma língua que nenhum de nós conhecia.

Na estrada, uma caravana de camelos se virou preguiçosamente para olhá-lo. Um homem de cabelos grisalhos estava à frente, apoiando-se em um cajado e conversando com um guarda de armadura de couro que se aproximara dele vagarosamente. Os dois se voltaram, a fim de olhar para nós.

O guarda tinha barba preta grossa e ombros que se equiparavam aos de um touro. Ele franziu os olhos e começou a caminhar em nossa direção, empunhando uma lança. Então nos dirigiu palavras estranhas, de som gutural, aos gritos.

— O que ele está dizendo? — Aly perguntou.

— "Esse manto me deixa gordo?" Como eu vou saber? — disse Cass.

— Não estamos mais no Kansas, Fido — disse Marco. — Acho que está na hora de cair fora.

Começamos a correr para dentro do bosque, descendo o declive e tropeçando nos arbustos e raízes. Eu me sentia como se estivesse martelando cada contusão que já tinha. Marco foi o primeiro a chegar perto da margem do rio. Cass ia logo em seguida, olhando para trás com medo.

— Ele vai desistir — Marco sussurrou. — Ele não tem motivo para ficar bravo com a gente, só deve estar achando nossas roupas esquisitas.

Vamos ficar escondidos por uns minutos, até o Spartacus e o cara do camelo irem embora. Depois, quando as coisas estiverem mais tranquilas, a gente procura os Jardins Suspensos.

— Háá, não por nada, mas é Totó — Aly sussurrou.

— O quê? — disse Marco.

— "Não estamos mais no Kansas, *Totó*" — ela disse. — Não é *Fido*. Essa fala é do *Mágico de Oz*.

Enquanto nos agachávamos em meio aos arbustos, Marco arregalou os olhos. Acompanhei a direção de seu olhar. Por sobre a copa das árvores, uma mancha preta tremulava no céu. Parecia uma espécie de capa gigante.

— E, há... aquela coisa? — disse Marco. — Seria a cortina do mágico, quem sabe?

Eu me levantei e corri para um ponto mais alto, de onde pudesse ver a cidade. Avistei o guarda outra vez e me agachei atrás de uma árvore. Mas ele não estava mais preocupado com a gente. O guarda, o cara do camelo e outros três ou quatro homens estavam conduzindo os animais em direção à ponte.

— Eu não estou gostando disso — disse Cass, ao chegar aonde eu estava. — Vamos cair fora daqui antes que venha um tornado. Precisamos falar com o professor Bhegad. Ele vai saber o que fazer.

— De jeito nenhum, irmão — Marco foi contra. — É só o clima. Precisamos continuar. E eu tenho um milhão de coisas que preciso contar para vocês.

Um animal rugiu ao longe. Pássaros voavam freneticamente, e uma série de guinchos agudos enlouquecidos cortou o ar. Aquele lugar estava me dando medo.

— Conta do outro lado — eu disse, já começando a descer.

Aly, Cass e eu corremos para o rio. Eram três contra um.

— Mariquinhas. Todos vocês — disse Marco. Então, dando um suspiro contrariado, ele nos seguiu de volta ao rio.

8

ESTÁ VIIIIIVO!

— OLHA! ESTÁ SE MEXENDO! Está viiiiivo! Está vivo, está vivo, está vivo!

A voz era de Aly. Isso eu sabia. E tinha uma vaga ideia de por que ela estava bancando a tonta.

Tentei abrir os olhos, mas o sol estava castigando de tão quente. Meus músculos doíam e as roupas ainda estavam molhadas. Pisquei e me forcei a olhar para cima, franzindo as pálpebras. Marco, Aly e Cass estavam inclinados sobre mim, arfando e molhados. Atrás deles, por detrás do penhasco, surgia o sol árduo e implacável.

— Não me diga — observei. — É a fala de um filme.

Aly sorriu.

— Desculpa, não resisti. Estou tão aliviada. *Frankenstein* original. Colin Clive.

— Bem-vindo ao mundo dos vivos — disse Marco, me ajudando a ficar em pé na areia. — *A história das Sete Maravilhas* original. Marco Ramsay.

A paisagem girou enquanto eu me levantava. Olhei para a ladeira com cansaço.

— O que aconteceu com Ali Babá e os camelos?

— Sumiram — Marco respondeu, com os olhos brilhantes de entusiasmo. — Voltamos ao mesmo lugar de onde saímos. E vocês repararam em outra coisa? Olhem ao redor. Olhem bem.

Eu vi a trilha gasta no topo da cadeia montanhosa, plácida sob o sol da manhã.

— Espera aí — eu disse. — Quando saímos daqui, o sol estava quase se pondo. Agora está mais alto.

— Bingo! — disse Marco.

— De *Bingo* — Cass murmurou. — Estrelando Bingo.

— E o que isso significa, Marco? — disse Aly. — A esperta era para ser eu. O que foi que você entendeu, e eu não?

— *Ei!* — Uma voz aguda e distante nos fez virar o pescoço na hora. Nirvana vinha correndo pela praia a toda velocidade, com um short havaiano, uma camiseta onde se lia "kiss" e óculos aviadores. — Ô... ca... cilda! — ela gritou. — Onde vocês estavam?

Marco se virou de repente.

— Debaixo da água. E aí, mana? Cadê o Bhegad?

Nirvana deu um tapa na cara dele, com força.

— Ai! — Marco reclamou. — Prazer em te ver também.

— Pensamos que vocês estavam mortos! — Nirvana respondeu. — Depois que vocês pularam, eu quase tive um ataque cardíaco! O Bhegad, o Fiddle e o Hulk estão quase se matando. "Como você foi deixar isso acontecer?" "Como *você* foi deixar?" "Como *você* foi capaz?" Blá, blá, blá. O Fiddle insiste em ligar para a emergência, o Bhegad diz que não podemos, o Torquin começa a surtar e eu querendo que eles tomem um remedinho para se acalmar. Daí todos nós pulamos no rio para procurar vocês, menos o Bhegad, que está tão furioso que só falta dar cavalo de pau com a cadeira de rodas. Finalmente, desistimos. Só podemos esperar. Logo presumimos que vocês todos se afogaram. O Torquin chora. Sim, lágrimas de uma rocha. Acontece. O Fiddle começa a dizer que está na hora de "pular fora do IK e procurar outro emprego". O Bhegad insiste em montar acampamento. Que talvez vocês acabem voltando. Ou então vamos encontrar os corpos. Daí, passamos dois dias aqui comendo carne-seca e...

— Espera — eu disse e me sentei. — Dois dias?

— O Torquin estava chorando? — Cass perguntou.

Por sobre o ombro de Nirvana, pude ver Fiddle empurrando o professor Bhegad em nossa direção. Torquin vinha atrás, balançando feito um pato e com a cara bolachuda distorcida por uma expressão que parecia resultante de indigestão, mas provavelmente se tratava de preocupação mesmo. A uns cinco ou seis metros havia uma espécie de acampamento — três tendas grandes, uma grelha e caixas com suprimentos.

Quando eles haviam instalado tudo aquilo?

— Pela Grande Qalani! — o velho gritou, abrindo bem os braços. — Vocês estão... bem!

Nenhum de nós soube direito o que fazer. O professor Bhegad não era exatamente um cara dado a abraços. Então, estendi a mão. Ele a apertou com tanta força que meus dedos quase caíram.

— O que houve? — ele perguntou, fuzilando Marco com os olhos. — Se eu não estivesse tão aliviado, estaria furioso!

Marco corou e piscou.

— Foi mal, p. Beg... Eu não devia ter saído correndo daquele jeito... Uau... tá tudo girando... Vou me sentar, se não se importa. Acho que engoli água demais.

— Torquin, leve-o para a tenda. Já! — Bhegad ordenou. — Chame todos os médicos que tivermos.

Marco franziu o cenho e se levantou, dando um sorriso metido.

— Ei, p. Beg, não esquenta. Tô bem.

Mas ele não parecia bem. Estava pálido demais. Dei uma olhada para Aly, mas ela estava prestando atenção no relógio.

— Hãã, pessoal... Que horas são? E que dia é hoje?

Fiddle a olhou de um jeito curioso e então conferiu as horas no próprio relógio.

— São 10h42 da manhã de sábado.

— No meu relógio são 6h39 da tarde, quinta-feira — disse Aly.

— A gente conserta — disse Torquin. — Relógio bugado especialidade do IK.

— Ainda está funcionando, é à prova d'água — respondeu Aly. — Olha, o segundo ponteiro está mexendo. Nós saímos às 6h02, a hora aqui no Iraque, e estávamos de volta às 6h29. Exatamente vinte e sete minutos, de acordo com meu relógio. Mas aqui, neste lugar, quase dois dias se passaram para vocês!

— Um dia, dezesseis horas e quarenta minutos — disse Cass. — Bem, talvez dezesseis horas e meia, se contarmos o tempo de discussão antes de mergulharmos de fato.

— Aly, isso não faz sentido — eu disse.

— E alguma coisa faz sentido nessa aventura? — Aly estava pálida, olhando fixamente para o professor Bhegad.

Mas o professor avançava com a cadeira de rodas na direção de Marco.

— Ninguém ouviu o que eu disse? — ele reclamou. — Leve esse garoto para a tenda, Torquin, agora!

Marco fez um gesto como se estivesse dispensando Torquin. Mas estava era caindo para trás. Seu sorriso desabou de repente.

Depois, o que desabou foi o corpo.

Enquanto observávamos, horrorizados, Marco caiu na areia, contorcendo-se em agonia.

9

UMA QUESTÃO DE TEMPO

— SE VOCÊ DISSER "Está vivo", vou te dar um soco — disse Marco.

Ele abriu os olhos. O professor Bhegad suspirou, aliviado. Atrás dele, Fiddle soltou um gritinho de alegria.

— Você é um garoto forte — disse Bhegad. — Eu não sabia direito que tratamento seria preciso.

— Eu não achei que precisasse de tratamento — Marco respondeu. Um sorriso triste brotou em seu rosto quando ele levantou os olhos para Aly, Cass e eu. — Lá se foi Marco, o Imortal.

Cass se inclinou e o abraçou.

— Irmão M., nós gostamos de você do jeitinho que você é.

— Parece letra de música — Nirvana disse, agarrando os braços de Fiddle e Torquin.

Dei uma olhada para Aly e percebi que ela estava em prantos. Fui para perto dela. Eu meio que queria colocar o braço em seu ombro, mas não sabia se isso pareceria esquisito demais. Ela me deu uma olhada, franziu a testa e mirou em outro ponto.

— Meus olhos... — disse ela. — Deve ter entrado areia neles...

— A Aly estava me contando da aventura de vocês — disse Bhegad a Marco. — O Loculus que parecia chamar de dentro do rio... a mudança de clima... a cidade do outro lado. Parece um dos seus sonhos.

— Sonhos não mudam a passagem do tempo, professor Bhegad — disse Aly.

— Foi real, cara — Marco disse. — Parecia um estúdio gigantesco de gravação da Disney. Uma cidade antiga enorme com estradas de terra, nada de carro, o pessoal vestindo mantos e umas construções velhas, enormes e pontudas.

— Humm. Zigurates... — disse Fiddle, balançando a cabeça.

— Como é? — disse Marco. — Zigue-zague o quê?

— Não é zigue-zague, é "zigurates". São estruturas em camadas, locais de adoração. — Bhegad coçou a cabeça, subitamente imerso em pensamentos. — E vocês? Todos confirmam o que o Marco está contando?

Nirvana levantou os braços.

— Quando a Aly fala sobre isso, você acha que é sonho. Mas, quando é o Marco que está falando, você leva a sério. Talvez seja um pouquinho de preconceito de gênero, não?

— Peço desculpas, são hábitos antigos que adquiri em Yale — disse Bhegad. — Levo todos a sério. Apesar de, ao que parece, vocês estarem falando de uma viagem ao passado, o que não passaria, desculpem a expressão, de puro conto de fadas.

— Então vamos aplicar um pouquinho de ciência. — Aly se agachou e começou a fazer cálculos na areia com o dedo. — Muito bem. Vinte e sete minutos lá, cerca de um dia, dezesseis horas e meia aqui. O resultado é...

> LÁ: 27 MINUTOS
>
> AQUI: 1 DIA + 16,5 HORAS
> ... OU 40,5 HORAS

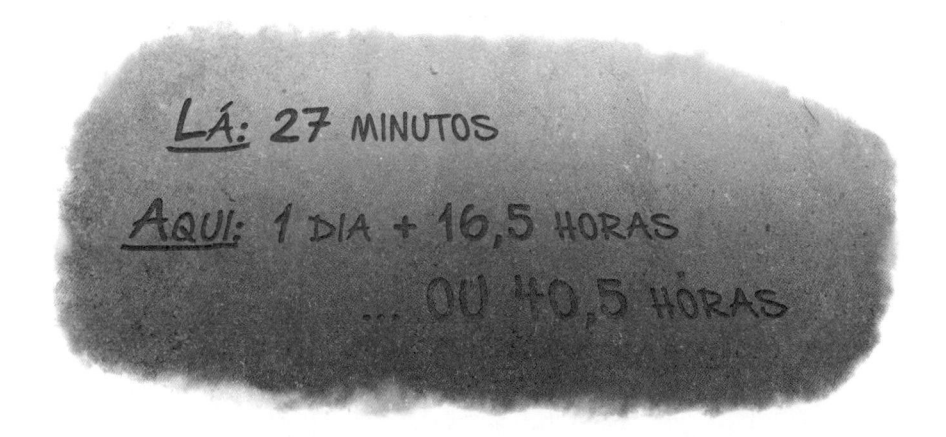

— Vinte e sete minutos lá equivalem a quarenta horas e meia aqui? — perguntei.

— Quantos minutos seria isso? — ela disse. — Cada hora tem sessenta minutos, então multiplicado por sessenta...

$$\begin{array}{r} 40,5\ h \\ \times\ 60\ min \\ \hline 2.430\ min \end{array}$$

Os dedos da Aly só faltavam voar.

— Então vinte e sete minutos se passaram enquanto estávamos lá. Mas 2.430 minutos se passaram aqui. Qual é a proporção?

$$2.430 \overline{|27}$$
$$00 \quad 90$$
$$0$$

— Noventa! — Os olhos da Aly faiscavam. — Isso significa que fomos a um lugar onde o tempo passa noventa vezes mais devagar do que aqui.

Fiddle pareceu impressionado.

— Mandou bem, garota!

— *Como ééé?* Isso é impossível! — Cass balançou a cabeça, incrédulo, depois deu uma olhada hesitante para o professor Bhegad. — Não é?

Tentei desesperadamente me lembrar de uma coisa esquisita que aprendi certa vez.

— Na aula de ciências... quando eu não estava dormindo... a professora estava falando de uma teoria famosa. Ela explicou assim: imagine que você está em um trem de vidro transparente em alta velocidade, aí você joga uma bola um metro para cima e a pega de volta. Para você, a bola está subindo e descendo um metro. Mas, para alguém que estiver olhando do lado de fora do trem, enxergando pelas paredes transparentes...

— A bola se move na direção do trem, então ela viaja bem mais do que um metro, não só para cima e para baixo, mas também para frente — disse Bhegad. — Sim, sim, essa é a teoria da relatividade especial...

— Ela disse que o *tempo* podia ser assim — prossegui. — Então, tipo, se você estiver em uma espaçonave e for bem rápido, perto da velocidade da luz, quando voltar, todo mundo na Terra vai estar bem mais velho. Porque, para eles, o tempo é como essa bola. Ele passa mais rápido quando vai para cima e para baixo do que quando está sendo esticado.

— Então você está pensando que vocês são como a espaçonave? — perguntou Nirvana. — E esse lugar que encontramos é como um mundo paralelo que corre mais devagar, ao lado do nosso mundo?

— Mas, se existimos ao mesmo tempo que eles, por que não os vemos? — disse Marco. — Eles deviam estar do outro lado do rio, só que se movendo bem devagar eeeeee faaaaalaaaaanndoooooo aaaaaaaassiiiiiiimmm...

— Nós só temos cinco sentidos — disse Aly. — Podemos usar a visão, a audição, o tato, o olfato e o paladar. Talvez, ao dobrar o tempo dessa maneira, as regras sejam diferentes. Você não pode vivenciar o outro mundo, pelo menos não com os sentidos físicos de sempre.

— Mas vocês... vocês todos conseguiram viajar entre os dois mundos — disse Bhegad —, por meio de algum...

— Portal — disse Fiddle.

— Parecia um pneu — disse Marco. — Só que mais legal. Com uma calota irada.

Bhegad soltou uma espécie de guincho.

— Ah! Isso é extraordinário. Revolucionário. Preciso pensar nisso. Passei a vida postulando a existência de buracos de minhoca.

Torquin arqueou uma sobrancelha, cético.

— Desnecessário postular. Vejo minhoca fazendo buraco todo dia!

— Um buraco de minhoca no *tempo* — disse Bhegad. — É onde o tempo e o espaço se dobram, de modo que as regras normais não se aplicam. A questão é: *Quais* regras se aplicam? Esses garotos podem ter feito uma viagem transdimensional. Eles viram um mundo que ocupa *este espaço*, esta mesma parte da Terra em que estamos agora. Como se faz isso? A única maneira é viajando através de algum ponto de fluxo dimensional. Em outras palavras, é preciso encontrar uma interrupção nas forças da gravidade, do magnetismo, da luz e da atração atômica.

— Como o portal no monte Ônix — eu disse —, de onde veio o grifo.

— Exatamente — disse o professor Bhegad. — Vocês percebem com o que brincaram? Os riscos que correram? De acordo com as leis da física, o corpo de vocês poderia estar do avesso agora... Vocês podiam ter evaporado!

Dei de ombros.

— Eu estou me sentindo muito bem.

— Você me disse que podia *sentir* o Loculus, Jack — disse Bhegad.

— Do jeito que sentiu os Heptakiklos no vulcão.

— Eu senti também — disse Marco. — Somos os Escolhidos, irmão. Ficamos elétricos quando estamos perto desse negócio. É coisa do G7M.

— O que significa, infelizmente, que vocês terão de voltar... — Bhegad disse, a voz sumindo enquanto ele se perdia em pensamentos.

— É, e dessa vez sem roupas do século XXI, que chamam atenção — disse Marco. — É melhor procurar uma loja de fantasias, comprar uns mantos estilosos e partir pro abraço.

— Não são mantos — disse Aly. — São túnicas.

O professor Bhegad balançou a cabeça.

— De jeito nenhum. Não vamos fazer nada com pressa. Precisamos retomar o plano original, terminar o treinamento de vocês. Os eventos recentes, ou seja, o vromaski, o grifo, nos fizeram forçar as coisas. Nos fizeram apressar tudo. Vocês acabaram se lançando em uma aventura para a qual não estavam preparados.

— Esse método é antigo... é ultrapassado... — esbravejou Marco.

— Chame como quiser, eu chamo de prudência — Bhegad respondeu. — Tudo que vocês fizeram, voar com o Loculus, viajar pelo buraco de minhoca, são coisas sem precedentes na história da humanidade. Precisamos estudar o Loculus voador. Consultar nossos melhores cientistas para saber mais sobre viagens por buracos de minhoca. Avaliar os riscos. Se e quando vocês voltarem a passar pelo portal, precisaremos ter um plano com protocolos de segurança, contingências, estratégias, sincronia precisa para a programação dos tratamentos. Agora, me virem para podermos começar.

Fiddle nos olhou dando de ombros e então começou a empurrar o velho de volta para as tendas.

— Ei, p. Beg, espera aí! — disse Marco.

O professor Bhegad parou e virou o pescoço para trás.

— E essa é outra questão, meu rapaz: é professor Bhegad. Sinto muito, mas você não vai mais apitar nada por aqui. A partir de agora, vou levá-lo na rédea curta.

— Hãã, sobre o Loculus voador... — disse Marco. — Desculpa, mas você não vai poder estudá-lo.

Bhegad franziu os olhos.

— Você disse que o escondeu, certo?

— Há, é, mas... — Marco começou a dizer.

— Então pegue de volta! — Bhegad exigiu.

Marco esfregou a nuca com a mão, olhando para a água.

— O negócio é que... eu escondi... *lá*.

— Na água? — perguntou Nirvana.

— Não — respondeu Marco. — No outro lugar.

Bhegad desmoronou na cadeira.

— Bem, isso torna o trabalho um pouco mais complicado, não é mesmo? Imagino que vocês tenham que voltar o quanto antes. Preparados ou não. Talvez eu precise mandar o fisicamente apto Fiddle para acompanhá-los.

— Ou Torquin — Torquin grunhiu, indignado —, que é fisicamente... mais apto.

Fiddle gemeu.

— Isso não faz parte das minhas funções. Nem do Torq. O que nos foi dito era um Loculus em cada uma das Sete Maravilhas. Não em uma máquina do tempo do mundo real.

— O segundo Loculus, caro Fiddle — disse Bhegad —, está de fato em uma das Maravilhas.

— Certo, então devíamos estar escavando, não girando em torno de histórias de ficção científica — disse Fiddle. — Vocês estão vendo essas ruínas mais abaixo? Era *lá* que ficavam os Jardins Suspensos!

— Mas os nossos Escolhidos foram aonde os Jardins Suspensos *ficam*. — Bhegad fez um gesto em direção à água, os olhos brilhando. — Acredito que eles encontraram a antiga cidade da Babilônia.

10
ÁRABE OU ARAMAICO?

— Mochilas de couro com compartimentos ocultos? — perguntou o professor Bhegad, lendo uma lista de suprimentos. — Sandálias de couro?

— Confere — disse Nirvana. — Mergulhadas no rio e deixadas secar para garantir a aparência de usadas. E vocês não imaginam a dificuldade para encontrar o tamanho quarenta e cinco para o jogador de basquete aí.

— Desculpa — disse Marco, sem graça. — Pé grande, coração grande.

— Ah, por favor — Fiddle disse, gemendo.

— Túnicas? — apressou-se Bhegad. — Tinta de cabelo para cobrir o lambda? Não deixem os babilônios ver o lambda, vocês sabem. Eles vivem em um período de tempo próximo àquele da destruição de Atlântida, quase três milênios atrás. O símbolo deve significar alguma coisa para eles.

— Deem um rodopio, pessoal — disse Nirvana.

Nós nos viramos lentamente, mostrando a Bhegad o resultado da tintura que ela aplicara em nossa nuca.

— Foi um pouquinho difícil combinar as cores — disse Nirvana. — Especialmente no caso do Jack. Ele tem muitos fios vermelhos misturados aos castanhos, e eu tive que...

— Se precisar de mais informações, eu pergunto — Bhegad interrompeu.

— Nossa, descuuuuulpa por falar. — Nirvana cruzou os braços e desabou no chão da tenda, não muito longe de onde eu estava estudando.

Estávamos ardorosamente tentando aprender o máximo possível sobre a Babilônia e os Jardins Suspensos. O professor Bhegad andava tenso e mandão nos últimos dias.

— Ramsay! — ele berrou. — Por que os Jardins foram construídos?

— Ah... essa eu sei... Porque um carinha que era rei queria fazer a esposa feliz — disse Marco. — Ela vinha de um lugar de montanhas e tal. Então o rei disse: "Ei, meu bem, vou construir uma montanha todinha para você aqui no deserto, com flores e plantas iradas".

— Williams! — gritou Bhegad. — Diga o nome do, hum, *carinha* que era rei, como vocês chamam de modo tão curioso, que construiu os Jardins Suspensos. E também quero saber o nome do último rei da Babilônia.

— Há... — disse Cass, o suor pingando da testa. — É...

— Nabucodonosor II e Nabonido! — Bhegad fechou os olhos e tirou os óculos, massageando lentamente a testa com a mão livre. — Isso é desanimador...

Cass balançou a cabeça. Ele parecia prestes a chorar.

— Eu devia saber. Estou perdendo o controle.

— Você não está perdendo o controle — eu disse.

— Estou, sim — ele respondeu. — Sério. Tem algo errado comigo. Acho que meus genes estão mudando. Isso pode nos ferrar complet...

— Vou lhe dar a chance de se redimir, Williams — disse Bhegad. — Diga os nomes pelos quais os babilônios costumavam chamar Nabucodonosor e Nabonido. Vamos lá, pense bem!

Cass se virou.

— O que foi? Não ouvi direito...

— Nabu-Kudurri-Usur e Nabu-na'id! — disse Bhegad. — Não se esqueça disso! E o filho vilão de Nabu-na'id? Marco, sua vez!

— Nabonudista Júnior? — disse Marco.

— Belsazar! — Bhegad gritou, frustrado. — Ou Bel-Sarra-Usur! Não tem ninguém prestando atenção?

— Dá um desconto, professor, é difícil de lembrar — reclamou Aly.

— Vocês precisam conhecer esse povo *de cor*! E se os encontrarem? — disse Bhegad. — Black, qual era a língua mais falada?

— Árabe? — disse Aly.

Bhegad enxugou a testa.

— Aramaico. *Aramaico!* Além de várias outras línguas. Muitas nacionalidades viviam na Babilônia, cada uma com sua língua: anatolianos, egípcios, gregos, judeus, persas, sírios. O grande templo central de Etemenanki também era chamado de...?

— Torre de *Lebab*, mais conhecida como Babel! — disse Cass sem pensar. — "Babel" deu origem ao termo *babble*, que em inglês significa "fala ininteligível". Porque as pessoas se reuniam ao redor da torre e falavam e rezavam muito.

— O Cass vai se dar muito bem lá — disse Marco — falando *detrásprafrentês*.

Bhegad tamborilou os dedos na mesa com impaciência.

— A próxima arguição será sobre o sistema numérico. — Ele mostrou uma folha de papel com umas figuras obscuras rabiscadas.

$$\text{𒁹} = 1 \qquad \text{𒈫} = 2$$

$$\text{𒐘} = 4 \qquad \text{𒌋} = 10$$

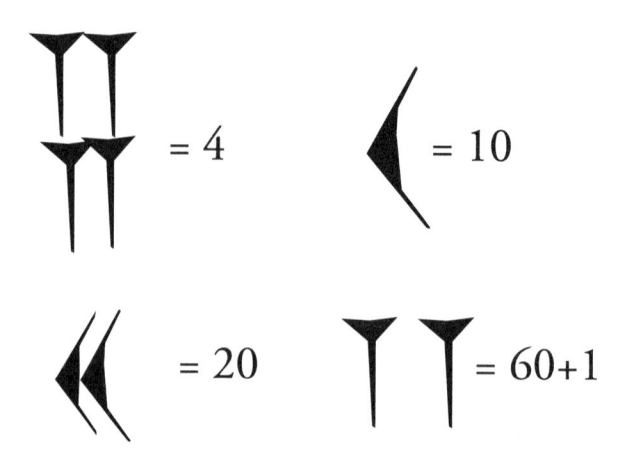

$$\text{𒎙} = 20 \qquad \text{𒐺} = 60+1$$

— Memorizem esses números — disse Bhegad. — Lembrem-se: nossas ordens numéricas são de unidades, dezenas, centenas etc. As deles eram de um, sessenta, trezentos e sessenta etc.

— Pode ir mais devagar — pediu Marco —, como se tivéssemos inteligência normal?

— Isso aqui, meu rapaz — disse Bhegad, pronunciando cada palavra exageradamente —, talvez pareçam pegadas de pássaros, mas são números. Comecem aceitando esse fato... e *leiam*! Vamos fazer um momento de silêncio enquanto vocês tentam aprender. E eu tento acalmar meu estômago revolto.

Enquanto Fiddle o empurrava de volta para a mesa onde ficavam seus remédios, deslizei até o chão com um livro na mão, perto de Nirvana, que estava bicuda.

— Cacilda, o que foi que ele comeu no café da manhã? — ela murmurou.

— Ele só está preocupado — eu disse. — Porque a gente passou pelo buraco de minhoca.

Do outro lado da tenda, Cass e Aly estavam às voltas com um tablet, estudando documentos que o professor havia baixado — manuais de história, de estudo de línguas antigas, relatórios de normas de comportamento social.

— Certo, então a galera da classe alta se chamava *awilum* — disse Cass —, e a classe baixa, *mushkenum*, e os escravos eram...

— *Wardum* — respondeu Aly.

— Como é? *Wardum?* — Marco bateu na mesa. — Isso é ridículo. Ei, p. Beg, isso aqui não é Princeton. Não dá para aprender a história inteira da Babilônia em dois dias. Não vamos morar lá. Vamos só dar um pulinho até lá e trazer aquele negócio de volta.

Pensei que o professor Bhegad fosse ter um chilique. Por um momento, ele ficou com a cara vermelha feito um pimentão. Então deu um suspiro, tirou os óculos e enxugou a testa.

— Sabem, no *Mahabharata*, os hindus falam de um rei que fez uma rápida viagem ao paraíso. Ao retornar, o mundo havia envelhecido muitos anos, as pessoas estavam franzinas e pequenas. O cérebro delas havia apodrecido.

— Então, espera, somos tipo o rei? — Marco perguntou. — E vocês são o mundo?

— É uma metáfora — disse Bhegad.

— Eu não me importo com metáforas — disse Marco —, mas, cara, seu cérebro não vai derreter. Ele é tão preservado que dá medo.

— Eu posso estar morto quando vocês voltarem. Estou preocupado com a passagem do tempo. E tenho um plano. — Bhegad olhou para cada um de nós, um por um. — Vou lhes dar quarenta e oito horas. Para nós, serão seis meses. Continuaremos com o acampamento aqui, esperando pacientemente por vocês cinco. Se forem tão maravilhosos quanto pensamos que são, será tempo suficiente para que encontrem os dois Loculi. Quando o tempo estiver acabando, não importa o que aconteça, vocês vão retornar. Se precisarem de outra viagem, vamos planejá-la depois. Entendido?

— Espere, você disse nós cinco — falei cautelosamente. — O Fiddle também vai?

— Não, vocês precisam de proteção, mais do que qualquer outra coisa. — O professor Bhegad olhou para Torquin. — Não os perca desta vez, meu amigo descalço. E não vá parar na cadeia.

✵

— Passo... passo... passo... passo...

Torquin gritava comandos de marcha como se fosse um sargento em pleno treino. Ele nos amarrou juntos pela cintura, com um pedaço enorme de corda que afundava na areia entre nós enquanto caminhávamos. Estávamos enfileirados, da esquerda para a direita: Marco, Aly, Torquin, Cass e eu.

— Isso é necessário? — Aly perguntou quando chegamos à beira da água.

— Segurança — disse Torquin. — Perco vocês, perco o emprego.

Virei o pescoço para olhar para trás. O professor Bhegad, Nirvana e Fiddle estavam observando perto de uma tenda grande em forma de domo.

— Quem quer ir primeiro? — perguntei.

Marco deu um sorrisinho dissimulado e pulou na água feito um velocista. Sua corda puxou Aly, depois Torquin, Cass e eu. Torquin berrou algo que não posso repetir.

Senti que estava afundando e me debati incontrolavelmente. Estar amarrado a Torquin não ajudou. Seus braços desgovernados batiam em mim como se fossem pranchas.

Não lute contra a água. Ela é sua amiga. Era a voz da minha mãe, vinda de muito tempo atrás, durante minha primeira e aterrorizante aula de natação no clube. Eu mal conseguia me lembrar do som da voz dela, mas sentia suas palavras me dando força. Relaxei os músculos. Deixei o corpo de Marco me puxar. E então nadei em sua direção.

Não demorou muito e eu estava ultrapassando Torquin. A corda era comprida o bastante para que eu ganhasse certa distância. Vi os pés de Aly logo à minha frente, batendo com força. Ela segurava firme Cass, que cortava a água o melhor que podia.

Pronto. A esfera de ladrilhos, logo abaixo de nós. A música estranha começou a invadir o meu cérebro.

Isso vai doer. Não resista.

Eu me preparei. Soltei o corpo. Senti a súbita expansão e contração. Como se fosse explodir.

Doeu do mesmo jeito, pareceu tão desumano quanto antes. Mas era a segunda vez, de modo que eu estava mais preparado do que esperava. Fui cuspido para o outro lado da esfera, sentindo os pulmões prestes a explodir, o corpo mole e já prevendo o frio.

Mas não esperava ser puxado de volta.

Minha corda estava esticada.

Torquin.

Isso era alguma brincadeira? Ele estava preso?

Eu me virei. Torquin não havia atravessado. Era como se ele estivesse me puxando de volta. Olhei para trás e vi Cass e Aly tentando continuar nadando, também esticando a corda em vão.

Era como um cabo de guerra entre duas dimensões.

Marco nadou para perto de mim e agarrou a corda. Procurou na mochila e pegou um canivete. Ele cortou uma vez... duas...

A corda foi se contorcendo para fora e voltou de repente para dentro do portal.

Marco e eu caímos para trás. O portal brilhou, mas seu centro estava totalmente escuro. A ponta cortada da corda desapareceu nas trevas.

Onde estava Torquin? Marco começou a nadar em direção ao portal com um braço, enquanto nos indicava a superfície com o outro. Minha preocupação com a vida de Torquin foi suplantada pelo mais puro pânico. Eu não tinha muito tempo antes de o fôlego acabar. Nenhum de nós tinha.

Virei-me e bati as pernas com força. Aly estava quase chegando à superfície. Agarrei a corda de Cass e segurei firme, puxando-o comigo.

Cass e eu explodimos na superfície da água, arfando e tossindo. Olhei para os lados em desespero, esperando bater em alguma rocha. Mas o rio estava mais calmo que da última vez.

— Cadê... a Aly... o Marco? — Cass engoliu em seco.

Uma cabeça com cabelos tingidos de vermelho brotou ao sol. Aly parecia mal respirar. Ela estava afundando. Eu tinha de ajudar.

— Você consegue chegar sozinho à margem do rio? — perguntei a Cass.

— Não! — disse ele.

— *Yeeeeeeesssss!* — gritou uma voz próxima à praia. Marco rompeu a superfície, balançando a cabeça e piscando. Em uma fração de segundo, ele já estava nadando em direção a Aly. — Vão para a praia! — ele gritou em nossa direção. — O Torquin passou?

— Acho que não! — eu disse.

Com braçadas poderosas, Marco levou Aly até a parte rasa, onde ela conseguia ficar de pé. Depois refez o caminho por onde viera.

— Nós precisamos encontrá-lo! — gritou. — Eu volto já.

Enquanto ele sumia debaixo d'água, Cass e eu nadamos em direção a Aly. Estávamos em uma parte do rio diferente daquela pela qual saímos da outra vez. Era mais rasa. O tempo bom e a corrente mais calma também ajudaram.

Chegamos ao chão arenoso e desabamos perto de Aly, exaustos.

— Da próxima vez... — ela arfou — vamos trazer... boias infláveis.

Retomando o fôlego com dificuldade, ficamos olhando para o rio e esperando por Marco. Enquanto eu pensava na possibilidade de pular de volta na água para procurá-lo, a cabeça dele apareceu. Nós nos levantamos, ansiosos, enquanto ele nadava em nossa direção. Marco caminhou com dificuldade até a praia, meneando a cabeça e com os lábios apertados de tensão.

— Não consegui... — ele disse. — Fui direto até o portal... Tentei olhar através dele... Pensei em voltar... — Frustrado, ele bateu com o punho direito na palma da mão esquerda.

— Você fez o que pôde, Marco — disse Aly. — Até você precisa respirar.

— Eu... eu fracassei — disse Marco. — Não consegui pegar o Torquin.

Ele passou por nós, desabando, enfim, sobre o chão arenoso. Cass se sentou ao lado de Marco e levou o bracinho magrelo ao ombro largo dele.

— Eu sei como você se sente, irmão Marco — ele disse.

— Talvez o Torquin tenha ficado preso no portal — Aly sugeriu.

Marco negou num gesto de cabeça.

— Dava para passar uma manada por aquele negócio.

— Ele pode ter dado pra trás na última hora — disse Cass — e resolvido voltar.

Todos nós meneamos a cabeça, mas, sinceramente, isso não parecia coisa de Torquin. Medo não fazia parte de sua caixa de ferramentas. Ele era bom nadador. E seus pulmões eram do tamanho de um motor de caminhão. Só consegui pensar nas palavras do professor Bhegad: *Que regras se aplicam a uma viagem transdimensional?*

— Talvez ele não tenha conseguido atravessar — eu disse baixinho. — Talvez sejamos os únicos que conseguem. Quer dizer, vamos encarar a realidade, cada um de nós tem algo que ele não tem.

— Um vocabulário de mais de cinquenta palavras? — disse Cass, com um sorriso cansado. Sob as circunstâncias do momento, a piada não funcionou.

— O gene — eu disse. — O G7M. Ele não é um Escolhido.

— Você acha que o portal reconhece um *gene*? — perguntou Aly.

— Pense nas coisas esquisitas que aconteceram com a gente — eu disse. — A cachoeira que curou o corpo do Marco. Os Heptakiklos que me chamavam. O fato de eu conseguir puxar uma espada cravada e soltar um grifo, depois que outros tentaram e não conseguiram. Tudo isso aconteceu perto de uma área de fluxo também. O gene nos dá capacidades especiais. Quem sabe ultrapassar esse portal não seja uma delas.

Cass concordou com um movimento de cabeça.

— Então nós passamos, mas o Torquin simplesmente... bateu em uma parede. O que significa que ele deve estar agora com o professor Bhegad, são e salvo.

— Certo — eu disse.

— Certo — concordou Aly.

Ficamos olhando em silêncio para o Eufrates, que corria, querendo acreditar que simplesmente concordávamos. Acreditar que nosso corpulento e lacônico guardião estava bem. Cientes, no coração e na mente, de que, independentemente do que pudesse ter acontecido com ele, uma coisa era clara.

Estávamos por conta própria.

11
MATÉRIA E ANTIMATÉRIA

— PEGUEI! — MARCO AGARROU minha mão enquanto eu saltava sobre um fosso estreito. A água do Eufrates corria por ali, descia pelo bosque de pinheiros e entrava nas fazendas para irrigação. Eu era o último da fila.

Cass estava agachado, fazendo carinho em um lagarto verde que cabia direitinho na palma de sua mão.

— Ei, olha só! Ele não tem medo de mim!

Aly se agachou ao lado dele.

— Ela é bonitinha. Podia ser nossa mascote. Vamos chamá-la de Lucy.

Cass inclinou a cabeça.

— Leonard. Estou sentindo uma vibração mais para *ele*.

— Humm, pessoal? — Marco parecia exasperado. — Estou sentindo uma vibração mais para *vamos*.

Gentilmente, Cass colocou Leonard na mochila. Continuamos a caminhar em direção à cidade, escondidos pelas árvores. O sol estava a pino, castigando sem piedade. Avistei uma fazenda em meio aos galhos. Carroças repousavam ao lado de construções de tijolos. Presumi que os agricultores estavam cochilando.

Cass farejou o ar.

— Cevada. É o que estão cultivando.

— Como você sabe? — Marco perguntou. — Você foi criado em fazenda?

— Não. — Cass fez uma expressão confusa. — Bem, mais ou menos. Morei em uma por alguns anos. Com uns tios. Não deu muito certo.

— Que pena — disse Marco.

Cass meneou a cabeça.

— Sem problema. Sério mesmo.

Enquanto eles seguiam caminhando, dei uma olhadela para Aly. Perguntar a Cass sobre sua infância não fora boa ideia.

— Estou preocupada com o Cass — ela confidenciou em voz baixa. — Ele acha que os poderes dele estão definhando. E está muito sensível em relação a tudo. Especialmente em relação ao passado.

— Pelo menos ele tem a gente. Nós somos a família dele agora — respondi. — Isso deve dar força pra ele.

Aly deu uma risadinha de desprezo.

— Que medo... Quatro pirralhos que talvez não cheguem nem aos catorze anos. Mais disfuncional que isso, impossível.

À nossa frente, Marco pôs um braço sobre o ombro de Cass. Ele estava contando alguma história, fazendo-o rir.

— Olha — eu disse, apontando com o queixo. — Podemos ser disfuncionais, mas não está parecendo um irmão mais velho conversando com o caçula?

A expressão preocupada de Aly se transformou em um sorriso.

— Está.

Quando chegamos à beira do bosque de pinheiros, estávamos pingando de suor. Cass e Marco haviam caminhado mais para dentro e agora estavam agachados perto de um pinheiro, na borda do bosque. Nós nos juntamos a eles. Não havia ninguém por perto. Assim, pudemos ter uma longa e clara visão da cidade.

A Babilônia se espalhava a partir das margens do rio. Seu muro era cercado por um fosso que saía do próprio rio. Um grande portão arqueado que dava para um túnel abria uma brecha no muro, à nossa esquerda. Em frente ao muro, havia uma multidão reunida na beira do fosso. Eram quase todos homens. Suas túnicas tinham mais dobras que as nossas e eram feitas de um material mais grosso, bordado em tons vibrantes.

— Não estamos com a roupa certa — disse Aly.

— Parecemos os primos pobres — comentou Cass.

— Agora já era — disse Marco. — Vamos caminhar como se fôssemos daqui.

Enquanto saíamos de trás das árvores, reparei que Cass estava mascando chiclete.

— Cospe isso! — ordenei. — Não era para trazer nada dessas coisas.

— Mas é só chiclete — protestou Cass.

— Ainda não foi inventado — disse Aly. — Não queremos parecer diferentes.

Relutante, Cass cuspiu no mato uma enorme bola de chiclete.

— Daqui a dois mil anos, algum arqueólogo vai encontrar isso e concluir que os babilônios inventaram a goma de mascar — ele murmurou. — Você me forçar a cuspir pode mudar o futuro.

Todos acompanhamos Marco para fora do bosque de pinheiros, em direção ao solo do deserto. À medida que nos aproximávamos do muro da cidade, a multidão ficava mais barulhenta e estridente. Alguns pegavam pedras do chão. Três homens estavam de guarda, olhando para fora, mirando o nada com o olhar vazio. Eles usavam túnica com armadura peitoral de bronze e capacete com plumas. Pareciam poderosos e entediados.

— Eis a Babilônia — sussurrou Marco.

— Logo depois de Lindenhurst — sussurrou Cass em resposta. — Aquela é a estrada de Long Island. Linha Babilônia. Massapequa, Massapequa Park, Amityville, Copiague, Lindenhurst e Babilônia. Posso falar os nomes de trás para frente se...

Um grito horrendo o interrompeu. Vinha da multidão, e, um segundo depois, todos os homens urraram em aprovação. Paramos por instinto. Estávamos a apenas uns sessenta metros, presumi, mas ninguém nos dava a menor bola. Vi dois garotos correndo em direção à multidão com os braços carregados de pedras. Enquanto as pessoas corriam para pegar uma pedra, abriu-se um vão em semicírculo. Então pude ver o que estava lá dentro — ou *quem*. Era um homenzinho magro, mas musculoso, vestindo uma túnica esfarrapada com uma grossa borda púrpura. Ele estava encolhido no chão, cobrindo a cabeça com as mãos e sangrando.

O rosto de Aly ficou sem cor.

— Eles vão apedrejar o cara. Precisamos fazer alguma coisa!

— Não, senão eles vão apedrejar *a gente* — disse Cass —, e vamos morrer antes de nascer.

O homem ensanguentado se levantou cambaleando e gritou algo para a multidão. Então deu um passo para trás e sumiu — para baixo, fosso adentro.

Ouvi o barulho de algo caindo na água. Outro grito, pior que o anterior. A multidão se debruçava para olhar dentro do fosso. Alguns gargalhavam e continuavam a atirar pedras na água. Outros viravam a cara, parecendo enojados.

Ouvimos atrás de nós o barulho de rodas mastigando o solo. Homens entre a multidão começaram a se voltar em direção ao som, silenciados. Alguns caíram de joelhos. Fizemos o mesmo.

Uma carruagem vinha pela estrada de terra. Era puxada por quatro homens vestindo uma espécie de tanga, e o condutor usava uma capa marrom. Atrás dele, em um trono acolchoado, vinha sentado um homem de aspecto atrofiado, trajando uma túnica cheia de brocados. Ele usava um capacete pomposo com pedras preciosas incrustadas, o que dava um aspecto ridículo ao rosto fino e à barba pontuda.

Enquanto a carruagem se aproximava do fosso, a multidão e os guardas se curvaram até o chão. Os escravos conduziram o veículo pela ponte, e o rei dirigiu um olhar rápido para a água sobre a qual passava.

Se ele viu algo horrível, seu rosto não demonstrou. Ele bocejou, recostou-se novamente no assento e acenou preguiçosamente para a multidão, que não ousava lhe dirigir o olhar.

— Este é o rei Trabuco Condor? — Marco perguntou.

— Nabucodonosor — eu disse. — Talvez.

— Acho que não — disse Aly. — Acho que é Nabu-na'id. Eu fiz uns cálculos. Esse rasgo de tempo tem que começar em algum lugar. E eu imagino que seja por volta do século VI a.C., mais ou menos a época da destruição dos Jardins Suspensos. Durante o reinado de Nabu-na'id. Também conhecido como Nabonido.

— Tudo bem, talvez seja uma pergunta idiota, mas por que existem ruínas? — Marco perguntou. — Se a Babilônia mudou de tempo, não era para a cidade inteira ter desaparecido? Então o que são aquelas pedras que vemos no século XXI?

— Deve ser, tipo, matéria e antimatéria — disse Aly. — Os dois mundos paralelos existem ao mesmo tempo. A Babilônia continua a existir em velocidade regular *e* na velocidade 1/90. E somos os únicos que podem ver as duas.

Enquanto o rei sumia portão adentro, um guarda veio correndo em nossa direção. Ele gritou algo olhando para trás, e mais dois o seguiram.

Logo havia seis guardas correndo em nossa direção.

— Parecem inofensivos — disse Marco.

— Somos *crianças* — observou Aly.

— Acho que vou vomitar — disse Cass, tremendo da cabeça aos pés.

— Autoconfiança é o segredo — disse Marco. Ele sorriu e acenou para os soldados que se aproximavam. — Ei, que túnicas bacanas, pessoal! Estamos procurando a Babilônia.

Os guardas nos cercaram, lançando-nos olhares ameaçadores, e nos vimos com seis lanças apontadas para o peito.

12

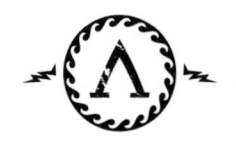

Titica total

Eu não precisava entender aramaico para saber que estávamos afundados em uma titica total.

O líder dos guardas devia ter uns dois metros de altura. Debaixo da barba preta e grossa feito lá de carneiro, brilhava um sorriso banguela. Ele nos deu ordens, esperou enquanto o olhávamos sem entender nada e então tagarelou mais alguma coisa.

— Acho que ele está experimentando idiomas diferentes — murmurou Aly —, para saber qual a gente fala.

— Quando ele chega no inglês? — Marco perguntou.

Tremendo, Cass levou as mãos à cabeça.

— Nós. Viemos. Em. Paz!

Os homens levantaram as lanças, apontando para a cara dele.

— Deixa pra lá — ele gemeu.

O líder fez um gesto em direção à cidade, grunhindo. Caminhamos com as mãos trêmulas sobre a cabeça. Quando alcançamos a ponte sobre o fosso, dei uma olhadela para baixo. A água do fosso se remexia com os movimentos de focinhos compridos que pareciam feitos de couro. Era lamacenta e vermelha feito sangue.

— C-c-crocodilos — disse Cass.

Fechei os olhos e respirei com força, pensando no homem que havia pulado lá dentro.

— Que tipo de lugar é este, afinal? — murmurei.

— Com certeza não é o Disney World — Marco respondeu.

O muro externo da cidade se agigantou sobre nós. O portão de entrada mais parecia uma sala comprida, coberta por tijolos de tom azul-claro. Volta e meia, se viam, talhadas, silhuetas de animais — bois, cavalos e um animal fantástico que parecia um lagarto de quatro patas. Enquanto passávamos pelo túnel, as pessoas recuavam, encarando-nos. Do outro lado, saímos em uma ruazinha de terra batida ladeada por construções simples de tijolos. Perto de uma dessas construções, um homem tosquiava uma ovelha, enquanto um garoto ria e levava tufos ao queixo, balindo.

Os guardas nos empurravam para que andássemos mais rápido. A cidade era grande e as ruas, estreitas. Enquanto caminhávamos em silêncio pelo solo áspero, senti olhares agressivos vindo das janelas ao redor. Depois de mais ou menos quinze minutos caminhando, senti que diminuía o passo sob o sol do meio-dia. O calor estava insuportável, e as casas de tijolos pareciam captar e irradiar esse calor bem na nossa cara. Paramos para beber água de um barril e vimos uma espécie de carrinho puxado por um escravo magro e musculoso, que transportava um homem barrigudo e de cara redonda. De onde eu estava, pude ver outro muro alto, que dava para alguma parte interna da cidade. A grande torre ficava depois desse muro.

— Aquela é a Torre de Babel? — perguntei.

— Talvez — disse Aly. — Mas não acho que vão nos levar pra lá. Acho que é algum tipo de lugar religioso.

— Lugares religiosos eram locais de sacrifício — Cass disse em voz alta. — Onde seres vivos eram assassinados em público!

— Irmão Cass, você é o tipo do cara para quem o copo está sempre vazio — disse Marco.

Uma rajada de vento do deserto trouxe o cheiro de carne frita, que vinha de uma rua da cidade. Mal consegui controlar a água na boca.

Os guardas nos cutucaram, a fim de nos apressar. Não tive dúvidas de que o cheiro estava vindo do outro lado do segundo muro, que agora pairava sobre as casas. Ele era bem mais alto e extravagante que o muro externo, com altura talvez equivalente a quatro andares. Os tijolos brilhavam e pareciam feitos de um material mais suave e requintado.

— O bairro do aluguel caro — sussurrou Marco, enquanto seguíamos os guardas por outra ponte sobre um fosso.

— Onde moram os awilums — comentou Aly.

Os guardas menearam a cabeça.

— Exibida — disse Cass.

A ponte estava lotada de gente com cara de rica. Quase colidimos com um sósia do Jabba, de *Guerra nas estrelas*, e com um criado que o seguia carregando um prato de comida. Carruagens passavam rangendo de um lado para outro.

Do outro lado do portão, os aromas deliciosos nos atingiram como um tapa na cara. Fomos parar em uma praça circular, do tamanho de uns três quarteirões da cidade, lotada de gente — mulheres com vasos sobre a cabeça, velhos capengas, rapazes de turbante discutindo intensamente, crianças descalças fazendo jogos com seixos. Estava claro que os awilums gostavam de proteger seu mercado, deixando tudo do lado de dentro do muro. Nem as pessoas detrás das barracas, nem os entregadores, nem mesmo os fregueses ricos eram mais altos que eu. Eles vendiam todo tipo de mercadoria — comida, temperos, pele de animais, facas e roupas. Apesar da riqueza e fartura de comida, havia um grupo de esfomeados pedindo dinheiro às margens da massa humana.

Não muito longe de nós, um cara de tórax largo chamava os fregueses enquanto assava um carneiro inteiro no espeto. O chefe dos guardas fez um gesto em sua direção.

— Feira!

Marco fez um gesto indicando a barriga.

— Oba! Fome realmente é o fim da feira!

Quando ele gritou, os guardas apontaram as lanças. A multidão foi lentamente fazendo silêncio.

— Desculpa — disse Marco com as mãos para cima. — Espero não ter ofendido.

O chefe dos guardas pegou um pedaço de carneiro assado da barraca. Olhando para Marco de modo hostil, resmungou algo para os outros guardas, que se serviram de comida. Então eles nos empurraram para continuar, sem se dar ao trabalho de pagar.

— Isso foi cruel — disse Aly.

— Corrupção sempre é — disse Cass.

— Não é isso — Aly respondeu. — Eu estava falando de terem acabado com a comida.

Os guardas nos empurraram para frente, e nós, com o estômago roncando, descemos pela rua estreita ao longo de um caminho de casas espremidas umas contra as outras. Subimos uma colina em direção à grande torre central, o zigurate. Ele parecia crescer à medida que nos aproximávamos, com suas muitas janelas assoviando ao captar a brisa do deserto. Devia ter altura equivalente a uns dez andares, mas, em comparação com as casas atarracadas ao redor, o zigurate parecia o Empire State Building. Com janelas subindo em espiral até o topo afunilado, ele era como um castelo de areia gigante, muito bem esculpido.

Também tinha um portão e era cercado por gramados e canteiros. Enquanto nos aproximávamos, eu me dei conta de que a torre era ainda mais larga do que eu pensava — talvez chegasse ao tamanho de um quarteirão.

— Como exatamente eles fazem sacrifícios? — disse Cass, nervoso. — Arrancam o coração da pessoa ainda viva, ou a deixam inconsciente primeiro?

— Nós não fizemos nada para eles resolverem nos sacrificar — disse Aly. — Esta cidade seguia o Código de Hamurabi, que era justo e razoável. Sacrifício não fazia parte da punição.

— Só coisas do tipo, sabe, vender pessoas como escravos — disse Marco. — Cortar dedos. Tipo isso.

Cass levantou as mãos, lançando um olhar fúnebre para elas.

— A-A-Adeus, velhas amigas.

Os guardas nos empurraram através de uma entrada que dava para uma sala com teto alto, coberta de azulejos brilhantes. Era bem mais comprida na largura que na profundidade. Pelas janelas entrava uma suave luz acinzentada, e chamas de velas tremulavam em candeeiros nas paredes. Caminhamos em cima de carpetes cheios de detalhes bem trabalhados e passamos por uma escultura de peixe de boca aberta cuspindo água em uma fonte de mármore. Serviçais de cabelo trançado e túnica comprida carregavam bandejas para cima e para baixo, e quatro velhos esculpiam belos símbolos nas pedras. Adentramos outro cômodo, onde um idoso estava sentado à mesa de mármore. Após nos fitar longamente com expressão de choque, ele atravessou um comprido corredor.

— Como se diz "Onde fica o banheiro masculino" em aramaico? — disse Marco.

— Agora não, Marco! — Aly rebateu.

Momentos depois, o velho reapareceu à porta e disse algo para os guardas. Eles nos empurraram para frente de novo.

— Olha, Hércules, estou ficando cansado disso. Preciso fazer xixi — disse Marco.

O guarda aproximou o rosto do de Marco. Apontando para a porta, disse:

— Nabu-na'id.

— Espera — disse Cass. — Não é o mesmo que rei Nabonido? Achei que a Torre de Babel não era o palácio.

— Parece que o Nabo deu uma remodelada — disse Marco.

Nós nos viramos em direção à passagem em arco incrustada de pedras preciosas e entramos na câmara interna. O guarda bateu com a ponta da espada no chão, fazendo um eco abafado. Começamos a caminhar de novo.

Estávamos sendo levados ao rei.

13
SUPER DA HORA

DE DENTRO DA câmara real, vinha a música de cordas gentilmente dedilhadas... e algo mais. Algo que soava, de início, como um exótico instrumento de sopro e, depois, como um pássaro. Teve um momento em que soou tão grave que o recinto inteiro pareceu vibrar. Em seguida, houve um som impossivelmente agudo, saltitante e leve, que reverberou até se transformar em um coro.

— Isso é uma voz — disse Aly, estupefata, enquanto entrávamos. — Uma única voz humana.

O recinto cintilava à luz das velas nos candeeiros das paredes, delicadamente talhados em metal. Fios de fumaça dançavam até o teto alto, equivalente a três andares. Tapetes cruzavam o chão polido, com tecelagens retratando cenas de batalhas. Como os demais recintos, este também era maior na largura. Sobre uma plataforma central, havia um enorme trono desocupado. À sua direita, quatro velhos barbados com mantos largos, um deles apoiando os cotovelos em uma mesa alta. À esquerda, uma mulher de véu tocava um instrumento de cordas plano, aninhado em seu colo, e de suas mãos só se via um borrão, enquanto ela dedilhava uma melodia complexa. Ao lado dela havia outra jovem, também de véu, cantando com uma voz tão inacreditavelmente linda que eu mal consegui me mexer.

— Que instrumento é aquele? — perguntou Aly ao chefe dos guardas. Ele lhe dirigiu um olhar vazio, e ela fez uma pantomima, como se tocasse o instrumento. — Uma cítara?

— Santur — ele disse.

— Lindo — ela comentou.

— É — eu disse. — Lindo. — Eu não conseguia parar de olhar para a cantora. Por baixo do véu, pude ver uma mecha de cabelo louro-avermelhado. Seus olhos estavam fechados e a cabeça balançava delicadamente, enquanto ela cantava ao acompanhamento do santur.

Aly bateu no meu braço.

— Para de babar.

Assustada, a cantora abriu os olhos, que se voltaram para mim feito faróis. Eu me virei, sentindo o rosto subitamente quente. Quando voltei a olhar, percebi uma intenção de sorriso em seu rosto.

Ela estava olhando para Marco.

— E aí, galera? — disse Marco. — Maneiro esse som. Então, saudações a todo mundo. Nós não temos muito tempo. Além do mais, para falar a verdade, eu preciso fazer xixi. Enfim, meu nome é Marco e esses caras aqui são... *ai!*

O chefe dos guardas bateu na nuca do Marco. O guarda e seu pessoal se ajoelharam e indicaram que fizéssemos o mesmo.

A tocadora de santur começou a dedilhar uma melodia triunfante. Os velhos se afastaram ruidosamente de nós e foram para a passagem em arco nos fundos. Surgiu uma figura pequena, que caminhava cambaleante.

Era o mesmo rei decrépito que víramos na carruagem. Ele avançou para debaixo da luz dos candeeiros, usando uma capa de tons dourados e vermelhos vibrantes e uma coroa cravejada de pedras preciosas, tão grande que parecia prestes a afundar em suas orelhas. Os homens o apoiavam pelos braços enquanto ele mancava até o trono, pisando desajeitadamente com o pé direito. Um de seus conselheiros parecia mais jovem que os outros, com uma expressão amarga no rosto e inquietos olhos cinzentos; os cabelos pretos com fios prateados lhe caíam nos ombros como cadarços oleosos. Ele tomou seu lugar ao lado do trono, de braços cruzados.

Enquanto se sentava, o rei inclinou a cabeça em sinal de aprovação para a cantora de véu. Sua barba pontuda bateu de leve no pescoço, como a cauda de um pássaro. A canção parou de repente. Cantora, tocadora de santur, escravos e guardas se curvaram, e nós fizemos o mesmo. Uma escrava se ajoelhou ao lado dele, tirando-lhe a sandália direita. Ela começou a massagear com óleos o pé enrugado, e ele sorriu.

Os guardas nos cutucaram para ficarmos em pé e nos empurraram para frente. Tive de me forçar a desviar o olhar para não ficar encarando o conselheiro do rei, cujos olhos se moviam com a mesma rapidez que a de um par de vespas aprisionadas.

— Aquele cara está me dando arrepios — sussurrou Aly.

— Qual deles, o Olho de Vespa ou o Pé de Peixe? — Marco perguntou.

Sentando-se mais para frente, o rei berrou uma pergunta com sua vozinha fraca e aguda. Como as palavras reverberaram sem receber resposta, os guardas começaram a murmurar, impacientes.

— *No comprendo babilônico* — disse Marco.

— *Accch* — o rei disse, revoltado, gesticulando em direção à jovem cantora. Ela assentiu educadamente com a cabeça e veio em nossa direção.

Sorrindo para Marco, disse:

— E aí?

— Uau. Você fala inglês? — impressionou-se Marco.

Ela apontou para ele com curiosidade.

— Galera?

— Marco, ela só está repetindo as palavras que você disse — apontei. — Ela é cantora, deve ter um bom ouvido para sons. Não acho que ela saiba o que quer dizer.

O rei disse algo à garota em tom incisivo. Ela se curvou, virando-se para ele a fim de lhe explicar algo em voz baixa.

Ele meneou a cabeça e voltou a se recostar no trono.

— Daria — a garota disse, apontando para si mesma.

— Meu nome é Jack — eu disse. — O nome dele é Marco, o nome dela é Aly, e o dele é Cass.

— Nou-mé-Zack... — Ela falou fazendo careta, como quem está provando sorvete de manga com pimenta. Mais uma vez apontando para si mesma, disse: — Nou-mi-delé-Daria.

— O *seu* nome é Daria — eu disse. — O *meu* nome é Jack. O nome *dele* é Marco... Aly... — Apontei para o rei. — Hã, Nabu-na'id?

— Ahhhhhh, Nabu-na'id! — o rei disse. Ele deu um sorriso de aprovação, e os olhos do conselheiro saltaram feito uma bola na roleta. Ele parecia ter algum tipo de problema de visão, como um nervo alterado que não lhe permitia focar o olhar. No mesmo instante, ele se abaixou, sussurrando na orelha do rei. Eu não consegui entender o que ele estava dizendo, mas não gostei de seu tom de voz.

Marco sorriu para Daria.

— Ei, Daria, você é chegada em idiomas. Talvez possa nos ajudar. Se puder nos levar aos Jardins Suspensos, *Jaaaaardiiiins Suuuuspeeeensoooos*, seria super da hora.

— Suuu... peeedah — ela respondeu, corando ligeiramente.

— Ela está a fim do Imortal — Cass sussurrou.

— Não está, não! — rebati.

— Está na cara — disse Cass.

— Não está, não! — retruquei, um pouco mais alto.

— Dá pra controlar o ciúme? — Aly chiou. — Isso é bom, pode nos ajudar. Ela tem acesso ao rei.

Eu calei a boca e fiquei olhando para Daria. Senti uma onda de calor subir do pescoço para o rosto e tentei desesperadamente não parecer constrangido. O que era quase a coisa mais difícil de ser feita naquele momento.

Daria não estava mais olhando para Marco, e sim para o rei e seu estranho escudeiro. Eles se inclinaram para frente, alternando-se em ouvir o que ela dizia, olhando para nós de modo desconfiado e enchendo-a de perguntas. Eu não fazia ideia do que eles diziam, mas pelo jeito ela os estava acalmando.

Marco estava inquieto.

— Ei! Rei Nabisco! Sua Alteza! Posso sair um instante? Eu já volto...

Daria se virou rapidamente. Apontou para cada um de nós com um olhar questionador, depois fez um gesto abstrato com o braço, como se estivesse querendo indicar o vasto mundo lá fora.

— Eu acho que ela quer saber de onde viemos — eu disse.

— Dos Estados Unidos, terra de homens livres — disse Marco.

Daria se voltou para o rei e se curvou outra vez.

— *Tazuniterromenslifrs* — ela disse, hesitante.

O velho rei olhou para seu conselheiro, que deu de ombros. Então, outro fluxo de palavras se deu entre eles e Daria.

Finalmente o rei voltou a se afundar no trono, movimentando os dedos em um gesto de dispensa.

Os guardas nos seguraram pelo braço, empurrando-nos de volta pela entrada e pelo corredor.

Marco fechou a cara.

— Me avisem se virem uma porta com um homenzinho desenhado. Eu preciso mesmo ir...

— Ei... ei... Para onde vocês estão me levando? — Aly gritou.

Eu dei meia-volta. Dois guardas a estavam forçando a descer por um corredor lateral, fora de nosso campo de visão. Marco, Cass e eu nos preparamos para correr, mas os três guardas que nos vigiavam bloquearam a passagem. Eles nos agarraram pelo braço com força e nos fizeram seguir em frente, resmungando coisas incompreensíveis, com aquelas caras entediadas e impacientes.

Marco estava espumando de raiva.

— Quando eu contar até três — ele disse —, chutamos esses caras e saímos correndo.

Mas, antes que ele pudesse começar a contar, os guardas mudaram de direção e foram para uma porta aberta, empurrando-nos para dentro de uma sala grande, de paredes toscas feitas de tijolos. Uma luz fraca penetrava por uma janela aberta, iluminando três lajes de pedra no centro da sala. Todas tinham tamanho suficiente para conter um corpo humano, como mesas de necrotério.

Ao lado de cada laje, havia um escravo barbado segurando um facão. Eles evitavam nos olhar nos olhos, concentrando-se no pescoço.

14
ATÉ MAIS, GLADIADOR

— Um... — disse Marco.

Os guardas nos empurraram mais para perto e berraram ordens aos escravos, que afiavam as lâminas em compridas tiras de couro penduradas nas laterais das lajes.

— Dois...

Os três wardums colocaram os facões sobre as lajes e vieram em nossa direção. Um deles carregava um pote cheio de um líquido. Todos os escravos enfiaram a mão no pote, revestindo-as com algum tipo de óleo. Dois deles foram na direção de Marco e de Cass; o outro veio até mim. Ele assentiu e sorriu, levando a mão à minha cabeça.

— Tr... — Marco começou.

— Espera! — gritei.

O sujeito começou a massagear meu couro cabeludo com os dedos, usando óleo quente. Ele cantarolava enquanto trabalhava, sorrindo delicadamente. Dei uma olhada para Cass e Marco. Eles pareciam tão perplexos quanto eu.

Dentro de poucos instantes, minha perplexidade deu lugar ao relaxamento. Aquilo era bom. Incrivelmente bom. Como se minha mãe estivesse viva de novo, lavando minha cabeça com xampu. Antes de fechar os olhos, vi Marco correndo para uma alcova com um buraco retangular no chão. E ouvi um suspiro de grande alívio.

Quando meu criado acabou, fez um gesto em direção à laje. Ao lado, o facão cintilava à luz da janela aberta. Marco e Cass se viraram quando os escravos terminaram de passar óleo em seus cabelos.

— O que está acontecendo aqui? — perguntei.

— É um tratamento de beleza — disse Marco.

— Nosso visual estava tão ruim assim? — Cass perguntou.

— Eu estou falando das facas — eu disse.

Terminado o trabalho, os três wardums estavam gesticulando, apontando as lajes.

— Calma, irmão Jack — disse Marco. — Aposto que eles não vão nos machucar. Eu vou na frente.

Ele se deitou de costas na laje. O criado o arrastou para o topo dela, de modo que seus cabelos ficaram pendendo da borda. O wardum pegou o facão e o baixou devagar. Eu me encolhi. Uma mecha do cabelo de Marco caiu no chão.

Ele sorriu, fechando os olhos.

— Delícia. Pode massagear minhas costas?

✧

Quando eles terminaram, estávamos de cabelo cortado, pés lavados e túnicas e sandálias novas. Os criados nos devolveram entusiasticamente aos guardas, que resmungaram alguma coisa aparentemente elogiosa a nosso novo visual.

— Que diabo fizemos para merecer isso? — disse Cass, enquanto éramos levados de volta.

— Ou eles pensam que somos alguma espécie de deuses que vieram visitá-los — disse Marco, passando os dedos nos cabelos —, ou estão nos preparando para a matança.

Cass engoliu em seco.

— Agradeço o pensamento animador.

Os guardas nos apressaram de volta para a saleta, onde duas assistentes aguardavam pacientemente em companhia de Aly. Ela estava de cara fechada, com os cabelos tratados a óleo e decorados com flores, sua túnica substituída por um tipo de toga solta.

— Se me fotografar, te dou um chute — ela resmungou.

— Você está ótima — disse Marco.

Aly levantou a sobrancelha, desconfiada.

— Não tanto quanto a Daria, aposto.

Juntos, fomos levados de volta pelos corredores sinuosos e saímos para a luz do sol por outra porta. Um cheiro doce nos alcançou enquanto seguíamos por um calçamento de pedra, passando por jardins coloridos e pássaros em plena cantoria. Era uma área do palácio que não tínhamos visto no caminho. Havia treliças arqueadas acima, entremeadas por flores púrpura que faziam cócegas no rosto. Um wardum de roupas simples entrava e saía com dificuldade de uma cabana de argila, carregando tigelas, pás e equipamento de jardinagem.

Paramos à porta, ladeada por duas janelas — na verdade, construíram uma casa inteira de dois andares dentro do muro interno da cidade, e a casa se expandia por trás dele. O guarda abriu a porta e nos mandou entrar.

Outra equipe de wardums se curvou diante de nós na entrada. Dois deles traziam bandejas de frutas e jarras de bebida. Outros dois nos conduziram para um breve tour. O primeiro andar tinha uma sala ensolarada com uma pequena piscina, quartos de dormir e um armário repleto de carnes salgadas. O segundo tinha quartos de dormir simples. Terminamos no terraço, que dava vista para toda a área externa do palácio. O ar estava frio e agradável. Enquanto os escravos colocavam as frutas na mesa cercada por cadeiras estofadas, fiquei olhando sem acreditar.

— É aqui que vamos ficar?

— Pensei que o olhudo fosse nos botar na cadeia — disse Marco —, não no paraíso!

Enquanto ele avançava na comida, Cass, Aly e eu caminhamos pelo muro baixo, na altura da cintura, ao redor do terraço. Olhamos com atenção a paisagem esculpida dos jardins e bosques. Pude ver um pequeno pasto de gado, uma criação de porcos, uma horta.

— Está vendo algo que pareça os Jardins Suspensos? — perguntou Aly.

— *Ovitagen* — disse Cass, balançando a cabeça.

Sobre o topo das árvores, avistei ao longe um distante e intenso brilho. Peguei uma cadeira, subi no assento e tive um vislumbre do que parecia ser o teto de um templo.

— Talvez aquilo seja o topo dos Jardins. Parece um zigurate.

— *Fó fem um feito di faber* — disse Marco, com a boca cheia de comida.

— Ou isso aí é *detrásprafrentês*, ou você precisa engolir — disse Aly.

— Eu disse "só tem um jeito de saber" — respondeu Marco. — Vamos lá ver o lugar.

Ele foi até a escada. Todos nós o seguimos, descendo com passos pesados até o térreo. Quando abrimos a porta da frente, dois guardas se voltaram para nós empunhando lanças.

— Até mais, gladiador — disse Marco.

Ele conseguiu descer dois degraus. Os guardas se postaram ombro com ombro, bloqueando a passagem.

— Epa, paz aí — disse Marco, voltando para dentro da casa. — Belo trabalho de bíceps. Quem é seu treinador?

— E agora? — perguntou Aly.

Marco se voltou para ela.

— Agora é o plano B. Tem mais de um jeito de escapar.

Ele subiu de volta, seguido por Cass. Mas Aly estava olhando para algo acima dos ombros dos guardas.

De início, não vi nada de incomum. Mas reparei que os pássaros haviam parado de cantar. Totalmente. Outro som flutuou pelos jardins, como o tremulado de uma flauta inimaginável, de tão linda. Os guardas pareciam derreter ao ouvir aquele som. Sorrindo, eles se afastaram de nós.

Daria surgiu de uma curva na trilha. Ela ainda estava usando um lenço de cabeça, mas não trazia mais o véu. Seu rosto era a imagem da alegria enquanto ela cantava. Agora eu sabia por que os pássaros haviam parado. Eles não tinham como competir com um som daqueles.

Acenei e gritei um cumprimento.

— Oi! — Daria respondeu, e os guardas abriram caminho, gesticulando para que ela entrasse.

— A gente não pode ficar com ela por perto enquanto tenta escapar — Aly chiou. — Por que ela está vindo para cá?

Dei de ombros.

— Ela é a mandachuva dos idiomas. A única que conseguiu entender umas palavras de inglês. Além disso, caso você tenha esquecido, ela salvou a nossa pele. Eu não sei o que ela disse ao rei, mas foi assim que a gente se livrou. Acho que eles pensam que somos estrangeiros exóticos. Ele provavelmente mandou que ela se informasse melhor sobre nós.

Aly balançou a cabeça.

— Isso é uma armadilha, Jack. Pense na história. A Babilônia sempre esteve sujeita a ataques da Pérsia. Nabu-na'id devia odiar os persas. Ele acabou derrotado por eles, que dominaram a Babilônia. Quando descobriram como ele comandava a cidade, os persas ficaram chocados ao constatar o péssimo rei que ele era.

— Eu podia ter contado isso a eles — respondi.

— E aqui estamos, quatro estranhos vagando pela cidade — Aly continuou. — É claro que eles desconfiam que somos inimigos! Essa garota pode ser uma espiã, Jack. A primeira na linha de interrogatórios. Eles nos tratam bem, nos dão comida e bebida e então *zap!*, ela parte para a tortura.

— Tortura... A Daria? — respondi. — Como? Ela vai cantar até a gente entrar em coma?

— Vou atrasá-la — disse Aly. — Sobe e conta para os outros. Ela não pode ver que eles estão planejando uma fuga.

Corri para dentro. Cass e Marco estavam na janela nos fundos da casa, olhando para o muro externo. Quando eu lhes disse que Daria havia chegado, nenhum deles deu muita bola.

No momento em que me debrucei na janela e olhei para baixo, entendi. Logo abaixo de nós, contornando os três lados da construção, havia um enorme fosso.

— Alguma ideia? — Cass perguntou.

— Seria fácil atravessar a nado — eu disse.

— Calma aí — disse Cass. Ele pegou, de um dos pratos de comida, um pedaço de carne ressecada não identificável e atirou no fosso. A água ondulou, revelando escamas verdes e pequenos e brilhantes olhos pretos. Um crocodilo abriu e fechou a bocarra comprida.

— Bem-vindo ao paraíso — disse Marco em voz baixa. — Prisão Paraíso.

15
CÁLCULOS

ONZE DIAS.

Era o período que estávamos fora. Não em tempo babilônico, mas em tempo real. No horário de casa. Na Babilônia, eram menos de três horas.

Aly fizera o cálculo. Agora ela estava sentada com Daria à mesa do terraço, repassando rapidamente algumas palavras em inglês. Qualquer ideia paranoica de Aly sobre tortura e espionagem sumira bem rápido. Ambas haviam se tornado melhores amigas para sempre. Bem, só melhores amigas. Não sei bem como definir "para sempre" nessa confusão de tempos.

Cass, Marco e eu ficamos andando de um lado para outro, esperando. Marco estava com a boca cheia. Ele já comera quase tudo que havia disponível. Agora estava virando um suco de fruta verde.

— Como você pode comer numa hora dessas? — perguntei.

— Estresse me dá fome — disse Marco.

Daria ficou olhando para ele.

— Comida. Fome. Marco come.

— Muito bem, Daria! — Aly disse, desenhando imagens furiosamente, com uma lasca de carvão, em um pedaço de casca de árvore.

— Ela fala que nem o Torquin — disse Cass.

— Ela é mil vezes mais esperta que o Torquin — Aly rebateu.

E um trilhão de vezes mais bonita, pensei, extremamente silencioso.

— Onde você arrumou esses negócios legais para escrever? — Marco perguntou.

— A Daria trouxe — disse Aly. — Ela quer mesmo aprender.

Olhei para ela com cautela.

— Um minuto atrás, você achava que ela era espiã.

— Talvez sim, talvez não — disse Aly. — Estamos nos conhecendo.

Daria olhava fixamente para Marco.

— Marco gosta *meb'dala*? Gostoso bom?

— Aaaah — Marco disse, baixando a jarra. — Gostoso bom!

Aly deu um abraço impulsivo em Daria.

— Essa garota é demais! Ela pega as coisas pelo contexto. E não esquece de nada. — Aly rapidamente desenhou umas pessoas dentro de uma cela, chorando. — Nós... o Cass, o Marco, o Jack e eu... somos prisioneiros?

— *Prizz...?* — Daria olhou de perto para o desenho e balançou a cabeça. Apontou para a comida, depois fez um gesto em direção à bela casa. Pegou um pedaço de carvão, desenhou quatro figuras humanas em pé, sorrindo, com mais figuras humanas ao redor, de joelhos e cabeça baixa.

— Você está dizendo que somos convidados? — perguntou Aly, expressando-se com gestos largos ao redor da casa e fazendo caras e bocas de alegria, com o polegar para cima. — Convidados?

— Convidados... — Daria disse. — *Simp*. Quer dizer, sim.

— Se somos convidados, por que os guardas? — perguntei, ainda caminhando de um lado para outro. Enquanto eu falava, Daria desenhava um enorme soldado. Ele parecia ranger os dentes, e sua espada apontava para um homenzinho encolhido de coroa.

— Pérsia — ela disse, indicando o soldado. — Você? Pérsia?

O sorriso de Aly sumiu.

— Não! Não somos da Pérsia! Nós somos de... — Ela fez um gesto indicando distância. — Deixa pra lá.

— De *Deixapralá*. Ah. — Daria moveu a cabeça, assentindo. — Vocês são...? — Ela desenhou uma figura humana cercada por estrelas e símbolos místicos, de cujos dedos emanava luz.

— Que diabo é isso? — Marco perguntou.

— Magia — disse Cass. — Parece que o rei pensa que ou nós somos persas ou magos incríveis. Processo de eliminação.

Marco fez sinal negativo com a cabeça.

— Nós não somos magos, Dars — disse. — Mas temos um poder natural.

Daria pareceu confusa. Ela pensou um pouco, depois se esforçou para encontrar as palavras.

— Vocês... vindo para... nós. Agora.

— Sim, continue — disse Aly, inclinando-se para frente.

— Outros... convidados... não... veio — ela disse.

— Não vieram? — perguntou Aly. — Não veio mais nenhum convidado?

Daria virou a casca de árvore seca e recomeçou a desenhar.

— O símbolo de dez, três vezes... — Aly disse. — Trinta? Trinta o quê?

Daria apontou para o sol. Juntou os punhos e tremeu como quem está congelando, depois se abanou como se estivesse muito quente. Depois, voltou a congelar de frio.

— O sol... frio, quente, frio... — Aly disse.

— Eu acho que ela quer dizer um ano — arrisquei. — O sol viaja pelo céu, e o clima muda de frio para quente e volta a ficar frio em um ano.

— É isso que você quer dizer, Daria? — Cass perguntou. — Nenhum visitante, nenhum convidado, por trinta anos?

— Trinta anos são dois mil e setecentos anos para nós — disse Aly. — Faz mais ou menos isso que a Babilônia se separou do nosso tempo. Eles não tiveram visitantes porque o resto do mundo seguiu em frente.

— Então nada de comércio? — Cass perguntou. — Nenhum produto ou comida vindos de fora?

Marco deu de ombros.

— Aquelas fazendas ao redor da cidade são bem boas.

— Então, espera — eu disse. — O que acontece se a gente for para a próxima cidade? O que tem lá agora?

Daria olhou para mim sem entender nada.

— Pessoal, tudo isso é superinteressante, mas dá para ir direto ao ponto? — disse Marco. — Daria, você pode nos levar aos Jardins Suspensos?

Jardins. Suspensos.

Daria parecia impotente, agitada por não conseguir responder a tudo. Ela lançou um olhar angustiado na direção de Aly.

— Ensina. Eu. Mais. Bel-Sarra-Usur está aqui vai. — Ela começou a revirar os olhos loucamente.

— Eu acho que ela está imitando aquele cara esquisito ao lado do trono — disse Cass. — Será que ele está vindo?

— Bel-Sarra-Usur... — murmurou Aly. — É o mesmo que Belsazar, que nem Nabonido e Nabu-na'id. E Belsazar era o filho malvado do rei!

— Sol... — Daria fez uma pausa, depois gesticulou em direção ao lado leste do céu. — Sobe... Bel-Sarra-Usur... vem.

— Ele vem de manhã? — perguntei. — O que ele vai fazer?

Daria deu de ombros e olhou mais uma vez para os guardas. Ao ver que eles estavam fora do campo de visão, envesgou os olhos e fez cara de nojo.

— Bel-Sarra-Usur... eca.

— Acho que ela não confia nele — eu disse. — Parece que é tarefa dele descobrir quem somos. Se tem um espião do rei, acho que é ele. Daria conta o que viu agora, e Bel-Sarra-Usur vem amanhã conferir pessoalmente.

— Daria... — Aly disse. — Você vai falar bem de nós? — Ela fez uma série de pantomimas, se referindo a nós, imitando Bel-Sarra-Usur, fazendo sinal de positivo com o polegar, e assim por diante.

Daria assentiu, mas de um jeito duvidoso. Percebi que ela ainda sentia um pouquinho de desconfiança.

— Precisamos convencê-la a confiar totalmente em nós — murmurei. — Ela não quer se queimar.

— Eu... você... — Daria entrelaçou os dedos das mãos. — Ensina.

Aly me deu uma olhada agradecida.

— Sim, era o que o Jack estava dizendo. Eu vou continuar te ensinando, Daria, pelo tempo que for necessário.

As duas, então, começaram a repassar as palavras feito doidas. Aly era excelente professora. Mas o sol estava descendo, e, antes que eu me desse conta, caí em um sono sem sonhos.

Quando acordei, o sol já havia se posto completamente. Senti como se tivesse dormido por horas. Ouvi Marco e Cass jogando na outra sala. Aly e Daria se levantaram da mesa, rindo e papeando. "Prazer em conhecer", "Bom apetite", "Vou falar bem, mas vocês precisam ter cuidado"...

Eu não conseguia acreditar. Daria não só era linda e muito talentosa como também provavelmente a pessoa mais inteligente que já conheci. Ela aprendeu um inglês passável em poucas horas.

— Ela é impressionante — disse Aly, depois de acompanhá-la até a porta da frente. — Seu vocabulário cresceu disparado: cores, peças de roupas, nomes de animais e plantas. Fazendo caras e bocas, eu consegui expressar as palavras para as emoções, e ela entendeu tudo!

Enquanto ouvia, percebi que Daria havia deixado uma pequena bolsinha de couro na mesa. Eu a peguei e passei correndo pela porta.

Ela já havia descido pela calçada. Tentei segui-la, gritando:

— Ei, Daria! Você esqueceu...

Fui jogado para trás como se tivesse dado de cara com um poste. Basicamente porque foi isso mesmo que aconteceu.

Um dos guardas olhava para mim, trazendo a lança ainda em riste na lateral, com a qual havia bloqueado minha passagem, como um jogador de beisebol espreitando para dar um golpe certeiro. Ele resmungou algo em um idioma que não entendi.

— O que ele está dizendo? — perguntei.

Aly estava parada à porta, com uma expressão estupefata.

— Sei lá — ela disse. — Mas, no ritmo em que estamos, nossos filhos vão crescer no século XXIV.

16
O SONHO

Fazia tempo que eu não tinha o sonho. Mas ele voltou.

E mudou.

Não começou como sempre, com a perseguição. O bosque. Os ataques loucos dos grifos e do vromaski com bico de mangueira. O vulcão prestes a entrar em erupção. A mulher me chamando pelo nome. A fissura que se abre à minha frente no chão. A queda no vazio, quando o sonho sempre termina.

Não. Desta vez, essas coisas estão atrás de mim.

Desta vez, o sonho começa no fundo.

Estou fora do corpo. Estou em um bilionésimo de segundo congelado no tempo. Não sinto dor. Não sinto nada. Vejo alguém abaixo, torto e imóvel. A pessoa é Jack. O Jack do sonho.

Mas, estando do lado de fora, vejo que o corpo não é meu. O rosto não é o mesmo. É como se, nesses sonhos, eu estivesse habitando o corpo de um estranho. Vejo pequenas criaturas da floresta, caídas e imóveis, espalhadas ao redor do corpo. A terra treme. No alto, grifos cacarejam.

A água agora escorre debaixo do corpo. Ela empoça ao redor da cabeça e dos quadris. E o bilionésimo de segundo termina.

Muda o cenário. Não estou mais fora do corpo. Estou profundamente dentro dele. O choque de voltar é incandescente. Todas as moléculas se paralisam, causando um curto-circuito em meus sentidos. Visão, tato, audição — todos se juntam num enorme e ensandecido grito de PARE.

A água enche meus ouvidos, escorre pelo pescoço e pelo peito. Dá frio e coceira. Acalma e cura. Está dominando a dor, afastando-a.

Extraindo a morte e trazendo a vida.

Eu respiro. Meu corpo estirado se infla. Eu vejo. Cheiro. Ouço. Estou ciente do chão de terra na minha pele, das carcaças ao redor, das nuvens negras pairando sobre a minha cabeça. O trovão e o tremor de terra.

Pisco para tirar as partículas de terra dos olhos e tento me levantar.

Eu caí em uma fenda. A terra rachada forma um muro vertical diante de mim. E o muro contém um buraco, uma espécie de porta para dentro da terra. Eu vejo uma luz fraca vindo do buraco.

Eu me levanto com as pernas bambas. Sinto o estalo de ossos esmagados se encaixando.

Um passo. Dois.

A cada passo, vai ficando mais fácil.

Ao entrar no buraco, ouço uma música. A Canção dos Heptakiklos. O som que parece tocar minha alma como um violão.

Eu me aproximo da luz. Ela vem de uma vasta sala redonda, uma câmara subterrânea. Eu entro, suspenso em uma coluna de ar.

Do outro lado, vejo alguém curvado. O lambda branco em seu cabelo brilha ao reflexo do fogo de uma tocha.

Eu o chamo e ele se vira. Parece comigo. Ao lado dele há uma bolsa enorme, explodindo de tão cheia.

Atrás dele estão os Heptakiklos.

Sete entalhos arredondados na terra.

Todos vazios.

17
O TESTE

— NÃO ENTENDO como ele simplesmente não despenca — Marco sussurrou.

Bel-Sarra-Usur subiu a escada a passos ligeiros, com Daria logo atrás. Ao lado dela havia um bando de wardums tagarelas, com leques feitos de ramos de palmeira, além de sacos de comida e bebida. O séquito do filho do rei.

Seus olhos nunca paravam no lugar. Ele fedia a peixe e a algo enjoativamente doce, como unguento. Tinha os cabelos escuros nas laterais e brancos bem no alto, o que lhe dava a aparência de um gambá bêbado. No topo da escada, olhou para a cidade e respirou fundo, soprando em nós uma rajada de ar podre.

— Cara, o que tinha no café da manhã? — Marco perguntou. — Algum animal morto há três dias?

Ele fitou Marco com uma expressão distorcida, que poderia ser um sorriso ou um esgar de desprezo, e então começou a tagarelar com Daria.

Enxerguei um vaso grande em uma prateleira na parede. Do ângulo em que eu estava, pude ver gravados nele os olhos de um touro e a parte traseira de algum outro animal feroz. Pus a bolsinha de Daria dentro do vaso, por questão de segurança. Nela havia umas agulhas emplumadas, talvez de tricô. Procurei guardar na cabeça que tinha de devolvê-la em algum momento, quando Bel-Sarra-Usur não estivesse pegando no pé dela.

Aly se arrastou para fora de seu quarto de dormir, parecendo exausta.

— Que catinga é essa? — murmurou.

Enquanto Bel-Sarra-Usur berrava perguntas para Daria, o fedor de seus dentes podres pairava sobre nós feito neblina. A centímetros dele, Daria meneava a cabeça respeitosamente e (por incrível que pareça) conseguiu não vomitar. Ela parecia estar fazendo um longo relato sobre nós, enquanto comíamos ansiosamente as frutas que o wardum da casa havia deixado sobre a mesa.

— Você entende o que ela está dizendo? — sussurrei para Aly.

— Não — ela respondeu. — Eu ensinei inglês para ela. Ela não me ensinou babilônico.

Daria e Bel-Sarra-Usur ficaram assim por uns minutos, falando rapidamente em aramaico. Finalmente, ela se voltou para nós com uma expressão cautelosa e disse:

— Ele vai caminhar junto.

— Caminhar com a gente? — perguntou Aly. — Tipo, fazer uma excursão? — Ela mimetizou uma caminhada com os dedos pelo terraço.

— Legal! — disse Marco. — Diz a ele que nós adoramos jardins. Principalmente os suspensos.

— Sim, uma excursão — disse Daria, olhando para Bel-Sarra-Usur com aflição. — Vai mostrar Babilônia. Ele não diz, mas acho que está vigiando vocês.

— Ele ainda não confia na gente? — perguntei.

Daria deu de ombros.

— Temos que ir agora. E tomem cuidado.

Apertamos o passo. Só quando já estávamos nos afastando da casa, fui lembrar que havia esquecido a bolsa de Daria.

✦

— Galinha... cacareja — disse Daria. — Boi... muge. Porco... guincha. Javali... ronca. Pinheiro... cresce. Girassol... é redondo. Cerca... tem estacas. Templo...

Enquanto caminhávamos pelo palácio, Aly não deixava passar nenhum objeto. E Daria repetia tudo com perfeição.

Bel-Sarra-Usur estava com elas, ouvindo com atenção. Era impossível dizer o que ele estava olhando. Seus estranhos olhos deficientes miravam tudo que havia, e era um milagre ele conseguir andar em linha reta. Mesmo assim, senti que ele reparava em cada movimento, em cada gesto que fazíamos.

Ele era seguido de perto por seu séquito. Dois wardums o abanavam com folhas de palmeira gigantes, murmurando cânticos e fazendo cara feia quando ele não estava olhando. Outros dois levavam baldes de água e paravam para lhe dar uma concha a cada poucos metros. Diante de nós, dois trombeteiros sopravam uma fanfarra a cada curva na estrada.

Em toda parte, as pessoas mantinham distância do séquito. Jardineiros, trabalhadores, gente rica — todos faziam silêncio de medo ao ver Bel-Sarra-Usur.

— Ele me dá nos nervos — disse Cass baixinho.

Ao ouvir as palavras sussurradas, Bel-Sarra-Usur empinou as orelhas.

— Cara, alguém já lhe disse que você parece uma cruza de javali com máquina de pipoca? — Marco lhe perguntou em voz alta, com um amplo sorriso. — Não é por nada, não. Paz aí.

Bel-Sarra-Usur pareceu momentaneamente confuso. Ele lançou um olhar hostil para Daria, que lhe disse algo que o fez sorrir de um jeito duvidoso.

— Eu acho que ela limpou a sua barra, Marco — Cass murmurou.

— Ela é gostosa *e* inteligente — disse Marco.

— Então você também acha que ela é gostosa? — perguntou Aly.

Daria se voltou para Marco com um sorriso nos lábios.

— Gostosa não. Comida, só mais tarde.

Olhei para o chão para não cair na gargalhada.

— Como se chama este lugar, Daria? — perguntou Aly, gesticulando para indicar o terreno do palácio. — Tem nome?

Daria pensou um pouco.

— Em língua de sumérios é Ká-Dingir-ra. Em língua de acadianos é Bab-Ilum. Significa "grande portão de Deus".

— Bab-Ilum! — disse Cass. — Provável origem do nome Babilônia. *Lagel euq.*

— Não entendo nada de babilônico, mas fico preocupado de ver que estou começando a entender você — disse Marco.

Passamos rapidamente por um templo cujas paredes eram furadas, rachadas e tomadas por ervas daninhas. Uma grande viga de madeira que atravessava todo o teto parecia prestes a ceder.

— Isso é... *era*... palácio — Daria sussurrou. — Rei Nabu-Kudurri-Usur. Dois.

— Quem? — Marco perguntou.

— Nabu-Kudurri-Usur é Nabucodonosor em aramaico — disse Aly. — "Dois" significa "Segundo". — Ela se voltou para Daria. — Esse rei morava aqui?

Daria balançou a cabeça, confirmando.

— Ele era bom. Depois outros reis: Amel-Marduque, Nergal-Shar-Usur, Labashi-Marduque. Todos moraram palácio. Reis costumam morar palácio. Mas Nabu-na'id... não. Mora em Etemenanki. — Seus olhos dispararam em direção a Bel-Sarra-Usur, de um jeito vacilante, e ela baixou a voz. — Etemenanki é lugar sagrado... não lugar de rei.

Aly me lançou um olhar. Senti os olhos de Cass e de Marco também. Nenhum de nós esperava ouvir aquilo. Eu sabia que o inglês dela não era perfeito, mas o tom era inconfundível. Nossa amiga Daria, pelo jeito, não gostava muito do rei.

Qualquer desconfiança que ela ainda pudesse ter em relação a nós estava se desfazendo bem rápido.

Bel-Sarra-Usur apertou o passo. Nós andamos, ligeiros, atrás dele, entrando em uma larga calçada cujos ladrilhos brilhavam em tons azuis e dourados de ofuscar. Havia uma procissão de leões ferozes incrustados nos ladrilhos menores, dourados e amarelos, e eram tão realistas que pareciam prestes a saltar. Bel-Sarra-Usur levantou os olhos trêmulos em direção a uma reluzente fortaleza azul-cobalto, que se erguia no fim do caminho. No topo, havia torres como aquelas de castelo, com o grande muro protetor da cidade se expandindo de ambos os lados. Os trombeteiros sopraram novamente, quase estourando meus tímpanos.

— Ishtar! — berrou Bel-Sarra-Usur.

— Saúde — disse Marco, olhando para cima.

— É a Porta de Ishtar — disse Cass. — Uma das três construções mais famosas da antiga Babilônia, ao lado dos Jardins Suspensos e da Torre de Babel, também conhecida como Etemenanki.

— Obrigado, sr. Geografia — disse Marco.

— Nada mal para alguém que pensa ter perdido sua memória poderosa — disse Aly, com um sorriso crescendo no rosto.

Cass negou com um gesto de cabeça.

— Isso foi fácil. Aposto que você também sabia.

Se aquele não fosse um mundo paralelo, eu estaria tirando um zilhão de fotos. Além das esculturas de leões, havia outros animais bem elaborados — principalmente touros, mas também uma criatura de aparência horrenda, que eu nunca vira antes. Tinha uma tromba comprida e dois chifres, patas da frente de leão, patas traseiras com garras de ave de rapina e rabo com pinças de escorpião. Passei as mãos pela estátua, e seus ladrilhos eram tão afiados que quase cortaram minha pele.

Daria fez uma careta.

— É mushushu. Bom para povo de Bab-Ilum. Significa juventude. Saúde. Também significa... — Sua voz baixou de tom, passando a um respeitoso sussurro. — *Marduque.*

— O que é Marduque? — Marco perguntou.

— Não é *o que*, é *quem* — disse Aly. — Era o nome do deus babilônico. — Ela se voltou para Daria. — O mushushu é tipo um símbolo do deus? Uma representação?

Daria pensou um pouco.

— Representação... Uma coisa que significa outra. Sim.

— É um animal de verdade? — Cass perguntou.

— Sim — disse Daria. — Estava em jaula. Em Ká-Dingir-ra. Mas fugiu quando Nabu-na'id perto. Mushushu mordeu pé. Bel-Sarra-Usur tentou ajudar pai, mas mushushu ataca rosto.

— Então foi essa criatura que mutilou o pé do rei? — perguntou Aly. — E feriu Bel-Sarra-Usur nos olhos, por isso ele tem aquele olhar estranho?

— Tudo porque eles o mantinham em uma jaula — eu disse. — Mas por que eles tratariam o mushushu assim? Se ele era símbolo de um deus adorado...

— Rei Nabu-na'id não honra Marduque — disse Daria. — Todo ano tem comemoração de ano novo, o Akitu. Para Marduque. Em comemoração, guardas dão tapa no rei, derrubam rei no chão.

— Parece hilário — disse Marco. — Sem ofensa, Dars, mas é um jeito bem esquisito de comemorar.

— É para rei lembrar que ele homem — disse Daria. — Ele não deus. Pessoas amam rei até mais depois disso. Mas quando Nabu-na'id vira rei, ele não vem para Akitu. Isso deixa Marduque com raiva.

Conforme estávamos chegando perto do portão, os guardas saudaram Bel-Sarra-Usur das pequenas torres no alto.

Quando os trombeteiros iam entrar pelo portão, Bel-Sarra-Usur deu uma ordem ríspida. Assentindo com a cabeça em obediência, os dois homens mudaram de rumo, sumindo rapidamente. Ele passou apressadamente, seguido pelo restante de nós. Corremos para o outro lado do portão, sobre outra calçada ladrilhada e murada. O caminho logo nos levou para outra parte da cidade externa. Essa área tinha menos construções, que se dispersavam entre campos, e levava ao muro externo, ao longe.

À nossa direita, havia um pequeno campo e, logo depois dele, um templo rachado e maltratado, como o palácio de Nabucodonosor. Na base do muro do templo, um grupo de wardums estava ajoelhado em adoração. Bel-Sarra-Usur partiu para cima deles como um trovão.

Imediatamente, Daria cantou uma melodia aguda de quatro notas. Ao ouvi-la, os wardums se levantaram e se espalharam. Vasos com flores de cores vivas e tigelas de comida haviam sido postas nos peitoris tortos das janelas do antigo templo, e Bel-Sarra-Usur rapidamente entrou e derrubou tudo no chão.

— Uau — fez Marco. — Ele dispensou os trombeteiros para chegar aqui de fininho e assustar essa gente? O que ele tem contra eles?

Daria estremeceu ao ver o lugar.

— O nome deste lugar é Esagila. Um templo. Rei Nabu-Kudurri-Usur construiu Esagila em honra Marduque. Mas Nabu-na'id... — Sua voz falhou.

O público estava crescendo, murmurando, parecendo perplexo e furioso com o que Bel-Sarra-Usur acabara de fazer. Alguém arremessou um vaso enorme de argila em direção à sua cabeça.

— Ei, Olho Nervoso, se abaixa! — Marco gritou.

Bel-Sarra-Usur se virou de repente. Haviam mirado o vaso para acertar bem no rosto dele. Meus reflexos despertaram e saltei em sua direção. Mas Marco já estava na trilha do míssil e o atirou para longe.

Os dois caíram no chão. O filho do rei se sentou, os olhos perfeitamente parados pela primeira vez. Seu séquito de wardums se juntou ao redor, fechando um círculo voltado para fora, preparados para qualquer ataque que viesse.

Mas o grupo de observadores fitou Marco com uma expressão de inconfundível admiração.

Guardas surgiram ao ouvir a comoção. Bel-Sarra-Usur deu uma ordem esganiçada e apontou para um jovem magrelo e trêmulo de roupas esfarrapadas. Os guardas o amarraram, puxando-o em direção ao portão, ignorando seus pedidos de piedade.

— Não foi aquele cara que atirou o vaso! — Marco reclamou.

— Não importa — disse Daria, com tristeza. — Bel-Sarra-Usur vai punir quem quiser.

Então o filho do rei pôs a mão escamosa no ombro de Marco. Enquanto ele falava, Marco foi ficando com a cara verde.

— Que foi que eu fiz agora?

— Bel-Sarra-Usur está agradecendo — disse Daria. — Você salvou vida. Ele vai fazer coisa boa você agora.

— Ah — disse Marco, abanando o ar entre ele e Bel-Sarra-Usur. — Faça ele prometer que vai comprar uma escova de dentes. E diz a ele para nos levar aos Jardins Suspensos.

Enquanto Daria traduzia, Bel-Sarra-Usur pegou Marco pelo braço e o levou para a Porta de Ishtar. O filho do rei gritou uma ordem em direção à pequena torre. Em resposta, o guarda se desembaraçou da aljava e a jogou no chão, assim como um arco longo. Marco os pegou com facilidade.

— Valeu, cara — disse ele. — Vou cuidar bem do presente. Vou pendurar no console da lareira. Mas, sério mesmo, eu preferia ver o Jardim.

Bel-Sarra-Usur falou com Daria. O rosto da garota ganhou uma expressão tensa. Ela parecia estar lhe pedindo algo, mas ele lhe deu as costas, ignorando-a.

— Arma não é para Marco — ela disse. — Bel-Sarra-Usur grato você salvar vida. Ele acredita você é homem de grande poder. Como se diz...?

— Superpoder? — Marco respondeu. — É, já ouvi isso antes.

— Como um deus — Daria prosseguiu.

— Também já ouvi isso — disse Marco. — Herói também. Mas e o meu pedido?

— Bel-Sarra-Usur vai pensar — disse Daria. — Mas ele acredita você pode ajudar Bab-Ilum com seus poderes. Então você precisa passar teste.

— Cacilda... — Marco suspirou profundamente. — Não podemos ver o Jardim primeiro e fazer o resto depois?

Daria meneou a cabeça em sinal de negativa.

— Para conceder pedido Marco, Bel-Sarra-Usur diz que você precisa levar arma para o terreno de caça do rei e matar mushushu.

18

A ESCURIDÃO

NEM ERA TANTO pelos ruídos estridentes que vinham da área de caça real. Nem pelo cheiro podre de morte. Nem pelo fato de termos que caminhar um zilhão de quilômetros rio acima, longe das fronteiras da Babilônia. Ou pelo fato de os guardas e wardums de Bel-Sarra-Usur estarem tremendo de medo.

Era aquela escuridão que pairava ao longe que me dava um frio na espinha.

Paramos a entrada da floresta. Apesar de as folhas farfalharem com a brisa e a água fluir delicadamente para dentro da floresta, através de córregos e aquedutos do Eufrates, a estranha escuridão estava lá. Uma faixa cintilante no fim da floresta. Nós a víramos do rio, mas agora, de perto, ela parecia fazer o chão vibrar.

— Lá está ela de novo — disse Cass. — Aquela... coisa.

— O que é aquilo, Daria? — perguntou Aly.

— Área de caça do rei — ela disse. — Animais dentro. Quando mushushu fugiu de Ká-Dingir-ra, foi para lá. Agora rei Nabu-na'id tem medo. Ele não caça aqui, porque mushushu cruel.

— Eu não estava falando da floresta — disse Cass, apontando para cima das árvores. — A escuridão. Lá em cima.

Daria pareceu confusa.

— É Sippar. Você não reconhece?

— Sippar é um país? — Marco perguntou. — Você precisa conversar com eles sobre as emissões de carbono.

— Sippar... *era* país — disse Daria, inclinando a cabeça com curiosidade, como se estivesse ensinando aritmética básica para um sujeito de vinte anos de idade. Ela fez um grande gesto circular. — Agora é nome de tudo... ao nosso redor... Vocês não devem chegar perto.

— *Tudo* ao redor da Babilônia se chama Sippar? — Aly coçou a cabeça. — Eu acho que perdemos alguma coisa.

Bel-Sarra-Usur parecia interessado nessa parte da conversa. Ele fez perguntas insistentes a Daria, que respondia, obediente.

— O que ele está perguntando? — eu quis saber.

— Ele vigia tudo — disse Daria. — Está surpreso vocês não conhecerem Sippar. Todo mundo conhece Sippar. Por isso ele desconfia vocês vêm de um lugar de magia. — Ela levantou os olhos para o céu.

— Podemos falar sobre isso depois? — Marco perguntou, voltando-se na direção do bosque.

— Ele tem razão — acrescentei. — Estamos em horário de trabalho.

— Dê adeus ao sr. Vesguinho por nós — disse Marco, seguindo em direção à floresta. — Da próxima vez que ele nos vir, estaremos com o mushu morto. E ele estará nos devendo um passeio aos Jardins Suspensos da Babilônia.

✸

Marco e eu ouvimos primeiro.

Havíamos saído na frente de Cass e Aly, e o farfalhar suspeito de folhas nos fez sair correndo. Acabamos nos perdendo e avançamos por uma área densa e escura, coberta por árvores de troncos nodosos.

— Aly? — chamei. — Cass?

— Shhh — disse Marco, agachando-se e olhando para todos os lados.

O ar se encheu de guinchos. Eu não via os pássaros acima de nós, mas eles estavam por toda parte. E pareciam furiosos.

— Ei, *angry birds*, relaxem — disse Marco.

— Talvez eles estejam sentindo o mushushu — eu disse.

— Que tipo de nome é esse, mushushu, hein? Parece alguma dança antiga maluca. — Marco se levantou e começou a rebolar e a mexer os braços sem jeito. — Vamos lá, vamos lá, dançar o mushushu...

— Não tem graça! — eu disse. — E se ele te ouvir?

— Aí é que está — ele disse. — A gente parte para cima dele.

— E a Aly e o Cass? — perguntei.

— Depois a gente encontra os dois — disse Marco.

Enquanto adentrávamos mais o bosque, eu me dei conta de que nunca na vida desejara tanto um celular.

Crack.

— Que foi isso? — eu perguntei.

— Você pisou em um galho — Marco respondeu.

— Desculpa. — Enquanto eu seguia em frente, pensei ter visto uma sombra se mexendo no matagal.

Marco ficou tenso.

— É ele — sussurrou. — *Mushuporco.*

Ele segurou meu braço de modo protetor. Seguimos lentamente em direção à sombra. Os ruídos dos pássaros diminuíram; era como se eles estivessem nos observando. Tentei ouvir algo que pudesse ser o mushushu... E como seria isso? Um guincho? Um ronco? Um grunhido? Eu não estava ouvindo nada disso. Mas ouvi outro som, um rugido abafado mais ao fundo do bosque, como um motor distante.

Tem córregos lá, McKinley. Isso é som de água corrente. Concentração.

Mas o ruído estava aumentando, ficando mais profundo, como estática de rádio. Apesar do céu claro, a luz do sol parecia vacilante. Afastei os olhos da sombra e procurei na direção do ruído.

Depois das árvores, estava o muro preto cintilante, bem perto. Bem mais perto do que eu esperava. Ele estremecia e ondulava, como se alguém tivesse posto uma cortina atrás da área de caça.

— É um lagarto — Marco estava dizendo.

Eu dei meia-volta.

— O quê?

— A sombra que correu pelo matagal. Não é o munchkin. É um grande e velho... — Marco franziu os olhos. — Peraí. Quem está brincando com as luzes ali?

Seu cabelo ficou arrepiado. O ar estava mudando, a temperatura caindo. Ouvi barulhos estranhos, como vozes se acelerando, rugidos mecânicos, buzinas gagas, raspagens agudas.

— Parece que estamos perto de uma rodovia — eu disse.

Marco fez que sim, balançando a cabeça.

— Tá bom. Isso é bizarro.

Sippar era país. Agora é nome de tudo ao nosso redor...

As palavras de Daria não me saíam da cabeça. E comecei a pensar se parte do sentido delas não teria se perdido na tradução.

— Marco, nós sabemos que este lugar, a Babilônia, viaja em tempo lento, certo?

— Certo — disse ele.

— E, de acordo com a Daria, faz trinta anos que eles não recebem visitantes de fora — acrescentei.

Marco assentiu com a cabeça.

— Porque o mundo todo já seguiu adiante. Como nós.

— Ok, digamos então que você é um babilônico e quer ir para a Grécia, por exemplo — eu disse. — Ou para a Espanha, para a África, ou para a Antártida. O que aconteceria se tentasse? Se o resto do mundo acelerou, o que existe onde deveriam estar esses outros lugares?

Marco fez silêncio, olhando para a cortina preta.

— Não tenho certeza se isso importa, cara.

— Não? Eu acho que estamos *nos* ouvindo, Marco — eu disse. — Sippar, essa coisa preta, pode ser a linha divisória entre as teclas tocar e avançar. Estamos ouvindo o século XXI seguindo em frente.

— Você tem uma imaginação fértil, irmão Jack — disse Marco.

— Depois da fenda no tempo — prossegui —, esta área foi isolada. Ela se tornou um mundo em si. Com as próprias regras de espaço e tempo. Como a espaçonave do Einstein. É por isso que eles não podem viajar. Não existe cidade próxima. A próxima cidade fica em outro século.

Marco mergulhou em pensamentos.

— Tudo bem, digamos que você esteja certo. Isso seria bom, não? Talvez a gente não precise nadar de volta por aquele portal idiota. Podemos simplesmente atravessar a cortina mágica!

Quando ele começou a correr em direção à escuridão, gritei:

— Você enlouqueceu? Aonde você vai?

— Um pequeno desvio — ele respondeu. — Vamos ver esse negócio de perto!

E de repente ele sumiu de vista. E eu não quis ficar a sós com um mushushu selvagem de tocaia.

Segui o som de seus passos até ficar impossível ouvi-los. O ruído sinistro de Sippar se espalhava pelo chão feito fumaça, ricocheteando nas árvores. Sua frequência me doía nos tímpanos, me desequilibrando.

Tropecei em uma raiz e caí no chão. Foi quando avistei Marco, agachado perto da base de uma estrutura destruída, feita de tijolos. Parecia um dia ter sido um muro, uma fortaleza, um portão.

Eu quis gritar, dizer para ele nunca, jamais sair correndo daquele jeito de novo, mas as palavras ficaram engasgadas em minha garganta. Marco estava olhando fixo para um pequeno prado que se abria à nossa frente. No horizonte, a uns cem metros, o muro pulsava e ondulava. Por um bilionésimo de segundo, tive um flashback de uma ocasião em Nantucket com meu pai, quando vimos a aurora boreal no céu do norte, uma enorme faixa colorida ondulando feito uma bandeira de arco-íris. Aquela escuridão era uma aurora boreal desprovida de cor, uma aurora boreal do mal, movendo-se, engolindo o chão, desenraizando árvores, levantando poeira feito um tornado.

Marco se virou para mim.

— Está pronto, irmão Jack?

— Não! — respondi. — Não estou pronto. Espera. Pronto pra quê?

A escuridão veio para cima de nós fazendo um ruído de trem de carga.

19
COOPERAÇÃO

EU NÃO SENTIA os pés tocando o chão. O ruído tomou conta de nós, envolvendo nosso corpo tal qual um rio de som.

Marco gritava e me puxava. Ele segurou meu antebraço com força enquanto voltávamos correndo para a floresta, mas meus olhos só enxergavam poucos centímetros à frente. Um morcego caiu, sem vida, no meu caminho. Uma árvore rugiu e tombou à minha direita. Mantive o foco no chão, até a terra rachar bem debaixo de mim.

Meu tornozelo ficou preso. Caí de cara no chão. Uma raiz se enfiou em minha bochecha direita. Senti uma dor lancinante nas costas.

E então veio um silêncio total. Nenhum pio dos pássaros ou ruído do córrego.

— Jack? — ouvi a voz de Marco. — Você se machucou?

— Só dói quando eu respiro — eu disse.

Marco surgiu do monte de poeira que baixava, à minha esquerda. Ele me ajudou a levantar, batendo o pó da minha túnica. Estava com a cara escurecida e os cabelos da nuca queimados.

— Achei que se tentássemos fazer isso correndo...

— Você perdeu a cabeça — eu disse. — Mas obrigado por nos tirar dessa. Aliás, você está com uma cara horrível.

Marco sorriu.

— Você também.

Ele levantou os olhos lentamente, concentrando-se em algo atrás de mim. Eu me virei para o outro lado.

A cortina de escuridão estava recuando, levantando poeira e detritos. Em seu rastro, onde a floresta estava momentos antes, havia um campo de cinzas, com silhuetas de árvores em combustão, enegrecidas e dobradas feito borracha. Carcaças de animais e pássaros jaziam, alguns queimados até os ossos. Filetes de fumaça subiam de um aqueduto, que estava agora rachado e vazio.

— Você pensou mesmo que a gente podia simplesmente atravessar correndo, Marco! — exclamei.

Ele deu de ombros.

— Pensei que talvez fosse possível. Sabe, já que somos Escolhidos e tal... Doce ilusão.

A fronteira do campo cinza ficava quase trinta metros à nossa frente, rígida e definida. Nosso lado estava empoeirado, mas intocado. A água borbulhava por perto, e um pássaro solitário gorjeou ao alto.

— E se aquela coisa voltar para nos pegar?

— Vamos caçar esse bicho, entregar ao Olho Nervoso e encontrar nosso Loculus. Se deixarmos o buraco preto para trás e seguirmos o fluxo da água, estaremos indo na direção certa.

— Promete que não vai sair correndo? — perguntei.

— Prometo.

Seguimos uma trilha pelas árvores, sempre atentos ao som do aqueduto. O ar agora estava clareando, e os pássaros começaram a cantar de novo, um por um. Após cerca de meia hora, eu esperava estar chegando ao outro lado da reserva. Mas nada me parecia familiar.

— Qual o tamanho deste lugar? — Marco perguntou.

Dei de ombros. A floresta era úmida. Enxuguei o suor da testa.

— Eu não sei.

Enquanto me recostava em uma árvore, recuperando o fôlego, Marco andava de um lado para outro.

— Que doideira. Nunca vamos achar essa coisa. Acho que a gente devia partir para os Jardins Suspensos de uma vez.

— Nós devemos cooperar com os babilônios — eu o lembrei. — Ordens do professor Bhegad.

— Que se dane o p. Beg — disse Marco. — Se formos dar ouvidos a ele, estaremos mortos até o fim da semana. Estou de saco cheio desse cara. E de toda aquela droga de instituto.

Não consegui acreditar nas palavras que estavam saindo de sua boca.

— Então vamos simplesmente fazer o que nos der na telha, como você fez? Cai na real, Marco. O IK está nessa há anos. Eles sabem o que estão fazendo. Não podemos brincar com a nossa vida.

— Irmão Jack, sem ofensa, mas tive tempo de refletir — disse Marco, parecendo cansado e exasperado. — Você nunca pensou que essa coisa toda... parece estranha? Tente se imaginar no lugar dele, do Bhegad. Você é um velho professor que acredita ter descoberto Atlântida. Você descobre esse negócio do G7M e constrói um laboratório secreto. Põe sua vida inteira nisso, abandona sua carreira de professor em Harvard...

— Yale — eu o corrigi.

— Tanto faz — disse Marco. — Aí você conhece uns garotos especiais. Diz que eles vão virar super-heróis. Mas você também sabe que eles vão morrer em breve. Então, descobre um jeito de mantê-los vivos até trazerem os sete Loculi de volta. Não explica como se faz isso. Diz que é um procedimento místico. Isso deixa os garotos com medo. Agora você está com eles na palma da mão. Você sabe que eles vão rezar pela sua cartilha. Então... depois que as sete esferas forem devolvidas? Bingo! Valeu, pessoal, *sayonara*! Próxima parada, Prêmio Nobel.

Assenti num gesto de cabeça.

— Exatamente. Nós vamos para casa. Estaremos curados.

— Mas e se essa parte, a cura, for uma grande mentira? — Marco perguntou. — E se não existir cura? E se for tudo armação? É o esquema perfeito.

Dei de ombros.

— E o que podemos fazer? Se vamos morrer de um jeito ou de outro, não faz diferença. Uma hora temos que confiar em alguém. O IK é a nossa única esperança possível. Sem isso, não resta nada.

— Mas andei pensando nisso também — disse Marco, e deu um suspiro profundo. — Você sabe tão bem quanto eu que o IK não é a única opção.

Não pude deixar de rir.

— Tá certo, Marco. Claro! Eu esqueci. A Massa. Aqueles monges malucos que tentaram nos matar. Vamos pegar um voo para lá e ficar com eles.

Marco fez silêncio. Em uma fração de segundo, senti uma mudança na pressão do ar, feito um punho espremendo o que me restava de paciência.

— Espera. Você não está falando sério, está? — rebati. — Porque, se estiver, a ideia é de um ridículo tão colossal que redefine o sentido do ridículo.

— Ei, não tire conclusões precipitadas, cara — disse Marco. — Minha mãe sempre disse que conclusões precipitadas jogam a gente no precipício.

— Não tem graça — eu disse. — Não tem a menor graça. Ou você está tomando calmantes fortes, ou então aquela tempestade de poeira afetou o pouco que sobrou do seu cérebro.

Os olhos castanhos de Marco amoleceram de um jeito que eu nunca vira antes.

— Irmão Jack, eu preferia que você não me dissesse essas coisas. Estou tentando conversar, só isso. Você nem está perguntando nada, do tipo "Como assim, Marco?". Do jeito que faria com alguém que você respeita. Não sou um pateta o tempo todo, cara. Eu não trataria você desse jeito.

Parei e respirei fundo três vezes. Senti a confusão e o desespero de Marco. Ele era maior e mais forte que qualquer um de nós. Escalava rochas e lutava contra feras, e havia literalmente dado a vida para nos salvar. Marco tinha mais bravura na unha do dedo que o resto de nós juntos. Nunca pensei que um cara como eu pudesse fazer bullying contra Marco Ramsay. Eu estava errado.

— Desculpa — eu disse —, você não merecia isso.

— Shhh.

Marco estava imóvel. Procurou discretamente sua aljava por perto. Eu vi um vulto se mexendo no bosque. Uma massa de pelo marrom-acinzentado, um brilho de dentes. Um grunhido reverberou detrás da árvore.

— Não se mexa, Jack.

Assenti, balançando a cabeça. Eu não conseguiria me mexer nem se quisesse. Meus joelhos estavam travados.

Marco foi mais para perto da fera.

— Pique-esconde, mushushu, estou te vendo...

Um olho injetado, mais ou menos na altura do nosso joelho, espiou detrás da árvore.

— *Cuidado!* — sussurrei.

— Cuidado é meu sobrenome — disse Marco.

Sem fazer nenhum som, um corpo inacreditavelmente comprido pulou para cima de Marco. Seus olhos cintilavam com uma centena de segmentos escuros, e a língua fustigava feito um chicote. A criatura soltou um guincho e baixou os dois chifres curtos e poderosos. Marco deu um pulo, girou no ar e levou o arco para baixo, como um bastão, batendo-o na cabeça do bicho. O mushushu rugiu de dor e deslizou para dentro de um arbusto cheio de espinhos, arrancando-o do solo. Levantando-se com dificuldade, a fera se voltou para Marco. Ela tinha as costas cobertas de pelo emaranhado e sujo de terra, e a barriga era escamosa, cheia de limo. Pingava sangue dos chifres, provavelmente de alguma criatura morta por ela. A perna traseira estava retesada, com as garras cravadas no solo seco. O mushushu encarou Marco com os olhos vermelhos, a língua fina e também vermelha entrando e saindo da boca.

Marco levantou uma flecha ao nível do olho. O arco rangeu quando ele o puxou para trás... para trás...

Ele mexeu o dedo de leve e soltou a flecha, que cortou o ar com um ruído quase inaudível e pegou a fera diretamente no ombro. O bicho virou a cabeça, agoniado, e desabou no chão.

— Droga, eu mirei no coração — disse Marco, desapontado, enquanto procurava outra flecha. — Essas flechas só podem estar tortas. Aguenta firme, irmão Jack. Vou tentar de novo.

Os movimentos da fera eram rápidos e deslizantes. O mushushu soltou um gritou sedento de sangue e atacou de novo. Marco pulou para trás, mas o chifre afiadíssimo do bicho fez um corte na lateral de sua perna.

— *Marco!* — gritei.

Corri em sua direção, mas ele cambaleou e se arrastou para trás de uma árvore.

— Fica longe, Jack! — ele gritou. — Eu estou... bem. *Corre para pedir ajuda!*

O ferimento na perna dele era profundo e sangrava muito. O cheiro, pelo jeito, estimulou o mushushu, que arranhou o chão com a pata, faminto.

Com uma das mãos, Marco apertou o corte. Ele estava tentando conter o sangramento, mas não estava dando certo. Longe disso. Percebi que ele ficava cada vez mais pálido à medida que o sangue jorrava.

A fera rosnou, baixou os chifres e partiu de cabeça para cima de Marco.

20
Um emaranhado de presas

As flechas do Marco caíram longe. Só vi um alvoroço de pelos, um emaranhado de presas, membros e um arbusto arrancado. Corri e peguei uma flecha do chão.

A fera era enorme, seu corpo apagava completamente o de Marco, uma massa de feios pelos cinzentos e escamas ensanguentadas. Recuei com a flecha em punho, feito uma lança, apontando para o pescoço da fera.

Atirei com toda a força. A flecha voou da minha mão e se entranhou em uma árvore.

— *Marco!* — berrei, correndo até ele, pronto para atacar a fera com minhas próprias mãos.

Marco deu uma olhada por sob a massa de pelos.

— Bela mira, Tarzan.

O mushushu estava imóvel. Eu me aproximei. Havia três dardos com penas verdes cravadas nas costas da fera.

— Você está...

— Vivo? — Marco perguntou, saindo de baixo do corpo gigantesco.

— Acho que sim. Mas não estou muito confortável. Felizmente, parece que o Bafo de Rato Morto perdeu o interesse e caiu no sono.

A panturrilha de Marco estava sangrando muito. Rasguei um pedaço da bainha da minha túnica e amarrei em sua perna para estancar o sangramento. Ele se recostou na árvore; o suor escorria por sua testa.

— Que corte feio — eu disse.

Ele abria e fechava os olhos.

— É só... um ferimento de guerra.

Olhei para os lados à procura do atirador, mas o lugar parecia vazio.

— Oi? — chamei. — Tem alguém aí? Aly? Cass? Daria?

Marco precisava de cuidados. Imediatamente. O torniquete improvisado tinha estancado o sangramento mais pesado, mas ele perdera muito sangue. E, por mais que bancasse o durão, estava no limite entre a consciência e o desmaio.

— Tudo bem, Marco, vou tirar você daqui — eu disse, cuidadosamente enganchando o braço ao redor de seu ombro e fazendo esforço para ficar em pé.

Do fundo do bosque, surgiu uma voz. Depois duas.

— Ei! — gritei. — Aqui! Socorro!

Escorei Marco na árvore. Ele gesticulou indicando o estoque de flechas caídas.

— Pegue a arma. Só para garantir. Não sabemos de quem são essas vozes.

— Mas... — reclamei.

— Anda logo, irmão Jack! — disse Marco.

Eu me agachei cuidadosamente, procurando o arco. Um dardo cruzou o espaço entre meus dedos, fazendo um ruído cortante, e se incrustou na terra. Enquanto eu pulava para trás, um rosto surgiu detrás da árvore — uma mulher de cabelos pretos curtos e cicatriz de orelha a orelha debaixo da boca, como se ela tivesse um sorriso sinistro permanente. Ela se arrastou para frente, segurando um canudo de soprar dardos em uma das mãos. Atrás dela, havia outra mulher, mais velha, com o nariz aparentemente quebrado, e um homem de barba comprida. Eles usavam túnicas do mesmo material grosseiro e com o mesmo corte daquelas dos wardums babilônios.

— Olha, eu... eu não falo o seu idioma — eu disse —, mas nós não temos nada para ser roubado. Meu amigo está ferido.

Eles nos olharam cautelosamente. Marco levantou o pescoço para olhar para eles e gemeu de dor.

A mulher se ajoelhou ao lado dele, olhou para sua perna e gritou algo para os demais. Enquanto o homem sumia bosque adentro, ela pegou Marco pelos ombros. Apesar de ser uns cinco centímetros mais baixa que eu, com talvez pouco mais de um metro e meio, ela aguentou o peso dele com facilidade.

Levantei as pernas dele. Juntos, nós o levamos a um lugar plano e macio, com folhas caídas. Depois que o deitamos, ela limpou a areia e a terra do ferimento.

— Acho que eles não são ladrões — eu disse para Marco.

— Também não são médicos... — ele rebateu, fazendo careta.

O homem voltou com dois potes de barro cru. Um estava cheio de um líquido cinza-esverdeado, que fedia a algo como cebolas podres, gambá e amônia. O outro pote continha água quente, que ele derrubou sobre o ferimento. A perna de Marco deu um chute instintivo para cima, mas o homem a segurou. Rapidamente, sua parceira espalhou uma quantidade generosa daquela meleca cinza-esverdeada em três tiras finas de casca de árvore e as colocou sobre o machucado.

— *Aaahhhhh!* — Marco gritou.

O homem agora estava sentado na perna dele. Pequenos fiapos de fumaça emanavam do machucado. Marco virou a cabeça para o lado e desmaiou.

Ouvi ao longe um apito forte e penetrante. Três notas. A mulher respondeu de forma idêntica. Pouco depois, ouvi um barulho vindo do bosque. E um grito.

— Marco!

Eu me virei ao ouvir a voz de Daria. Ela correu, aproximando-se. Parecia conhecê-los e começou a conversar em um tom de voz que exprimia urgência, com um jorro de palavras. Pouco depois, ela se ajoelhou ao lado de Marco, com os olhos marejados.

— Ele está...

— Morto? Não — eu disse. — Esse pessoal o salvou. Quem são eles?

Daria parou para pensar um pouco.

— Wardums. Mas... Eu não sei a palavra. — Ela apontou para a própria cabeça.

— Muito inteligente — chutei. — Hááá... cientistas? É isso que você quer dizer?

— Cientistas — disse Daria. — Zinn, Shirath, Yassur.

Marco abriu os olhos.

— Talvez... eles pudessem inventar a anestesia para a próxima vez — ele disse, rangendo os dentes.

Daria se debruçou sobre Marco e o abraçou.

— Eu ouvi barulho. Corri aqui. Bel-Sarra-Usur não feliz comigo. Não posso demorar.

Ela esticou o braço cuidadosamente em direção à perna machucada de Marco para levantar um dos pedaços de folha. Por baixo, a ferida causada pelo mushushu havia se transformado em uma marca vermelho-escura.

Eu fiquei boquiaberto.

— Isso é... inacreditável.

— Você caminhar logo — disse Daria. — Zinn é melhor... cientista.

— Mas o quê...? — Marco testou a perna, dobrando-a. — Valeu, pessoal.

— Muito obrigado! — eu disse. — Mas como eles nos encontraram, Daria? Se são wardums, por que estão na floresta do rei? Eles não deviam estar no palácio?

Daria virou o pescoço para olhar para trás, aparentando nervosismo.

— Nós somos... como se diz? Resistência. Desafia o maligno Nabu-na'id.

— Então vocês são como rebeldes? — perguntei.

— Rei Nabu-na'id deixou Marduque com raiva — disse Daria. — Rei não vai Akitu, grande insulto! Marduque fez coisas ruins acontecer em Bab-Ilum. Muitos anos atrás. Uma vez... — Ela agitou os dedos freneticamente no ar, como se houvesse um enxame lhe cercando o rosto.

— Aconteceu um ataque? — perguntei. — Morcegos? Pássaros? Insetos? Uma praga de gafanhotos? Bzzzzz?

— Sim — disse Daria. — Também grande água. Do Tigre.

— Enchente — eu disse.

— Persas queriam Bab-Ilum parte da Pérsia — disse Daria cuidadosamente. — *Fazeram* grande exército para derrotar Nabu-na'id.

— Fizeram — corrigi. — Precisamos te ensinar o passado.

— Eu não tiro a razão dos persas — disse Marco, rangendo os dentes. — Quer dizer, sem ofensa, mas seu rei parece um sapo.

— Nosso rei homem de sorte — disse Daria. — Persas não mais. Tudo ruim foi embora depois de Sippar. Sippar vem ao redor de todos nós. — Ela deu um sorriso triste. — Para rei Nabu-na'id, Sippar novo deus. Protetor de Bab-Ilum.

— Conveniente — disse Marco. — Sippar ataca todos os vizinhos, e agora o Nabby não precisa mais se dar ao trabalho de defender o reino, como todo rei deve fazer.

— Mas Nabu-na'id tem medo floresta, por causa de mushushu — disse Daria. — Então nós... Zinn, Shirath, Yassur e mais... nos escondemos aqui. Nos encontramos. Planejamos.

— Mas o mushushu morreu — eu disse. — Então lá se vai seu esconderijo.

Daria olhou para trás, nervosa.

— Mushushu não morreu. Está dormindo.

— *O quêêêêêê?* — Marco perguntou.

Todos nós olhamos para a fera. Suas costas levantavam e baixavam muito lentamente, e os dardos emplumados acompanhavam o movimento.

— Devem ser dardos com tranquilizante — eu disse.

— Alguém tem um bastão? — Marco perguntou.

— Nós deixamos mushushu aqui — disse Daria. — Fazemos prece em Esagila. Pedir perdão a Marduque. Por ferir sagrado mushushu. Marduque ouvir.

— Espera — disse Marco. — Lembram do que o Olho Nervoso prometeu? A gente poderia ver o show de flores se empacotasse o mooshy de vez!

Daria olhou para mim com curiosidade.

— Isso inglês?

— Tradução: Bel-Sarra-Usur disse que poderíamos ver os Jardins Suspensos se matássemos o mushushu — eu disse.

— Nós pensamos jeito de ver Jardins depois. — Daria olhou para trás. Logo acrescentou: — Zinn diz você muito corajoso, Marco. Muito forte. E você também, Jack.

— Eu não fiz nada — respondi.

— Você me arrastou para um ponto seguro — disse Marco. — O Jack é a definição de *incrivelbilidade*.

Daria assentiu com a cabeça.

— Bel-Sarra-Usur acha que vocês têm magia. O rei querer vocês. Como soldados.

— Não — eu disse. — Nem pensar.

— Ótimo — disse Daria. — Porque Zinn e sua gente trabalham para o bem. Usam magia para futuro melhor. Para justiça em Bab-Ilum...

Ela estava nos olhando de perto. Os outros três rebeldes também.

— Daria — eu disse —, você está pedindo para nos juntarmos a vocês? Não podemos. Precisamos volt...

— Vamos pensar! — Marco falou, interrompendo-me. — Nos mostre os Jardins Suspensos e vamos pensar nisso.

✧

Uma rebelde. Não sei por quê, mas esse rótulo fazia Daria parecer ainda mais incrível. Como se fosse possível.

Cantora. Combatente pela liberdade. Espiã na corte do rei. Gênio da linguagem. Ela era brilhante, com embalagem de impressionante.

Marco estava se apoiando nela, mancando. Sua mentirinha inocente, dizendo que nós pensaríamos em nos tornar rebeldes, deixara Daria otimista. Não era justo. Sabe o que mais? Ele estava fingindo estar mais ferido do que na verdade estava, só para poder ficar com o braço no ombro dela.

Eu sabia que ela estava nervosa por ver Bel-Sarra-Usur. E também estava começando a me preocupar com Cass e Aly. Então, nós fomos o mais rápido que podíamos. Daria cantou para nos animar, e os pássaros a acompanharam. O sol também parecia brilhar, e eu fiquei mais animado. Depois da canção, ela insistiu em aprender mais inglês, então eis a lista do que eu e Marco lhe ensinamos nos minutos seguintes:

1. O tempo passado.
2. A diferença entre *mas* e *mais*. E os diversos *porquês*.
3. As regras básicas do basquete, demonstradas por Marco com uma pedra e uma cesta imaginária.
4. Duzentas e vinte e nove palavras novas, inclusive *guerra, arremesso, paz, cair fora, passos, cê-cê, calçamento, Cheetos, dilema, incrivelbilidade, condição* e *toalete*.

Vou deixar a cargo de vocês descobrirem quais palavras foram ensinadas pelo Marco e quais por mim.

Logo Marco estava demonstrando regras de basquete, saltando, fazendo arremessos.

— O Marco está se *recuperando* — eu disse. — Está tendo uma *recuperação*. É outra maneira de dizer que ele está melhorando.

Daria rapidamente repetiu as palavras, mas seus olhos estavam pregados no Marco.

— Marco, por favor, não entendo essa jogada.

Certos caras têm toda sorte do mundo.

— Ele atravessa a quadra... — Marco saiu em disparada por entre árvores, como se fossem defensores, fingindo driblar com a pedra. — As garotas na arquibancada gritam: "Incrivelbilidade!" Ele para no garrafão, a oito metros da cesta, e...

Ele se deteve, com as mãos no meio do arremesso.

— Uau — disse baixinho, com os olhos fixos em algo distante. — Intervalo.

Corremos até ele. Quando paramos a seu lado, franzi os olhos devido à claridade do outro lado do rio. O ar havia mudado, do fedor de madeira queimada e carne podre para uma explosão de ar frio e agradável. O aroma era tão inebriante que fiquei até meio tonto.

Por entre os olhos franzidos, avistei algo que me tirou o fôlego.

— Isso é...? — gaguejei.

Daria sorriu.

— *Incrivelbilidade*.

21
HERÓIS

Respira, McKinley.

Os Jardins Suspensos surgiram do outro lado do Eufrates. Eles mais pareciam uma explosão de verde que um majestoso zigurate. Se cor fosse som, as flores estariam gritando ao sol. Elas transbordavam pelas janelas, cobriam os ombros de todas as estátuas, apagavam os belos entalhes nas paredes. Suas vinhas ondulavam à brisa como mãos de bailarinas, e a água corria pelos canais de mármore como um distante aplauso.

— Você *diz*... disse Jardins Suspensos, sim? Nós dizemos Montanha da Mãe — disse Daria. — Por causa de Amitis, esposa do rei Nabu-Kudurri-Usur II. Como mãe de todos wardums, tão gentil e delicada. Mas sempre triste. Ela *veinho*... veio da terra de Média, onde tem montanhas grandes, jardins grandes. Nabu-Kudurri-Usur construiu primeira Montanha da Mãe para ela em Nínive. Para deixar ela feliz quando visita.

— Espera — eu disse. — A *primeira* Montanha da Mãe?

Daria assentiu com a cabeça.

— Esta é segunda. Construída muitos anos depois. Mas Nabu-na'id fechou. Pessoas agora não podem mais ir.

Caminhei mais para perto, observando os arredores. Depois dos Jardins Suspensos, um parque enorme se espalhava até onde a vista alcançava, cercado por um muro de pedra. Do lado externo do muro, havia estradas de cascalho e casinhas, mas, no interior, era uma exuberância de árvores floridas e verdejantes.

— Daria, nós precisamos ir até lá — eu disse. — Assim que possível.

— Por quê? — ela perguntou.

— Nós sabemos de algo que está lá dentro — respondi. — Algo importante. Tem... tem a ver com Sippar. Com a razão de Sippar existir.

Os olhos de Daria ficaram distantes.

— Então por isso Nabu-na'id coloca guardas em Montanha da Mãe?

— Eu não sei — respondi. — Mas precisamos descobrir.

— O que acontece se você pegar a... coisa que precisa? — Daria perguntou com esperança. — Sippar vai embora?

Marco olhou para mim.

— Sim! — disse sem pestanejar.

Outra mentira.

— Sinceramente, Daria — eu disse —, não temos certeza...

— Marco! Jack!

Eu me virei ao ouvir o som da voz de Aly. Ela e Cass vinham correndo pelo bosque em nossa direção. Marco acenou para eles, e os amigos de Daria ficaram tensos. Por instinto, já estavam esticando o braço para pegar os canudos de soprar dardos, mas Daria lhes lançou um sorriso tranquilizador.

Cass e Aly praticamente tropeçaram um no outro para nos abraçar. Ambos estavam ensopados de suor por causa da corrida.

— Nós pensamos que vocês tinham morrido! — Aly gritou.

— Aquele barulho! — disse Cass.

Daria olhou para o caminho por onde eles tinham vindo.

— Bel-Sarra-Usur? Guardas? Cadê eles?

Mas Cass e Aly já tinham visto os Jardins Suspensos e estavam com o queixo quase no chão.

— Isto. É. Absolutamente. Impressionante — disse Aly.

— Um monte de gente diz isso quando me abraça — Marco respondeu. — Ei, já viram uma mordida de mushushu?

Aly se virou e viu os três amigos de Daria pela primeira vez.

— Não, mas talvez você possa nos apresentar.

— Desculpa — disse Daria. — Estes são Zinn, Shirath e Yassur. Wardums, como eu. Somos rebentos.

— Rebeldes — corrigi. — Contra o rei. Leais ao legado de Nabucodonosor II.

Um grito soou vindo do bosque, não muito atrás de nós. No mesmo instante, os amigos de Daria se espalharam e sumiram matagal adentro, como se jamais tivessem estado ali.

— Guardas — disse Aly. — E não estão muito satisfeitos.

Daria respirou fundo.

— Vocês com a gente agora — ela disse, enganchando os braços no meu e no de Marco. — Enfrentamos os guardas juntos.

✦

Bel-Sarra-Usur se ajoelhou ao lado do corpo do mushushu.

Não sei o que os rebeldes fizeram com o bicho. Daria insistia que ele estava vivo. Que os rebeldes lhe deram uma poção para diminuir o metabolismo. Seu peito agora estava parado. Ele parecia mais morto que a própria morte.

O filho do rei se levantou e enxotou os dois wardums que o abanavam furiosamente. Murmurando algo para Daria, voltou-se para os guardas.

— Ele diz que vocês são heróis — disse Daria. — Acha que serão de grande utilidade para reino.

— Primeira frase: acertou em cheio. Segunda: falhou miseravelmente — disse Marco.

Cass estava desconfortável dentro da túnica. Um par de olhos encouraçados espiava de um de seus bolsos, junto de uma embalagem de Snickers e um pacote de chiclete.

— Shhh, está tudo bem — ele sussurrou. — O Leonard está assustado com o cheiro do mushushu.

— Deve estar achando que é parente — disse Aly.

— Pensei que você tivesse se livrado do chocolate e do chiclete! — eu disse.

— Guardei um pouquinho... — Cass respondeu, acuado.

Quando Bel-Sarra-Usur se virou, Cass tratou de empurrar Leonard de novo para dentro do bolso. Eu não sabia se o filho do rei tinha visto o lagarto nem se ele se importava. Ele indicou Marco com um gesto de cabeça que parecia vagamente admirado e então gritou uma ordem aos guardas.

Daria ficou com a expressão triste. Ela começou a suplicar a Bel-Sarra--Usur, gesticulando ansiosamente.

Dois guardas desembainharam as espadas. Antes que pudéssemos reagir, eles as cravaram na costela do mushushu.

Fiquei parado, em estado de choque. A criatura se esvaiu em sangue, piscando os olhos até fechá-los de vez. Daria levou a mão à boca e arregalou os olhos, horrorizada.

Cass soltou um gemido. Marco, Aly e eu desviamos o olhar.

— Cara... por que eles fizeram isso?

— Eu acho que... — sussurrei, tentando não botar o café da manhã para fora — ... eles precisavam ter certeza.

Daria estava murmurando algo ritmado, talvez uma prece. Pensei em abraçá-la, mas ela se afastou.

— Eu... sinto muito — falei.

Em meio a uma névoa de lágrimas, os olhos de Daria transmitiam raiva e decisão.

— Vocês vão até Montanha da Mãe, Jack — ela sussurrou. — Eu deixei um jeito para vocês irem.

— Deixou? — perguntei.

— Lembra... — ela respondeu, chegando perto de mim — ... quando fui ver vocês...

Eu vi a sombra do metal. Daria soltou um grito e caiu no chão. Um dos guardas de Bel-Sarra-Usur a observava atentamente, impassível.

— Ei! — Marco gritou, partindo para cima do capanga.

O homem apontou a espada para ele, que parou imediatamente. Cass, Aly e eu nos ajoelhamos ao lado de Daria. Ela não estava sangrando. Rapidamente, percebi ele devia ter batido nela com o punho da espada.

Bel-Sarra-Usur ficou nos observando e reclamando.

— Muito bem, Cabeça de Catavento, já chega — disse Marco, virando-se para ele com os punhos cerrados.

— Não, Marco, você não pode ser tão bravo o tempo todo! — Daria gritou, com o rosto virado para o chão. — Eu fui punida porque wardums não podem olhar para rosto de awilums, os nobres, sem permissão. Bel-Sarra-Usur acredita que vocês virar nobres. Ele sabe que precisa convencer Nabu-na'id primeiro. Mas acredita que rei vai concordar.

— Eu não me importo com o que ele pensa — disse Marco.

O guarda levantou a espada de novo. Aly agarrou o braço de Marco e o levou para longe dali.

— Mas a Daria se importa — ela disse. — Nós vamos a qualquer lugar que ele queira nos levar. Em silêncio. E não vamos falar com a Daria.

22

SE AO MENOS...

A CASA DE hóspedes havia sido reabastecida de sucos e comida, mas eu não estava com fome nem sede. Enquanto caminhávamos pelo terraço, os crocodilos do fosso nos seguiam com os olhos. Mas eu não queria saber deles. Só conseguia pensar em Daria.

O ruído do metal em movimento. A agonia no rosto dela.

Por que você não fez alguma coisa?

Se eu fosse veloz como Marco, teria desviado a espada com uma porrada. Se fosse inteligente como Aly, teria adivinhado que o guarda ia fazer aquilo. Eu poderia ter tentado alguma medida preventiva.

— Terra chamando Jack — disse Aly. — Sua namorada vai ficar bem. Nós precisamos de você. Os planos de fuga estão prontos.

— Ela não é minha namorada — eu disse.

— Que encorajador — sussurrou Aly.

— Você quer dizer o que com isso? — perguntei.

— Como assim, o que eu quero dizer com isso? — Aly olhou para mim com curiosidade, depois suspirou. — Deixa pra lá, Jack. Você é tão criança.

— Vocês dois podem dar um tempo? — Cass perguntou, andando de um lado para o outro do terraço. — Pensem. O que fazemos agora? Esperamos aqui, trancados, até o príncipe Sádico falar com o papai e nos trazer uniformes de guardas?

Marco batucou com os dedos em cima da mureta do terraço.

— Na verdade, não deve ser tão ruim. Como guardas, teremos acesso aos Jardins Suspensos.

— Cai na real, Marco! — Aly disse. — O rei vai ficar de olho na gente. Provavelmente vai querer nos treinar. Vai querer que a gente prove que pode fazer magia. Para ganharmos a confiança dele. Até conseguirmos ficar sozinhos, vamos voltar para casa no século XXII!

— Tá — disse Marco. — Tá certo. Precisamos ser rápidos. Eu posso tentar tirar da jogada os guardas lá de baixo...

— E se eles te matarem esfaqueado? — Aly perguntou. — Talvez seja melhor a gente pensar em outra ideia.

— Podemos derrubar três vasos na cabeça deles — Cass sugeriu.

— Isso é o melhor que você pode fazer? — Aly perguntou. — Jack, o que você acha?

Mas eu ainda estava pensando em Daria.

— A Daria disse: "Vocês vão até Montanha da Mãe". Ela me disse que deixou um jeito para irmos.

Os três se voltaram para mim, surpresos.

— É mesmo? — Cass perguntou. — Como assim, uma chave? Uma senha secreta?

— Eu não sei! — respondi. — Não lembro se algo ficou para trás.

— Grande ajuda! — Aly levantou os braços.

— Eu posso me concentrar se comer — disse Marco, tomando o rumo da escada. — Sempre penso melhor de barriga cheia.

Cass saiu correndo atrás dele, e Aly encolheu os ombros. Estávamos sozinhos agora, e a temperatura do recinto pareceu desabar alguns graus.

— Desculpe descontar em você, Jack — ela disse.

— Estamos todos tensos — respondi.

— Eu falei umas coisas que não penso de verdade — ela disse. Sorri.

— Eu ouvi umas coisas que não entendi.

— É. Bem... — Ela abriu a boca para continuar falando, mas mudou de ideia. Com um sorrisinho, indicou a escada com um gesto. — O último a alcançar a tigela de frutas é um ovo podre.

※

Marco virava um suco verde de um gole só. Cass comia uma tâmara seca aos bocadinhos. Aly brincava com a tigela de iogurte, sem demonstrar muito interesse. Eu estava com um prato cheio de figos frescos, mas só consegui terminar metade de um. Marco passou a devorar o resto, um a um, e por mim tudo bem.

A cerâmica na parede era decorada com imagens de caçadores e animais. Em um dos vasos, um mushushu estilizado parecia grunhir para mim.

Levei a mão ao vaso e o virei, para não ver mais o mushushu. Agora via a imagem menos acusadora de um touro. Parecia vagamente familiar.

Eu deixei um jeito para vocês irem. Lembra... quando fui ver vocês...

Dei um pulo.

O vaso. Eu o usara na noite anterior para esconder uma coisa.

— Jack? — Aly perguntou com curiosidade. Enfiei a mão no vaso e tirei a bolsinha de couro que havia posto lá dentro. A bolsa de Daria. Abri-a com cuidado e olhei dentro dela.

Vi três plumas verdes.

— Isso aqui não é agulha de tricô... — eu disse.

Cass, Aly e Marco olharam para mim como se me tivessem brotado barbatanas na testa. Virei a bolsa para que eles vissem o que tinha dentro.

— Ela sabia — concluí. — Por algum motivo, ela achou que precisaríamos de uma ajuda de emergência.

Meus três melhores amigos começaram a sorrir.

— Posso? — Aly perguntou.

Entreguei-lhe a bolsa, e ela cuidadosamente espalhou sobre a mesa seis dardos tranquilizantes.

23

RUMO AO JARDIM

NÓS NOS AGACHAMOS no vão da porta da cabana dos wardums. O sol estava se pondo depois de Ká-Dingir-ra, e ouvi um canto doce e suave vindo de dentro.

— Daria! — sussurrei entre dentes.

O canto cessou. Daria arregalou os olhos, com o rosto emoldurado pelo lenço.

— Jack! O que você está fazendo aqui?

— Eu só queria agradecer — respondi. — Pelos dardos. Os guardas que vigiavam a nossa porta estão apagados.

Ela balançou a cabeça em aprovação. Seus olhos irradiavam medo, mesmo no escuro.

— Entendi. Então vocês vão para Montanha da Mãe. Estou feliz que vieram aqui primeiro. Vou com vocês...

— Nem pensar! — respondi. — Você vai se encrencar. Basta nos explicar o caminho.

— Eu mostro — disse ela.

— Tudo bem, nós damos conta — Cass entrou na conversa. — Quer dizer, é só sair pela Porta de Ishtar, dar a volta no templo e ir até a beira do primeiro campo de cevada, não é? E, depois de mais ou menos cinquenta e três metros, virar à esquerda no último sulco do arado, onde tem uma cabana e umas pilhas de madeira. Então, se na cabana tiver algum barco, a gente usa para atravessar o rio, depois caminha, sei lá, pouco mais de duzentos metros até o portão externo dos Jardins.

Ficamos olhando para ele, embasbacados.

— A gente atravessa o rio a que ângulo? — Marco perguntou.

— Uns sessenta e três graus, mais ou menos — disse Cass —, dependendo da corrente. Desculpa eu não conseguir ser mais exato. Eu devia ser. Eu vi tudo isso quando estávamos voltando da floresta do rei. Mas tem umas partes bem confusas.

— Cara — disse Marco —, como você seria com um pouquinho mais de autoconfiança?

— Hãã? — Cass perguntou.

Aly o envolveu em um abraço.

— Você não perdeu nadinha dos seus poderes, Cass. Só precisa acreditar neles tanto quanto nós.

Daria havia se afastado e voltava com uma sacola sobre o ombro e uma braçada de mantas.

— Vistam isso. Cubram cabeça. O rei não pode saber que saíram. Eu vou com vocês até Porta de Ishtar. Pul, filho de Nitacris, está muito doente. Preciso ajudar. Todos nos ajudamos. Meus amigos Nico e Frada vão ficar com o bebê por enquanto, mas passaram dia inteiro com Nitacris. Vou falar com guardas. Eles sabem que Pul está doente e são bons para wardums. Vou dizer que estamos indo a templo de Marduque para orar pedindo ajuda.

— E se nos fizerem perguntas? — Aly questionou.

— Eu falo por vocês — disse Daria. — Bab-Ilum é cheia de gente de muitos lugares. Não é incomum wardums falarem idiomas que guardas não conhecem. Vou dizer que preciso voltar sozinha, para cantar para Pul dormir. Mas vocês ficam para preces completas. Eles vão entender. Mas não vamos parar no templo. Vamos juntos a rio. Vocês continuam. Eu volto.

Partimos na mesma hora, nos afastando com pressa da área dos wardums, passando por Ká-Dingir-ra e chegando à Porta de Ishtar. Lá, um grupo de guardas estava distraído com um jogo que envolvia atirar pedras na base do muro de tijolos azuis. Mal levantaram os olhos quando Daria falou com eles.

Passamos correndo pelo longo e escuro saguão da Porta de Ishtar e saímos em frente ao templo. Cass e Daria nos conduziram por um caminho que dava a volta no prédio. Atravessamos um bom pedaço de terra de cultivo e, pouco depois, ouvi as águas agitadas do Eufrates. Daria nos levou até a cabana onde os barcos ficavam guardados. Dentro de minutos, estávamos carregando um barco de fundo chato e um remo de madeira para o rio.

Enquanto nos instalávamos na água, Daria apertava as mãos uma na outra, com uma expressão preocupada.

— Terá guardas na entrada — disse. — Jardim muito grande. Montanha da Mãe fica no centro. Nabu-na'id levantou muro ao redor. Fez um jardim interno e outro externo, como cidade interna e cidade externa de Bab-Ilum; assim, agora só o rei pode entrar em Montanha da Mãe. Jardim interno é guardado por monstros vindos de terra estrangeira. Eles são controlados por zelador do Jardim, Kranag.

— Você conhece esse cara? — perguntei. — Pode pedir para ele nos ajudar a entrar?

Daria mostrou uma expressão séria.

— Ninguém conhece Kranag. Alguns dizem que é deus malvado que caiu na terra. Ele veio para Bab-Ilum muitos anos atrás, mais ou menos na época de Sippar, com homem misterioso que tinha marca estranha na cabeça. Trouxeram muitos animais ferozes. Grandes leões-aves vermelhos. Pequenas criaturas selvagens, com dentes de lanças brancas. Aves pretas com pele feito bronze. Vizzeets que matam com cuspe.

— Massarym — sussurrou Aly. — Com criaturas de Atlântida. Deve ter sido quando ele trouxe o Loculus para cá.

— Kranag não enxerga — disse Daria —, mas é mestre dos animais. Sabe falar com as criaturas, tem controle sobre elas. Dizem que sabe se transformar em animal. Quando Nabu-na'id levantou muro ao redor de Montanha da Mãe, lá escravizou Kranag. Para ele proteger e defender Montanha da Mãe.

— E todos esses animais... estão lá dentro agora? — perguntei.

O olhar de Daria se perdeu na distância.

— Talvez. Vocês precisam tomar cuidado.

Aly balançou a cabeça.

— E só *agora* você nos conta sobre esse negócio?

— Isso muda tudo — Cass disse, quase guinchando. — Talvez seja melhor não correr tanto com isso.

— Ei, vai ser divertido! — disse Marco.

— Como você define diversão? — Aly perguntou.

Daria estendeu os braços, apoiou uma das mãos no braço de Marco e a outra no meu.

— Eu entendo se quiserem voltar.

Levantei os olhos para os Jardins Suspensos e respirei fundo. Pensei no grifo e no Loculus. Nos monges saqueadores. Naquela situação, se tivessem nos avisado dos perigos, teríamos nos acovardado. Mas fomos forçados a ir em frente, e foi o que fizemos. Às vezes, tem de ser assim.

— Somos rebeldes como você, Daria — respondi. — Nós já sobrevivemos a coisa pior.

Ela sorriu. Da sacola que carregava, tirou uma tocha comprida, uma pequena urna de bronze com tampa de cortiça, um pedaço de sílex e uma faca de metal grosseiro. Por fim, deu a Marco um canudo de soprar, além de um jogo de dardos.

— Hoje é lua cheia. Deixem ela guiar. Acho que animais estão lá dentro, mas não sei quantos. Espero que estejam dormindo. Espero que vocês encontrem rápido o que procuram. Principal, espero que não vejam Kranag. Se virem, fujam. Ele não tem misericórdia nem sentimentos.

— Obrigado, Dars — disse Marco. Ele a abraçou, e ela o apertou forte. Quando o soltou, eu me aproximei para abraçá-la também. Mas ela deu meia-volta e saiu andando, de volta a Ká-Dingir-ra.

Subimos um por um no barco. Marco e eu enfiamos os remos na água. Do outro lado do rio, uma luz acompanhava o muro dos Jardins Suspensos: a tocha de um guarda que ainda não nos vira.

Fomos lentamente, em silêncio. À luz da lua, eu só enxergava a silhueta dos meus amigos, a poucos centímetros de mim. Cass estava segurando seu lagarto de estimação, confortando-o. Virei o pescoço para olhar para a praia. Daria havia se misturado à escuridão da noite.

Mas pude ouvi-la cantar.

24
A TOCHA E OS VIZZEETS

— Eles sumiram — sussurrou Cass.

Deitado de bruços na margem do rio, observei o brilho amarelo de uma tocha piscando na escuridão. Ficamos lá pelo que pareceu cerca de uma hora, observando duas luzes: dois guardas parados tendo uma conversa demorada. Agora estavam tomando direções opostas, conferindo o perímetro dos Jardins.

— Anda — disse Marco.

Corremos pela barragem e pegamos a estrada. Era impossível não fazer barulho ao pisar no cascalho.

Depois de atravessado o portão, o chão era coberto de lascas de cedro, suaves sob o tráfego de pedestres. Seguimos o calçamento ao luar, que conduzia a um farto arbusto florido. Nós nos enfiamos atrás dele e viramos rapidamente o pescoço, para olhar para o portão aberto. Meu coração batia tão forte que eu tinha medo de que ouvissem do outro lado da Porta de Ishtar.

Depois de alguns minutos, a tocha passou lentamente da esquerda para a direita e sumiu.

Avançamos mais para dentro. A trilha nos levou ao muro interno, que se agigantou sobre nós, liso e impossível de tão alto. À esquerda, havia um imponente portão, mas era de madeira grossa, muito bem fechado.

Outra luz de tocha passou adiante e se deteve. Uma voz grave e gutural berrou algo em nossa direção. Pensei em correr, mas fiquei parado.

Atrás do guarda, de cima do muro, veio um grito sinistro. *Zuu-kululu! Cack! Cack! Cack!*

Quase pulei para trás. O som era frio e zombeteiro. O guarda murmurou algo entre dentes.

A luz seguiu adiante.

Corremos até a base do muro. A única maneira de passar seria saltando sobre ele. *Não pense no grito*, eu disse a mim mesmo.

Sem falar nada, Marco juntou as mãos para que servissem de degrau para subirmos. Aly foi primeiro, depois Cass.

— Como você vai pular sozinho? — sussurrei ao subir. — Você ainda está machucado.

— Me observa — disse Marco.

Ele me impulsionou para cima. Agarrei o topo do muro e subi as pernas. Os outros haviam pulado para o jardim interno, mas permaneci no alto. Não queria deixar Marco sozinho.

De início, não o vi. Mas ele surgiu sob a luz da lua a uma distância de uns vinte metros, como um clarão cinzento. Correu para o muro feito um velocista, saltou e plantou a sola do pé contra a parede, usando o impulso para pular. Levantou a palma da mão aberta em minha direção, e eu o agarrei.

— Moleza! — Marco sussurrou, arrastando-se até o topo. Ambos pulamos no chão, aterrissando perto de Cass e Aly.

— E agora? — Cass perguntou.

Era uma boa pergunta. Só conseguíamos ver os contornos das árvores e a curva dos calçamentos. O ar estava frio e doce, e Aly parou para pegar algo do chão.

— Uma romã — ela disse. — Das grandes.

Zuu-kulululu! Cack! Cack! Cack! Algo enorme desceu, batendo asas metálicas que faziam um ruído estranho. Aly jogou a fruta no chão, e uma silhueta preta de ave com olhos brilhantes a pegou com as garras e saiu voando.

— Desculpa. Prometo não encostar mais nas suas frutas — disse Aly.

Mas meus olhos estavam voltados para uma construção em forma de torre não muito longe de nós. O canto superior bloqueava uma parte da lua.

— Lá está — eu disse.

Marco estava praticamente tremendo de entusiasmo.

— Sigam-me, soldados. Vamos torcer para que o corvo seja o pior que eles têm contra nós.

Ele começou a caminhar. Os Jardins Suspensos bloqueavam o céu enluarado. Percebi as treliças e ouvi a água batendo nas piscinas como um riso suave. Ao longo da lateral da construção, havia uma espiral tortuosa que subia em direção ao topo, saindo de uma profunda piscina alimentada por um aqueduto. Parecia um tobogã de água.

— O que é isso? — sussurrou Marco.

— Um parafuso de Arquimedes — disse Aly. — O professor Bhegad falou disso nas aulas que nos deu. Quando alguém o gira, o movimento traz a água para fora do poço e leva para o topo. É assim que as plantas são regadas.

Enquanto nos aproximávamos, ouvi algo farfalhando. Havia um movimento nos níveis inferiores dos Jardins Suspensos. E não se tratava apenas da ondulação das vinhas. Sombras deslizavam por entre as treliças.

— Shhh. — Marco pegou a tocha e a encharcou com o óleo que havia no recipiente de Daria. Escorou-a na pedra e puxou o pedaço de sílex da mochila, riscando o punhal de aço com ele. Com a primeira fagulha, a tocha se inflamou.

— Obrigado, Daria — Marco murmurou, levantando a tocha. — "Sempre alerta." Lema dos fuzileiros navais.

— Dos escoteiros — Aly o corrigiu.

Ouvimos um coro de guinchos vindo dos Jardins Suspensos. Um som intenso e sibilado. Algo pequeno e líquido fez um arco alto no ar, vindo suavemente em nossa direção.

Cass recuou.

— *Aaauuu!*

Uma espiral de névoa preta se retorceu para o alto, saindo de uma mancha em seu antebraço.

— O que foi isso? — Marco perguntou.

— Não sei, mas dói dói dói dói! — disse Cass, tremendo de dor no braço.

Outro pequeno míssil líquido navegou pelo ar em direção a Aly. Por instinto, Marco impulsionou a tocha para cima, feito um jogador de beisebol tentando acertar a rebatida. Quando a meleca fez contato com a chama, explodiu no ar.

— Mas o que...? — Marco murmurou.

Os gritos agudos ao redor se aproximaram. Marco mexeu com a tocha rapidamente, da esquerda para a direita.

Os muros dos Jardins Suspensos estavam pretos com o movimento agitado de sombras de membros compridos, parecidas com macacos. Elas caíram no chão, batendo no peito estreito e encouraçado, sorrindo para nós com a cara bicuda e pelada. Os dentes eram compridos e afiados, e a língua, vermelhíssima. Elas cuspiam uma massa amarela de saliva ao se aproximar.

— Cuidado! — Marco gritou. Pulamos para longe, e os mísseis molhados pousaram, liberando nuvenzinhas de fumaça. Eu me virei e vi Cass no chão, se contorcendo de dor.

Marco atacou as criaturas com a tocha. Elas guincharam e recuaram, cuspindo. As chamas brotaram de novo e mais uma vez, como fogos de artifício. Marco desviou do cuspe feito um dançarino. Aly estava de joelhos, debruçada sobre Cass.

— Ele está bem? — perguntei.

— Queimadura feia — disse Aly. — Ele está com muita dor.

Vizzeets que matam com cuspe, Daria dissera.

Marco soltou um grito. Saiu fumaça do lado esquerdo de seu rosto, perto do queixo. Ele cambaleou, desviando por pouco de outro míssil de saliva. Agarrei a tocha e a usei para atacar. Eles pareciam ter medo de fogo e recuavam. Um míssil de cuspe passou raspando por meu rosto, e as pontinhas de pelo entraram em chamas.

Soltei a tocha e caí. Marco surgiu a meu lado em uma fração de segundo e apertou um punhado de terra arenosa na lateral da minha cabeça, apagando o fogo. Ele me arrastou para o abrigo de uma passagem em arco que dava para o centro da construção que sustentava os Jardins Suspensos.

— Consegui chegar a tempo? — perguntou.

Assenti, tocando com cuidado a lateral da cabeça.

— Obrigado. Estou bem.

O chão agora estava frio. Ficamos perto do muro, que formava uma espécie de corredor conduzindo até uma estrutura de uns três metros de comprimento. Depois de nós, o que havia era uma sólida escuridão. Do lado de fora, a uns cinco metros da entrada, a tocha ficara no chão, e suas chamas nos protegiam dos vizzeets. Aly estava perto de nós, jogando água de uma urna sobre o machucado de Cass.

Olhei para as tiras de remédio ainda presas à panturrilha de Marco.

— Aguenta firme — eu disse, retirando uma delas. Seu machucado estava quase curado, e torci para que ainda restasse um pouco daquele grude cinza mágico.

Ajoelhei-me e pus a tira no antebraço de Cass, bem em cima da queimadura.

— Não tire! — eu disse. — Isso vai fazer você se sentir melhor.

Marco olhava da passagem em arco.

— Precisamos sair daqui — ele disse. — Eles odeiam as chamas, mas a tocha não vai durar para sempre.

Dei uma olhada para fora também, para a direita, onde os vizzeets lutavam, cuspiam e resmungavam.

Minha cabeça estava latejando. Não tinha nada a ver com os pelos queimados. Em meio aos gritos, um som sinistro, mas familiar, tomava conta de mim. Eu estava ouvindo de novo a estranha canção. A mesma que ouvira antes, perto dos Heptakiklos, no monte Ônix. E perto do primeiro Loculus, em Rodes.

O som vinha da esquerda. Com a ajuda da luz que emanava da tocha caída, pude ver o contorno de uma porta no muro dos Jardins Suspensos. A madeira dela era torta e coberta por um carpete de musgo. A maior parte da superfície tinha uma enorme massa emaranhada de hera. Parecia que ninguém abrira aquela porta por anos a fio.

— Você está ouvindo isso? — perguntei.

— Ouvindo o quê? — Marco devolveu.

— A Canção — eu disse. — Está vindo da esquerda. Eu preciso entrar por aquela porta. Acho que o Loculus está lá dentro.

Marco assentiu com a cabeça.

— Eu te dou cobertura.

Com um grito repentino, ele saiu correndo. Pegou a tocha do chão e a usou feito uma espada, cortando para cima e para baixo na direção dos vizzeets.

Eu me arrastei até a porta. Sob a hera, havia intrincados desenhos entalhados. Era difícil ver os detalhes. Marco manipulava a tocha de modo errante. Mas, quando me aproximei mais, senti o coração disparar. Os símbolos entalhados na porta me diziam que havíamos encontrado o que procurávamos.

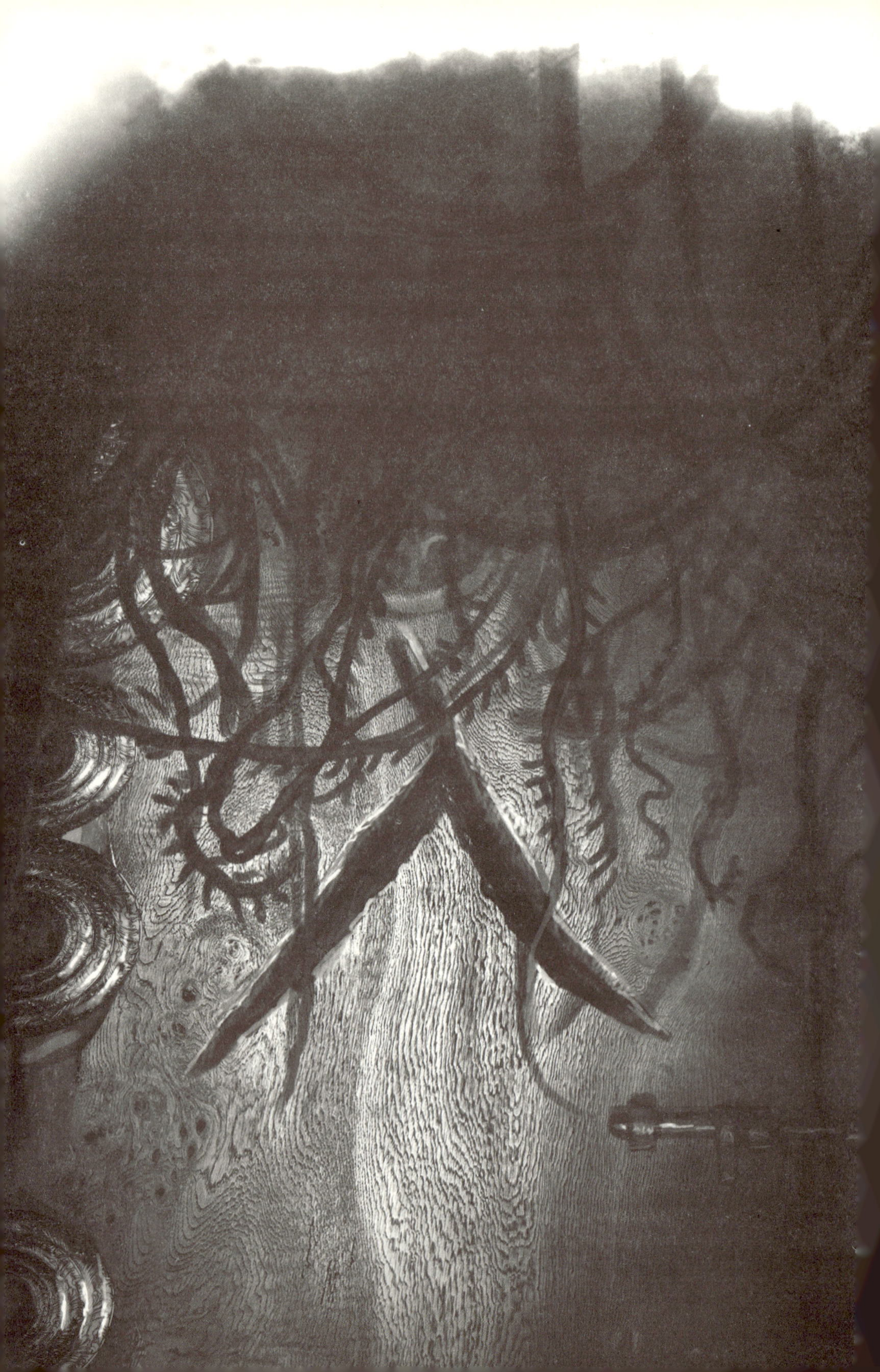

25

LAMBDA

VOLTEI CORRENDO PARA onde estavam Cass e Aly e me ajoelhei.

— Cass, se você puder se mexer, nós precisamos chegar até aquela porta. Eu acho que é lá que o Loculus está escondido.

Os dois se levantaram. Cass tocou a atadura no braço.

— Eu me sinto... bem — ele disse. — O que você fez comigo?

— Analgésico de rebelde — respondi. — Deixe onde está. E não se esqueça de agradecer ao Zinn.

— *Aaaaaiiiiii!* — Marco berrou.

Nós nos viramos e vimos Marco cambaleando para trás. Um dos vizzeets o atingira no rosto. Ele dobrou os joelhos, e duas flechas caíram de sua aljava.

Corri até ele e agarrei o arco e a urna de óleo, que estava dependurada em seu cinto. Peguei uma das flechas do chão, derramei óleo na ponta, encostei-a na chama e enfiei no arco.

Apontei a flecha para um dos vizzeets. Ele deu um guincho e cuspiu em mim, quase acertando meu olho. A massa grudenta pousou no chão, num chiado barulhento.

Puxei a flecha para trás e soltei. A chama fez um arco pela escuridão, feito um cometa, em direção à fera babona.

Errei o alvo. A flecha acabou se enfiando em um emaranhado pendente de vinhas. As chamas seguiram em disparada para o alto, lambendo os pés das criaturas.

Os vizzeets agora guinchavam, arranhando-se uns aos outros para subir mais, para fugir do fogo.

Marco veio tropeçando em minha direção, segurando a tocha com uma das mãos e o rosto com a outra.

— Uma no queixo e outra em cima do olho direito — ele disse.

— Não se mexe. — Puxei o outro curativo de sua panturrilha, rasguei ao meio e coloquei cada pedaço em um dos machucados. — Está enxergando?

— Sim, claro como a luz do amanhecer — Marco respondeu.

Um súbito farfalhar nos fez olhar para trás. Um arbusto enorme, no segundo andar dos Jardins Suspensos, estava pegando fogo.

— Esse negócio vai incendiar inteiro! — Cass gritou. — Precisamos sair daqui.

Eu estava prestes a destruir uma das Sete Maravilhas do Mundo. E, se aquela coisa pegasse fogo, os jardins reais não ficavam muito atrás. Nossa chance de achar o Loculus estaria perdida.

Água.

Precisávamos de muita água. E rápido. Tomei a tocha de Marco e a levantei, tentando iluminar o segundo andar dos Jardins Suspensos. Uma grande escadaria de pedra à nossa direita, coberta de ervas daninhas, dava acesso para cima.

— Marco, vem comigo — eu disse. — Cass e Aly, vão para a base do parafuso de Arquimedes. Encontrem o que faz aquilo girar e girem com força. Agora!

Marco e eu corremos para a escada e subimos os degraus de dois em dois. Eu já estava ouvindo um ruído profundo de algo metálico girando.

Logo do outro lado do corrimão, o parafuso de Arquimedes, lentamente, começava a girar.

Levantei a tocha e vi Cass e Aly às voltas com uma enorme manivela de bronze, logo abaixo. A água começou a fluir para o alto. Logo acima da nossa cabeça, no segundo andar dos Jardins Suspensos, a água caiu em uma bacia inclinada, que alimentava um cano de argila que seguia por entre as flores.

— Pegue o cano, Marco! — gritei. Ele olhou para mim sem entender nada. — Dá para você soltar esse cano?

Ele pôs as duas mãos em torno de um dos canais curvos e puxou. Com a terceira puxada, a coisa se soltou em uma chuveirada de pó de argila.

Ao redor, as chamas estavam atingindo as heras e uns arbustos próximos.

— Precisamos quebrar o parafuso! — gritei.

Marco concordou com um sinal de cabeça.

— Segura isso — ele disse, me passando o cano.

O troço pesava uns cinquenta quilos. Quase o soltei no chão, mas consegui equilibrá-lo no parapeito de pedra. Marco estava chutando a lateral de uma treliça, soltando a borda decorativa, talhada em bronze, de um de seus suportes. Quando o pedaço de metal caiu no chão, gritei:

— Dá pra mim e segura esse troço!

Agarrei o caco de bronze e comecei a bater no parafuso. Seus lados eram curvados para cima, para conter a água enquanto ela subia. Bati no lado externo até a água começar a derramar.

— Mais rápido, pessoal! — gritei para baixo. — Girem isso mais rápido!

A água começou a respingar para fora. Peguei uma das pontas do cano e a inclinei, para que a parte mais elevada recebesse o fluxo de água e o derramasse através da outra ponta nos arbustos em chamas. Marco veio ajudar. Movimentamos o cano para cima e para baixo feito uma mangueira de incêndio.

— Isso é loucura! — disse ele. — Nunca vamos conseguir água suficiente!

— Cass e Aly, girem com mais força! — gritei.

— Segura firme, Jack — disse Marco, soltando o cano. — Eu já volto.

Aguentei firme enquanto Marco descia a escada correndo e assumia o comando da manivela.

A água começou a jorrar. O fogo já estava se espalhando para baixo, serpenteando pelas heras rumo ao chão. Levantei e abaixei o cano, mandando um aguaceiro corrimão abaixo. Cass e Aly surgiram logo em seguida, atrás de mim, com dois baldes de madeira que encontraram em meio a apetrechos de jardinagem.

Eles seguraram os baldes debaixo do cano, juntando água. Então correram para baixo, atrás das chamas crescentes, derrubando balde após balde, até o fogo ser apagado.

Demorou. Bastante. Eu não conseguia imaginar como ninguém nos pegara. Ensopado de suor, Cass veio para o meu lado, apoiou o balde no chão e enxugou a testa. Ele me deu uma olhada cheia de ceticismo.

— Isso foi impressionante, Jack.

— Galera — Marco gritou lá de baixo. — Os vizzeets estão ficando agitados. Vamos!

Enquanto descia a escada às pressas, olhei para o muro interno, lá longe. Onde estavam os guardas? Mesmo tão distantes dos jardins do rei, não tinha como eles não verem as chamas.

— Rápido — eu disse, correndo para a porta. — Precisamos entrar aqui!

Marco estava a meu lado. Ele segurou a tocha perto da porta e sorriu ao ver os entalhes.

— A turma do lamba-lambda. Incrível. Ok, segura isso aqui.

Ele me deu a tocha, depois se concentrou na tranca de metal. Ela não se mexeu. Ele socou a porta. Após aguardarmos um momento, ele recuou e partiu para cima dela. Bateu com um dos ombros, produzindo um som abafado e patético, e pulou para trás, gritando de dor.

De trás da hera, veio um som de batida surda, como se alguém estivesse batendo na madeira com o nó dos dedos.

Afastei as folhas para o lado.

26
O NÚMERO SETE

— PARECE O TAMBOR de um revólver antigo — disse Marco.

— Ou um Heptakiklos de chapéu — Cass comentou.

— Uma roleta — disse Aly.

Minha mente estava dando voltas.

— Pode ser um código. Pensem. Quando entramos no labirinto no monte Ônix... e quando ficamos presos atrás da porta trancada na caverna subterrânea... Nas duas vezes, conseguimos entrar.

— Porque tivemos dicas — disse Aly. — Poemas.

— Os poemas tinham a ver com números — Cass observou. — Principalmente com o número sete.

Aly agarrou um cubo que pendia de um barbante.

— Tem sete dessas coisas. Parecem campainhas.

Ela começou a puxar os cubos, mas nada aconteceu.

— Isso é um entalhe, não um poema — disse Marco.

— Sim, mas são os Heptakiklos, Marco — eu disse. — O Círculo dos Sete. Sete cubos. Quem quer que tenha feito isso sabe dos Loculi! Ele tem que estar aí dentro. Eu estou ouvindo a Canção.

Recuei. Não dava para pensar. Meu cérebro estava obstruído pelo som. Meus ouvidos estavam saturados com os guinchos dos vizzeets, os guardas. Onde estavam os guardas?

Números... Padrões decimais...

— Aly, você se lembra daquela coisa esquisita com frações e decimais? — perguntei.

Ela assentiu com a cabeça.

— Pegue qualquer fração de sete: um sétimo, dois sétimos, cinco sétimos, qualquer uma. Transforme em decimal e os dígitos se repetem. Exatamente os mesmos dígitos. Sem parar.

— Odeio frações — disse Marco.

— *Mébmat ue* — Cass acrescentou.

Tentei me lembrar do padrão.

— Ok, um sétimo. Isso é um dividido por sete. Nós usamos esse padrão para abrir uma fechadura daquela vez.

— Tocha, por favor. Agora. — Cass se ajoelhou e começou a rabiscar na areia:

$$
\begin{array}{r|l}
10 & 7 \\
30 & 0{,}142857 \\
20 & \\
60 & \\
40 & \\
50 & \\
1 &
\end{array}
$$

— Cara, você lembra como fazer divisão longa? — Marco perguntou. — Você nunca teve calculadora?

— Zero vírgula um, quatro, dois, oito, cinco, sete! — disse Cass. — E, se você continuar, encontra os mesmos dígitos. Eles só ficam se repetindo.

— Tudo bem, vou fazer na ordem. — Aly imediatamente puxou o primeiro cubo e continuou: — Primeiro... quarto... segundo... oitavo... quinto... sétimo!

— *Voilà!* — Marco disse, puxando a tranca.

Nada aconteceu.

Ouvi vozes ao longe. Vozes fracas, mas nitidamente raivosas.

— Não vamos sair vivos desta — disse Aly.

Balancei a cabeça.

— Os guardas já deveriam estar aqui — eu disse. — Acho que eles estão com medo. Com sorte, isso vai nos fazer ganhar tempo.

Percebi um movimento repentino debaixo de uma pedra próxima e dei um pulo para trás. Um lagarto gigante pôs a cabeça para fora e veio se balançando em nossa direção. Leonard, que estava no fundo do bolso do Cass, pulou para o chão.

— Ei, volta aqui! — Cass gritou.

Quando ele se abaixou para pegar seu bichinho de estimação, uma sombra voou até nós.

Zuu-kulululu! Cack! Cack! Cack! Batendo asas, o pássaro preto gigante pousou no ponto onde Leonard estava, afundando as garras nos rabiscos matemáticos de Cass. A criatura soltou um guincho de frustração, pulou para cima do lagarto babilônio, errou e saiu voando e gritando; seus berros ecoavam.

As vozes do lado de fora do muro silenciaram. Pude ouvir os passos dos guardas se afastando.

— Ele estragou minha equação — disse Cass, olhando para as marcas de garras na areia.

Isso aqui, meu rapaz, não são pegadas de pássaros. São números.

Então me veio à mente a cara impaciente do professor Bhegad, quando ele estava tentando nos lotar de informações. Olhei para o topo do desenho dos Heptakiklos de novo:

— Isso aí não é um chapéu — eu disse. — São números cuneiformes. O Bhegad tentou nos fazer estudar esse negócio. Mas eu não lembro...

— Um! — Aly disse de repente. — Essas formas são do número um.

— Tá, tem dois deles — disse Marco.

— Dois sobre sete! — exclamei. — Dois sétimos!

Cass rapidamente apagou a divisão e recomeçou:

$$
\begin{array}{r|l}
20 & 7 \\ \hline
60 & 0{,}285714 \\
40 & \\
50 & \\
10 & \\
30 & \\
2 & \\
\end{array}
$$

— Os mesmos dígitos — ele observou. — Em ordem diferente. Como eu disse.

Cuidadosamente puxei o segundo cubo. O oitavo. O quinto. O sétimo. O primeiro. O quarto.

Ouvimos um forte ruído abafado, a tranca virou para baixo e a porta se abriu.

27

ECOS DE NADA

— Oi? — chamei.

Marco levou a tocha de um lado para outro dentro do recinto. Era quase do tamanho de um ginásio e totalmente vazio. Paredes nuas e amplas por todos os lados.

— Nada — ele disse.

Aly interferiu:

— Tudo isso por um *quarto vazio*?

Tomei a tocha de Marco e a segurei à minha direita.

— Ei! Tem alguém aqui?

Cass, Aly e Marco vieram logo atrás. O eco fez nossos passos soarem feito um exército. A Canção dos Heptakiklos estava ecoando na minha cabeça.

— Agora está de ensurdecer — eu disse. — A música. O negócio com certeza está perto.

— Talvez o Loculus esteja abaixo do solo — disse Aly.

Marco bateu o pé no chão. As batidas reverberaram alto.

— O piso é bem firme. Vamos precisar de ferramentas.

Ouvimos um *sssssshish* vindo da esquerda para a direita.

— Ai! — Aly berrou. Ela caiu no chão, levando a mão à orelha esquerda.

— O que aconteceu? — perguntei.

— Acho que levei um tiro! — ela disse.

Nós todos nos precipitamos em direção a ela.

— Tiro de quê? — Cass perguntou.

— Deixa o doutor Ramsay dar uma olhada. — Marco tirou a mão dela da cabeça. A palma estava coberta de sangue, mas ele usou a bainha de sua túnica para limpar delicadamente a orelha dela. — Que sorte a sua. Pegou só de raspão.

— *O que* me raspou? — Aly perguntou. — Aaaauu!

Levei a tocha para a esquerda. Nada nem ninguém. Fui para a direita, seguindo a direção do som. Chão e parede. Agachei-me e voltei a me levantar lentamente.

Ssshhhhhish! Ssshhhhhish! Ssshhhhhish!

Senti algo zunir perto da orelha. Do ombro. Do queixo.

— Abaixa! — Cass gritou.

A voz dele reverberou pelo recinto, enquanto eu me jogava de novo no chão.

— O que está acontecendo? — Aly gritou.

Olhei para a parede, a fim de ver se achava algum buraco, alguma indicação da existência de um quarto interno de onde estivessem atirando por uma fenda.

Mas não vi nada. Fosse o que fosse que estava atirando em nós, era completamente invisível.

— Fiquem abaixados — eu disse. — Só atiram quando a gente está em pé.

— J-Jack, nós precisamos sair daqui — disse Cass.

— Engatinhem — respondi.

Nós nos arrastamos lentamente em direção à porta, bem rente ao chão empoeirado. Mas a música esmurrava meus ouvidos, me dizendo aonde ir.

Atrás...

— Pessoal, a gente precisa ir para a parede dos fundos — eu disse.

— Tá doido? — Aly reagiu.

— Talvez dê para ir, se a gente ficar rente ao chão — respondi, mudando de direção.

— Eu dou cobertura — disse Marco.

Levantei bem a tocha. Cass e Aly assistiam a tudo, perplexos, enquanto Marco e eu nos arrastávamos feito tartarugas pelo chão. A canção foi ficando mais alta.

— Estamos quase lá — eu disse a Marco.

— Você marca o lugar — ele disse. — Daí, vamos pegar umas pás e picaretas.

Meu nariz começou a coçar. Espirrei. Marco espirrou também. Meu olhos doeram e começaram a lacrimejar, e parei para enxugá-los com a manga da túnica.

Foi quando ouvi um assovio grave e persistente...

— Eu... eu não consigo respirar! — Cass gritou. Detrás dele, Aly estava tossindo.

Marco desabou no chão, com a mão na boca.

— Gás... — ele disse.

Percebi então os anéis de fumaça, apesar dos olhos inchados. Eles subiam e se agrupavam no teto.

— Fiquem abaixados! — gritei.

Eu estava perdendo a consciência. Tossindo. Levei a mão à boca, o mais perto do chão que consegui. Tentei sugar algo que parecesse oxigênio.

Agora.

Com o que me restava de força, estendi a mão para Marco e o puxei para trás. Em direção à entrada. Em direção ao ar.

Com a força que lhe restava nas pernas, Marco fazia pressão no chão. Tropeçamos um no outro e viramos um emaranhado, e ainda derrubamos Cass e Aly. Ambos estavam engasgados, com a mão no pescoço.

Eu ainda estava na parte mais afastada da sala. Empurrei os outros três para a porta. Minha visão estava ficando turva e senti que perdia a consciência. De fora, veio uma brisa, e eu a suguei quanto pude.

— Respira... — eu disse. — Quase... lá...

Uma imagem me invadiu o cérebro, algo que eu vira em um voo para Boston com meu pai: a comissária de bordo sorrindo tranquilamente, prendendo a máscara de oxigênio ao redor da boca. "Coloque sua máscara primeiro, depois auxilie os outros."

Eu estava perdendo as forças. Tendo alucinações ridículas. Ignorei essa última e me preparei para empurrar novamente meus amigos.

E então parei.

Eu sabia o que representava aquela imagem. Mas primeiro precisava de ar fresco. Porque era eu quem podia chegar lá. Era eu quem ainda tinha alguma força, quem não havia respirado tanto gás quanto os outros. Se eu conseguisse me reanimar, um pouquinho que fosse, talvez pudesse salvá-los.

Engatinhei perto dos meus amigos, que tossiam dolorosamente, com as costas subindo e descendo. Levantei-me e permaneci imóvel.

Fique abaixado.

As balas — ou dardos, ou flechas, ou sei lá o quê.

Eu me agachei. Mas não veio tiro nenhum.

Será que o atirador tinha ido embora? Ou teria acabado a munição?

Ou estaria espreitando, tentando me pegar de surpresa?

Arrastei-me feito um caranguejo até a saída, engolindo ar. Baixei a tocha cuidadosamente no vão da porta entreaberta. Nessa posição, o fogo poderia ao mesmo tempo manter os vizzeets afastados e iluminar o lugar.

Eu precisaria das duas mãos para o que ia fazer. Vi que Marco estava se esforçando para arrastar Cass e Aly até a porta. Ótimo. Ele também estava recobrando os sentidos.

Eu estava com câimbras no corpo e com os pulmões apertados. Respirei de novo. Eu tinha mais um pouquinho de força, senti que tinha. Isso teria de bastar.

Voltei-me para meus amigos, pronto para puxá-los até um lugar seguro. Mas a sala começou a tremer. Ouvimos um som metálico e pesado vindo de cima. O teto rachou em algumas partes. O piso inteiro balançou, fazendo um ruído reverberante: *clang*.

Caí para trás. Bati no chão e me virei de novo para ir até eles. Estiquei a mão para frente, procurando me concentrar em resgatá-los.

Mas dei com a mão contra algo duro. Metálico. Algo que senti, mas não vi.

Agarrei a túnica do Cass com uma das mãos e a da Aly com a outra, e enquanto isso Marco se jogou na direção da porta. Mas seu corpo pareceu congelar em pleno ar, e ele gritou de agonia, caindo violentamente no chão.

Estiquei a mão, agarrei o braço dele e o puxei. Consegui avançar alguns centímetros, até que algo me deteve. Soltei Marco e tateei desesperadamente, com as mãos para cima e para baixo, até encontrar algo cuja sensação era de barras de metal — mas a aparência era de ar rarefeito.

Segurei uma das barras e a balancei. Mas foi inútil.

Cass, Aly e Marco estavam presos em uma jaula invisível. E eu estava do lado de fora.

28

BARRAS INVISÍVEIS

— JACK... — ALY GEMEU. Ela desabou no chão, revirando os olhos.

— Sai, sai, sai! — gritei, sacudindo as barras invisíveis. Elas eram totalmente sólidas. Nem se mexeram.

A centímetros de mim, Cass tentava apoiar a cabeça de Aly, mas suas mãos tremiam violentamente. Meus olhos estavam vesgos e eu não conseguia fazer nada. Meus pulmões berravam. Eu me virei e tentei engolir mais ar fresco. Quando me voltei, Leonard estava se arrastando, todo grogue, do bolso da túnica de Cass. À luz da tocha no vão da porta, pude ver o brilho de um pequeno fragmento prateado preso na garra do lagarto.

Uma embalagem de chiclete.

Aquilo me deu uma ideia.

Enfiei o braço por entre as barras da jaula. Tateando no bolso da túnica do Cass, consegui tirar o pacote de chiclete de hortelã. Precisei usar toda minha reserva de concentração para desembrulhar um deles e começar a mastigá-lo. Eu estava com a boca seca, mas me esforcei para salivar. Eu ia precisar de muita saliva.

Eu me virei e inspirei mais ar fresco. Então, contra todos os meus instintos, forcei-me a prender a respiração e a caminhar para dentro da sala.

Sshhhish.

O projétil passou raspando por minha túnica. Eu me encolhi e dei um passo para o lado. Eu tremia, faminto por oxigênio.

Mexa-se.

Eu estava de pé, mas não tinha mais ninguém atirando.

Joguei a embalagem de chiclete à minha direita, a direção de onde eu viera.

Sshhhish.

A presença da embalagem no ar causou um disparo. Havia uma zona, uma área onde os projéteis eram ativados. Fora dessa zona era seguro.

Mas o gás continuava fazendo chiado. Apesar de não conseguir ver, eu ouvia. Ao me aproximar da parede, do som, meus olhos começaram a embaçar.

Pronto.

Pisquei. Em uma fenda entre as pedras, vi um buraco. Uma escuridão do tamanho de uma moeda de dez centavos. Caí de joelhos, desviando-me do rumo do gás.

Levei a mão à boca. Meus dedos tremiam. Eu não conseguia juntar o polegar e o indicador. Com a língua, enfiei o chiclete mastigado entre os dentes.

Ele caiu no chão.

Firme.

Eu vi a goma de mascar. Na verdade, vi duas. Três.

Eu estava enxergando em triplo, e pisquei com força enquanto esticava o braço para baixo. Tentei pegar o chiclete, mas só consegui cutucá-lo com o dedo indicador.

Quando levantei o braço, a goma veio junto, grudada na ponta do dedo.

Caí para frente, com os olhos fixos no buraco e o dedo esticado em um débil surto de energia.

Então perdi a consciência.

✦

— Jack!

A voz de Aly me acordou de um sono sem sonhos.

— O quêêêê...?

A sensação era de ter sido golpeado na cabeça com uma frigideira de ferro. Eu me sentei, esfregando a testa.

— Abaixa, Jack, vão atirar em você! — Cass berrou.

Eu me inclinei e retomei o fôlego.

Para minha perplexidade, eu me dei conta de estar respirando. Não havia mais nenhum rastro daquele fluxo venenoso que fechara minha traqueia. Olhando para a parede, vi o chiclete preso no buraco. E não ouvi mais ruído de gás.

— Aquilo foi incrível, Jack — disse Aly.

— Obrigado — respondi, organizando as ideias. — Eu acho que essa sala tem algum tipo de sensor. Quando vamos para determinada área, ele atira. Em outra área, a gente leva gás. Em cada área tem uma armadilha diferente. Todas invisíveis, infelizmente.

— E estamos na área da jaula — disse Cass.

Marco se ajoelhou e começou a balançar as barras invisíveis.

— Nós precisamos levantar essa coisa — ele disse. — No três! Um...

Aly e Cass se levantaram com dificuldade. Cass ainda estava tossindo.

À luz da tocha, que ainda estava no vão da porta, a parede dos fundos era uma longa camada de tinta amarela sem graça. Mas, à direita, vi uma porta se abrindo. Em um pequeno retângulo de luar, vislumbrei o que me pareceu uma pequena casa de madeira, pouco depois dos Jardins Suspensos. Mas a vista foi logo encoberta pela silhueta de um homem, que preencheu a abertura da porta.

— Dois... — disse Marco.

A cara do sujeito brotou de dentro de um capuz, enquanto ele dava uma olhada ao redor. De onde eu estava, não dava para ver bem suas feições, só o rosto branco e oval.

— M-M-Marco... — disse Cass, olhando fixamente para a aparição.

— *Trêêêêêêês!* — Marco gritou. — Levantar!

Despertamos de nosso transe de medo e nos agachamos. As barras podiam não ser visíveis, mas eram sólidas feito ferro. Enfiei os dedos na base, onde a estrutura encontrava o chão. Agachado, fiz força do meu lado, e meus amigos do lado deles.

A jaula era extremamente pesada. Nós a levantamos talvez uns cinco centímetros.

A aparição chegou mais perto. Um olho penetrou as trevas feito um facho de lanterna — a pupila não tinha cor, era apenas um disco branco-esverdeado, opaco. Havia um furo escuro onde o outro olho deveria estar. Suas pernas pareciam parênteses, e os pés se arrastavam pelo chão, dando a impressão de que ele não conseguia levantá-los. Havia uma capa dependurada nos ombros, finos feito bambu.

Aly, Cass e eu ficamos olhando, petrificados de medo.

— Eu acho que esse aí é o Kranag — disse Aly.

29

KRANAG

— Vamos levantar de novo! — Marco gritou. — *Três!*

Dessa vez, todos nós puxamos ao mesmo tempo. Senti que a jaula estava levantando... talvez uns quinze centímetros. Kranag estava atravessando a sala de um jeito estranho. Lentamente. Ziguezagueando de um lado para o outro. Ele levantou a mão, revelando uma espada enferrujada. Demorei um pouquinho para perceber que ele estava falando. Sua voz era semelhante a asas secas batendo, só ar e poucas consoantes.

— Con... ti... nua...! — Marco grunhiu.

A jaula chegou na altura do joelho.

— Vai — disse Marco. — Vai! *Agora!*

Aly se abaixou primeiro. Ela deslizou o corpo por debaixo da jaula, sem tirar as mãos da base. Cass foi atrás. Quando Marco estava escorregando sob a abertura, a jaula caiu, fazendo um barulhão.

Ele fez uma careta e saiu pulando em um pé só.

— Pra fora! Pra fora, agora!

Enquanto saíamos correndo pela porta noite adentro, ouvi um ruído alto: *clang*. Por instinto, olhei para trás. Era Kranag, que batera na jaula invisível com sua espada. Não sei se ele pensou que ainda tinha alguém lá dentro ou se estava frustrado. Ele agora estava parado e virou a cabeça em nossa direção.

— Qual é o problema com os olhos dele? — Marco perguntou.

— A Daria disse que ele era cego — disse Aly.

— Ele não precisa enxergar — disse Cass. — Seus outros sentidos fazem isso.

Agarrei a tocha e a levantei. Senti o ar frio da noite na pele. Os vizzeets haviam se retirado para o segundo andar dos Jardins Suspensos, sempre guinchando e cuspindo. O medo de fogo os mantinha suficientemente longe de nós, mas a tocha não ia durar para sempre.

— Vamos sair daqui! — Aly gritou.

— Eu prefiro atacar esse cara e pegar o Loculus! — Marco chiou.

Eu os mandei fazer silêncio. Cass estava certo sobre Kranag. Ele reagia a qualquer som que fizéssemos. Sua audição era superaguçada. Enquanto se movia em nossa direção, ele desembainhou a espada com uma das mãos. Em um movimento estranhamente rápido, a outra mão sumiu dentro da túnica, sacou um pequeno punhal e o atirou.

O punhal veio em direção ao meu rosto com movimentos espiralados.

— Abaixa! — Marco gritou, me puxando. Eu caí no chão, quase soltando a tocha. Acima de nós, os vizzeets cacarejavam e pulavam, babando, famintos.

Eu sabia como eles podiam ser barulhentos.

Rapidamente, corri em direção a eles, oscilando a chama, fazendo-os berrar de modo cada vez mais ensurdecedor. Fiz um gesto para que Cass, Aly e Marco se afastassem da porta.

Kranag pegou outra faca e fez uma pausa. Ele seguiu na direção dos passos e atirou de novo. A lâmina adentrou o jardim, sem ferir ninguém.

Nós nos juntamos na base dos Jardins Suspensos, os ouvidos retinindo com os gritos mortais dos vizzeets. Kranag olhava fixamente para eles, sem se mexer. Os gritos agudos das criaturas estavam abafando todos os outros sons, inclusive nossa voz e nossos passos.

Mas ele não estava se mexendo. Parecia que ele podia ficar lá por décadas.

Nós precisávamos distraí-lo, e rápido.

Olhei para a esquerda, longe da porta aberta. Se seguíssemos pelo muro, poderíamos dar a volta em torno dos Jardins Suspensos, passar pela casa de madeira de Kranag e sair do outro lado. Talvez pudéssemos atacar de lá, onde ele não estava olhando.

Claro, McKinley. Ele vai ouvir vocês — ou então os vizzeets os seguirão por todo o caminho.

Mas pelo menos isso iria confundi-lo momentaneamente. Talvez ele nos seguisse. Talvez pudéssemos nos esconder naquela casa velha, coberta de mato, e armar uma tocaia.

Não. Havia um jeito melhor. Eu me voltei para Cass, Aly e Marco e mexi a boca sem fazer nenhum som, pronunciando: *Vamos.*

Virei para a esquerda. O cuspe de um vizzeet bateu no meu dedinho e quase soltei a tocha. Engoli o grito de dor e saí de perto do muro.

Viramos para a direita e seguimos correndo pela longa estrutura. Pude ver o muro à esquerda. Do outro lado, os guardas gritaram. Havia mais vozes agora. Eles certamente haviam chamado reforço. Eram covardes demais — ou inteligentes demais — para enfrentar os vizzeets sem um grupo grande.

A virada seguinte, à direita, nos levou ao outro lado dos Jardins Suspensos, de onde havíamos partido. A casinha de Kranag estava iluminada pelo luar, um parco retângulo de tábuas com o teto quebrado e a porta dependurada em dobradiças enferrujadas.

— O que estamos fazendo, Jack? — Cass perguntou, falando pela primeira vez desde que saíramos do alcance do ouvido de Kranag.

Corri em direção a um arbusto seco que parecia estar crescendo a partir da base da parede da cabana. A construção como um todo estava abandonada e tomada por mato. Vinhas mortas davam voltas pelas tábuas, ameaçando engolir a casa. Transformá-la em uma espécie de caricatura dos Jardins Suspensos.

Quando encostei a tocha no arbusto, ele — assim como a parede — pegou fogo no mesmo instante.

— Vou distrair esse cara — eu disse.

30
ARMADILHAS!

O CHEIRO DE madeira queimada penetrou o ar noturno. Demos a volta correndo nos Jardins Suspensos e alcançamos a porta da sala cavernosa. Kranag já tinha ido embora. Um enorme vulto escuro bateu as asas por perto, vindo da base do parafuso de Arquimedes. *Zuu-kulululu! Cack! Cack! Cack!*

— Cuidado! — Aly alertou.

Observamos, boquiabertos, o pássaro usar o bico para girar a manivela. A água começou a jorrar do mecanismo para dentro de um balde de madeira. Depois que este encheu, o pássaro agarrou a alça e saiu voando rumo à casinha.

Marco meneou a cabeça com veemência.

— Estou tendo alucinações?

Dizem que ele se transforma em animal..., foi o que Daria dissera.

— É ele — falei. — Kranag.

— Aquele pássaro é Kranag? — sussurrou Aly.

Confirmei, assentindo com a cabeça.

— Ele está tentando salvar a casa.

— Vai acabar tostado — disse Cass.

Senti uma pontada de culpa. Provocar um incêndio contrariava tudo o que haviam me ensinado. Tentei lembrar que Kranag queria nos matar.

A gente às vezes precisa tomar decisões.

Fiquei olhando enquanto Cass se ajoelhava e começava a rabiscar na areia.

— Então tá, Kranag sabe fazer coisas impressionantes. Ele sabia onde estavam as armadilhas daquela sala. Em detalhes! Vocês viram o jeito que ele caminhava? Para toda parte que ele ia, nada de gás, nem de flecha, nem de nada.

— Deve ter sido ele mesmo quem instalou as armadilhas — disse Aly. — É claro que ele sabe onde elas estão. Ele não precisa vê-las.

— A questão é que *nós* não conseguimos ver as armadilhas — eu disse. — Não conseguimos ver nada.

— Vamos voltar um pouco — disse Aly. — A Daria disse que ele guarda os Jardins Suspensos. Mas o que a gente sabe é outra coisa. Ele é guardião do Loculus. O Jack sente isso. Eu também estava sentindo, quanto mais perto a gente chegava dos fundos da sala. Marco, você disse que o Loculus deve estar abaixo do solo, mas eu não acho.

— Onde você acha que ele está? — perguntei.

— Na cara de todo mundo, mas invisível — disse Aly, com um sorriso se abrindo no rosto. — Pensa bem. O primeiro Loculus nos deu o poder de voar. Eu acho que este tem um poder totalmente diferente.

Suas palavras ficaram vibrando no ar. Senti seu significado penetrar nosso cérebro. Vi um projétil de cuspe de vizzeet passar zunindo e atingir a parede, mas quase não liguei.

Se o que a Aly estava dizendo fosse verdade, esse Loculus poderia nos ajudar de um jeito inacreditável.

— Então, se a gente encontrar e fizer contato com o Loculus — eu disse —, ele pode nos transferir seu poder...

Aly assentiu com a cabeça.

— Como diria o Imortal, bingo.

— Aly, você é demais. — Cass se ajoelhou e começou a desenhar na terra. — Muito bem, esta é a disposição da sala.

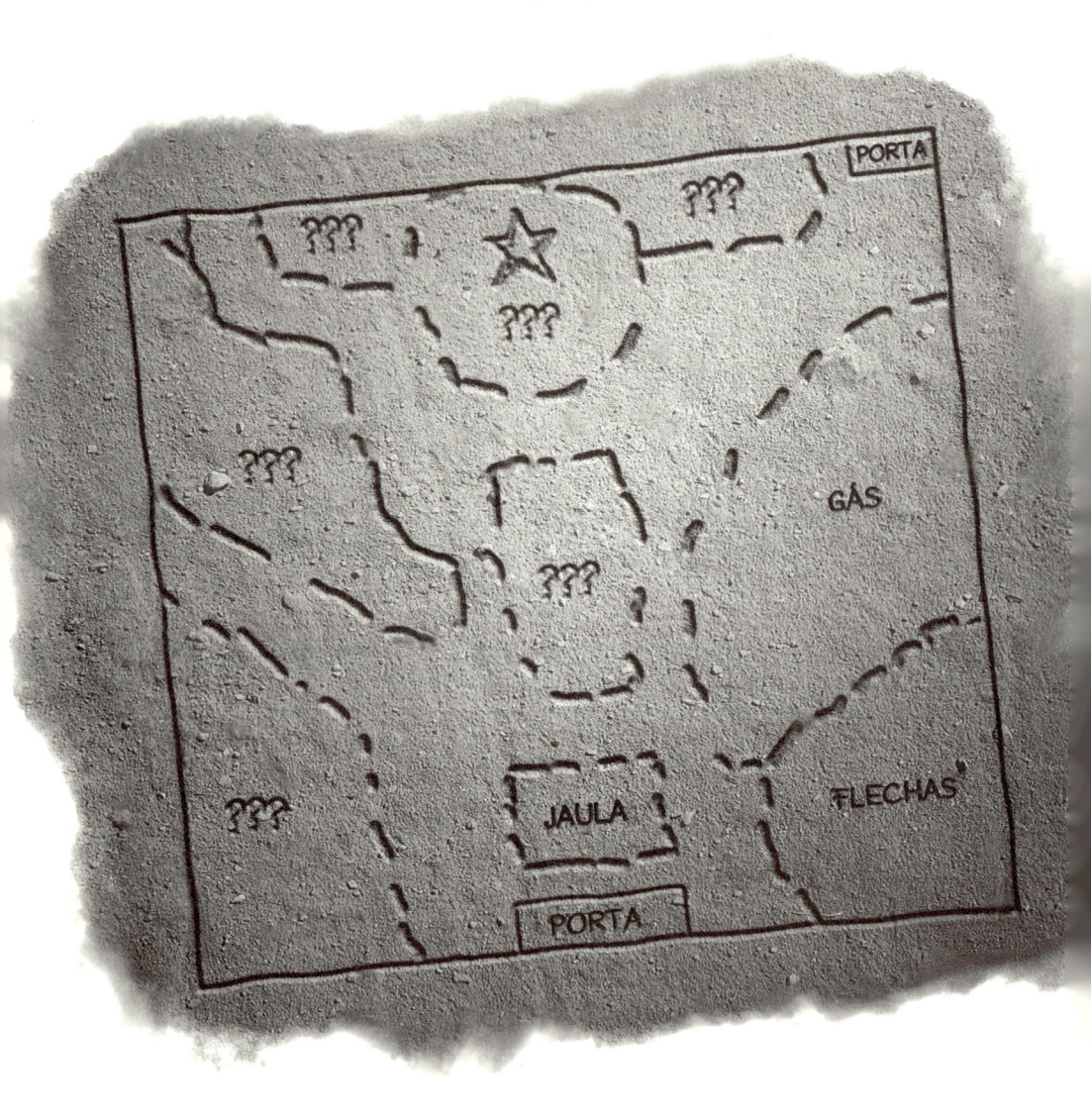

Todos nós olhamos para ele, boquiabertos.

— Como você sabe disso? — Marco perguntou.

— Vocês não sabem? — ele rebateu.

— Não! — respondemos ao mesmo tempo.

— Eu observei o padrão que o Kranag seguiu ao caminhar, só isso — Cass disse. — Os espaços dentro das linhas pontilhadas são os lugares aonde ele não ia. Então precisamos evitar essas áreas. Quanto à estrela, ele claramente caminhou em círculo por aquela área. Como se tivesse algo dentro dela. Aposto que é neste ponto que está o Loculus.

Marco balançou a cabeça, perplexo.

— Irmão Cass, você me assusta.

Aly passou o braço ao redor dos ombros de Cass.

— Me lembre de nunca mais me preocupar quando você reclamar que está perdendo seus poderes.

— Mas isso foi fácil — disse Cass.

— Para você, tudo é fácil — disse Aly. — Porque você é *bom*. Por isso nós precisamos de você. Você não perdeu nada. Bom, talvez a autoconfiança.

Entreguei a tocha ao Cass.

— Está pronto para ser nosso líder?

Ele piscou, depois fez que sim com a cabeça.

— Tudo bem, então me sigam. — Ele pegou a tocha, olhando com preocupação para onde estavam os vizzeets. Passou pela porta, estendeu o braço livre e o balançou na área da jaula. — As barras de metal ainda estão ali. Me sigam. Sigam meus passos, exatamente. Não troquem esquerda por direita. Marco, encolha os ombros.

— Encolher os ombros? — Marco perguntou.

— É, você sabe, dar uma encolhida — disse Cass. — Evite ocupar muito espaço.

A Canção dos Heptakiklos soou em meus ouvidos. Estava tão perto... Resisti ao desejo de atravessar correndo aquela sala que nos enganava com seu vazio.

Aly e Marco foram atrás de Cass. Eu fui por último. Caminhamos em silêncio, arrastando as sandálias na terra batida. A tocha acesa fazia nossas sombras dançarem nas paredes.

Iiiiiiiiiiiii...

Do lado de fora, um vizzeet pousou em frente à porta aberta. Cass balançou a tocha na direção dele, tentando espantá-lo.

Eu agarrei a tocha. Marco e eu partimos adiante, gritando:

— Iááááááá!

O vizzeet pulou para trás, mas senti o chão tremer. Uma estaca brotou do solo, a poucos centímetros do meu pé. Berrei, pulando para trás.

Marco me pegou e me levantou do chão, me agarrando pelo peito com os dois braços.

— Obrigado... — eu disse. — Mas você está me estrangulando...

Ele não respondeu. Tinha uma expressão rígida no rosto. Olhei para baixo. Não tinha brotado uma estaca só. Foram quatro. Três estavam intactas, sem vítimas. Mas uma havia furado o pé de Marco.

— Hhhmm... — O único som que Marco conseguiu emitir foi um ofego engasgado. Ele foi me soltando e eu deslizei para baixo, evitando as estacas.

— Ele está machucado! — Aly gritou, correndo até Marco.

— Fica parada, Aly! — Cass ordenou.

O chão estava uma sangueira só. Baixei a tocha, rasguei rapidamente um pedaço de minha túnica e limpei o sangue. O pé do Marco não estava furado.

— A estaca passou entre os dedos — eu disse.

— Sorte... a minha — disse Marco, trincando o maxilar. — As bordas... são afiadas.

A estaca tinha quatro arestas serrilhadas e havia atravessado sua sandália. Apesar de não ter atravessado o pé, tinha subido entre o dedão e o segundo dedo, fazendo um corte feio em ambos. Desafivelei a sandália dele. Com cuidado, abri os dedos do Marco, afastando-os das bordas cortantes, e levantei o pé da sandália. Então, eu a puxei e tentei limpá-la o melhor possível.

— Quase nova — eu disse, jogando o calçado ensanguentado no chão e levantando a tocha.

— Obrigado... — Marco resmungou e calçou de novo a sandália. — Talvez eu espere uns meses para tentar a maratona. Vamos.

Cass e Aly estavam ambos com o queixo trêmulo, olhando fixamente para ele. Cass apontou para a direita.

— Eu... eu acho que agora seguimos por aqui...

— Eu juro que não vou me afastar nem um centímetro da trilha — disse Marco.

— Eu também juro não afastar a tocha — acrescentei.

Cass foi mais devagar. Bem mais devagar. Nossos passos reverberavam, ricocheteando na parede dos fundos, como se lá tivesse outro grupo de pessoas. Pude ouvir o eco de minha respiração, ao ritmo daquela música estranha.

Iiiiiiiiii! Outro berro de vizzeet foi sucedido por um *clang* metálico.

Quase saltei, mas mantive a calma. A criatura tentou pular para dentro, mas bateu nas barras invisíveis da jaula. Saiu correndo, gritando histericamente.

Cass logo diminuiu o passo e parou, não muito longe da parede dos fundos.

— É aqui — anunciou.

— O quê? — Aly perguntou.

— O ponto onde eu desenhei a estrela. — Cass tremia, movimentando o tornozelo em círculo. — Tá, o negócio é invisível, mas tem algum tipo de plataforma. Dá para sentir. Tem uma elevação.

Estiquei o braço para frente, mais ou menos na altura do joelho. Senti uma superfície fria e pavimentada que se curvava para cima, feito a escultura de um vulcão. Deslizei a mão para o alto, até alcançar uma borda de mais ou menos um metro de altura. Tateei lentamente para a direita e para a esquerda.

— É um círculo — eu disse. — Uma espécie de poço.

Agarrei a borda com as duas mãos e senti os joelhos amolecendo. Meu corpo inteiro tremeu com as vibrações da estranha música. *Concentre-se.*

Enfiei o braço no poço invisível. A escuridão abaixo de mim ganhou um tom cinzento turvo. Pude vislumbrar rostos flutuantes. Uma bela ruiva sorridente.

A rainha Qalani. Ela estava usando um vestido bonito, preso à cintura com uma faixa. Na cabeça, uma coroa de ouro adornada com pedras preciosas. Sua risada era como água batendo nas pedras.

Mas sua imagem se pixelizou, feito um confete de cores que se espalhou e se dissolveu em um tom de prateado mais brando, fluindo da palma de minha mão.

Ela se tornou uma esfera branca de pulsação luminosa.

Sorri. Depois, comecei a rir. Meu corpo estava leve feito uma pluma, mas eu ainda estava no chão. A canção e eu éramos agora um só. Era o sangue fluindo em minhas veias, o estalo da eletricidade no meu cérebro. Por um momento, não ouvi mais nada.

Até um grito agudo romper o encanto.

— Jack! — Era a voz da Aly. — *Jack, cadê você?*

31
Agora dá para ver

Senti a mão de alguém roçando meu braço.

— Peguei ele! — disse Marco.

Dedos me envolveram o pulso. Cambaleei para trás, perdendo o equilíbrio.

O Loculus sumiu. Só vi a cara de pânico do Marco quando ele me arrancou do buraco.

— Não deixe ele cair para trás! — Cass gritou. — Tem uma armadilha atrás dele!

Marco segurou firme e me levantou com um só braço. Caí em pé e olhei para os três, inteiramente atônitos.

— O que aconteceu? — perguntei.

— Você sumiu — disse Aly. — Você estava lá e de repente sumiu.

— Simplesmente... *puf!* — disse Cass, praticamente dançando de espanto. — Você encontrou, Jack, não foi? Você encontrou o Loculus da invisibilidade!

— Eu acho que sim — respondi.

Cass pulou, batendo palmas. Leonard escapou de seu bolso. O lagarto caiu no chão e começou a correr. Ficamos de queixo caído quando ele escalou o ar, subiu até a boca do poço e saltou lá dentro.

— Volta aqui, *coisinho*! — Cass gritou. A criatura escamosa deu voltas pelo fundo do buraco, parecendo estranhamente comprimido, surtando por estar sobre uma coisa sólida que ele não conseguia enxergar.

Cass se debruçou lá dentro e pareceu perder a cor à medida que descia. Sua silhueta se transformou em um distante traço acinzentado. Em um bilionésimo de segundo, ele sumiu.

E Leonard também.

Por um momento, não vi nem ouvi nada. Então escutei uma voz sem corpo dizer "Te peguei!", daí vi um jato de cores aleatórias que se transformaram no Cass em uma fração de segundo.

Ele estava lá, diante de nós, sorrindo, com Leonard na mão, como se nada tivesse acontecido.

— Me teletransporte, Scotty... — Aly murmurou.

Marco deu um soquinho no ar.

— Épico! Vamos pegar esse negócio e voltar para casa!

Eu me reclinei sobre a borda e enfiei os dedos debaixo do Loculus. Era frio e macio. Não consegui calcular o peso, pois ele parecia se mexer com a minha mão, como se tivesse uma energia interna. Eu não sabia se o estava levantando ou se ele levantava a si mesmo, guiado por meus movimentos.

— Peguei.

Eu sabia que os outros não podiam me ver. Também sabia que tínhamos de dar o fora logo. Mas não conseguia tirar os olhos da esfera. Seu interior era um redemoinho transparente de cores, que geravam padrões, feito um oceano.

Um ruído surdo começou a aumentar ao nosso redor. Eu não estava totalmente ciente do ruído até sentir o chão tremer e o Loculus quase cair de minha mão.

— Jack? — Era a voz de Aly. — O... o que está acontecendo?

Ouvi o som de algo se quebrando, acima. Um pedaço do teto se deslocou e desabou no chão. E outro.

Seria outra armadilha?

Ouvi os gritos das aves e os guinchos dos vizzeets atravessando o grosso teto rochoso. Vi a fumaça preta que saía da cabana incendiada de Kranag.

Abracei o Loculus junto ao peito e recuei. Senti a mão do Marco no meu braço. E a da Aly. E a do Cass. Com o braço livre, guiei a mão da Aly ao Loculus.

— Não precisa fazer isso — ela disse, mais alto que o ruído surdo. — Eu estou vendo. Enquanto estiver tocando em você, eu vejo. É como se o poder nos atravessasse.

A tocha estava vacilando, enfraquecendo. Um fragmento de pedra quase acertou minha cabeça. Bateu no chão e se despedaçou.

A tremedeira agora estava por toda parte, não só na sala. Não era nenhuma armadilha. Era um terremoto. A última coisa de que precisávamos.

— Anda logo! — Marco gritou. — Vamos!

— Cuidado com as armadilhas! — Cass avisou.

Tarde demais. Uma porta se abriu no chão. Meu pé afundou dentro dela. Soltei o Loculus, sem controle dos braços. Marco e Cass me agarraram e me puxaram.

— Não deixem o Loculus cair! — gritei.

Aly o pegou. Consegui voltar o pé para cima e me firmar.

Um estrondo, feito um avião rompendo a barreira do som, passou da esquerda para a direita. Ouvi uma pancada surda do lado de fora, seguida de grasnados do pássaro preto gigante e de berros fúnebres dos vizzeets. O buraco no chão começou a liberar um rio de pelos e bigodes, que ondulava e crescia...

— Ratos! — Cass berrou. — *Eu odeio ratos!*

Meus cabelos se arrepiaram. Aquelas criaturas asquerosas estavam deslizando sobre meus pés, dando gritinhos, movimentando as perninhas freneticamente.

Vi dentes brilhando à luz do fogo. Cass girava a tocha para baixo, tentando espantá-los.

— Saidaqui saidaqui saidaqui! — ele gritava.

Aly soltou um berro. Pela primeira vez na vida, escutei o Marco gritar. Nós tropeçamos para trás. Senti que estava caindo e fiz força para que meu corpo continuasse ereto.

— Corram! — Aly gritou.

— Não, não corram! — disse Cass. — Me sigam! *Façam um esforço!*

Os berros reverberavam nas paredes enquanto Cass, tremendo muito, seguia pelo caminho livre de armadilhas, em meio ao carpete pulsante de roedores. Eles subiam pelos tornozelos dele e pulavam do joelho. Cass berrou, enxotando uma dupla que havia escalado sua túnica. Senti garras se afundando em minha pele. Eles eram pequenos, leves e baixos demais para disparar as armadilhas. Mas qualquer movimento em falso de nossa parte poderia ser letal.

Cass berrou de novo, enxotando roedores dos cabelos. Mas ele se esforçava para dar um passo depois do outro, traçando um caminho que nenhuma pessoa comum seria capaz de lembrar. Senti os ratos guinchando nos meus ouvidos, como se um deles tivesse escavado a minha cabeça.

A porta estava cada vez mais perto. Os ratos subiam e desciam pelas barras de ferro invisíveis da jaula. Quando Cass se aproximou deste que era nosso último obstáculo, pulou diretamente para a porta.

Eu me atirei atrás dele, chutando aquelas criaturas nojentas. Aly e Marco caíram sobre mim. Larguei a tocha, que foi parar no chão.

Nós nos levantamos. Parados sobre um peitoril logo acima da porta, estavam quatro vizzeets.

Enquanto eu enxotava freneticamente os roedores dependurados na minha túnica, as histéricas criaturas pularam.

32

UMA CHICOTADA DE ESCURIDÃO

SALTEI, AOS GRITOS. Marco saiu correndo e levantou Aly do chão. Cass estava caído, se arrastando para trás.

Os vizzeets pousaram no mar de ratos, uivando de satisfação. Começaram a cuspir aos montes, acertando os ratos com seus projéteis de saliva. Os roedores berravam e caíam, com o ácido queimando todo o corpo, praticamente os cozinhando, ao vivo e em cores. As criaturas simiescas pegavam os ratos e os engoliam inteiros, um por um.

O chão estava parado. Os vizzeets recuaram para a lateral dos Jardins Suspensos, seguindo atrás dos ratos. Uma espiral negra de fumaça começou a subir por detrás da estrutura, e senti o cheiro da cabana de Kranag queimando.

— O terremoto — eu disse. — Parou.

— E os ratos também — disse Marco, retorcendo o rosto de nojo. — Aleluia.

— Estou vendo nós quatro — disse Cass. — O que significa que o Loculus não está aqui.

— Eu soltei — disse Aly, olhando para o fundo da sala. — De volta no poço.

— Você *o quê?* — Marco ralhou. — Vamos ter que voltar lá dentro mais uma vez?

— Não consegui segurar, com os ratos me beliscando os dedos do pé! — Aly disse.

— Tá — disse Cass, ainda trêmulo. — Tudo bem. Vamos esperar um pouco até todos os ratos se dispersarem. Daí o Marco volta lá e pega o Loculus.

— O *Marco* volta lá? — Marco se exaltou.

— É você o destemido da turma — disse Aly.

Ele engoliu em seco.

— É. Verdade. Tá bom. Me dá um minuto para eu recobrar a minha "marconidade".

— Deixa pra lá, eu vou — disse Cass. — Eu conheço melhor o caminho.

Antes que Marco pudesse reclamar, Cass voltou correndo para dentro, seguindo por sua trilha perfeitamente imaginada. Ficamos parados na entrada, com o bom senso de não ir atrás. Minutos depois, eu o vi parado no fundo... se inclinando para frente... e desaparecendo.

Um raio rasgou o céu feito um súbito tiro de canhão. O chão se mexeu de novo e, no segundo andar dos Jardins Suspensos, os pilares de uma treliça de mármore racharam ao meio. Um grosso galho de videira desabou, espalhando-se pelas laterais. No topo, uma estátua caiu do pedestal, como um pássaro que tivesse levado um tiro.

A lua sumiu por detrás da cortina crescente de Sippar, que se espalhava no céu feito uma teia de aranha.

Quando caí no chão, entendi tudo.

É o Loculus.

Tirá-lo do lugar estava provocando o terremoto e o fortalecimento de Sippar. Se tentássemos levá-lo, o terremoto continuaria. O chão se abriria, as tochas na Babilônia cairiam, as construções desabariam.

— Põe de volta! — berrei.

— O quê? — reverberou a voz de Cass, do fundo da sala.

— Põe de volta! Somos nós que estamos provocando isso! — gritei.

Uma chicotada de escuridão atravessou o céu feito um relâmpago, abrindo um buraco na lateral dos Jardins Suspensos. Houve uma explosão de poeira e uma chuva de pedras.

— Estou convencido! — Cass gritou do lado de dentro.

Pude vê-lo se materializando, voltando até nós pelo caminho sinuoso. Do lado de fora da sala, ele olhou para cima.

— Coloquei de volta.

Cass, Aly, Marco e eu observamos a escuridão recuar lentamente. O céu rugiu uma, duas vezes e então parou.

Exalei o ar dos pulmões com força.

— Vamos, pessoal, vamos embora.

— Espera! — Marco disse, meneando a cabeça. — Quem foi que te nomeou capitão, irmão Jack?

— O Loculus é a fonte de energia da Babilônia, Marco — eu disse. — É ele que mantém a segurança dessa área aqui, isolada do nosso mundo nesse tempo bizarro.

— A gente não pode voltar para o IK sem ele — disse Marco. — Você sabe disso!

Eu o encarei, olhos nos olhos.

— A gente não pode destruir toda uma civilização. Eles precisam desse Loculus, Marco. É por causa dele que estão aqui. O Loculus é o centro deles. É ele que mantém Sippar sob controle.

— Como você pode afirmar que os terremotos não foram coincidência? — Marco perguntou. — A Grécia não foi destruída depois que a gente levou o outro Loculus. Aquele dava o poder de voar, este dá o poder da invisibilidade. É isso. Fim de papo.

— A invisibilidade pode ser parte necessária do mecanismo da fenda por onde viajamos no tempo, Marco — disse Cass. — Pode ser o fator que permite que a Babilônia exista no mesmo lugar em que o nosso mundo.

— E se você estiver errado? — Marco rebateu.

— Vamos correr o risco de descobrir? — perguntei. — Você está disposto a ser responsável pela morte de Daria?

Marco trocou o peso de um pé para o outro e olhou rapidamente para trás, em direção à caverna.

— Marco — prossegui —, nós precisamos falar com o professor Bhegad. Se tem alguém que pode resolver isso, é ele. Para isso o IK foi criado, para resolver problemas como este. Nós sempre poderemos voltar e fazer a coisa de uma maneira mais inteligente.

Foi quando ouvi um forte barulho no portão do Jardim. Então vozes.

— Os guardas estão aqui — disse Aly. — Eu acho que Nabu-na'id os obrigou a enfrentar os monstros.

— A questão é: Entre esses monstros, estamos nós? — perguntei.

Marco se virou para a direção de onde vinham as vozes dos guardas.

— Vamos — disse rispidamente, seguindo para o muro do Jardim. — Eu ajudo vocês a pular.

33

NAS SOMBRAS

A LUA ESTAVA dando lugar ao sol nascente. Saímos caminhando rapidamente, e minhas sandálias ficavam presas em basicamente tudo — raízes, videiras, pedras, salamandras. Procuramos passar longe das terras de cultivo. As cabanas ainda estavam fechadas da noite anterior, e estávamos nos aproximando do bosque perto do rio, por onde tínhamos entrado na Babilônia. Meu rosto doía, e meus pés estavam machucados e moídos.

Conseguimos nos esconder nas sombras do Jardim, enquanto os guardas percorriam o muro interno. Passamos sem ser vistos por causa da escuridão da alvorada, mas sabíamos que nossas horas de liberdade estavam contadas.

Pensei em Daria. Será que havia acontecido alguma coisa com ela durante o terremoto? Até onde exatamente o fogo chegara?

Por um momento, pensei em voltar atrás. Em ficar ali, em vez de retornar.

E morrer aqui, aos catorze anos? Para. Pode esquecer.

Marco estava na beira do rio, olhando para a cidade. Tive dificuldade em decifrar sua expressão.

— Vamos logo com isso, antes que eu mude de ideia.

— Marco, espera — eu disse. — E quanto ao primeiro Loculus? Você falou que o enterrou aqui. Pelo menos podemos levar um de volta. Um de dois não é tão ruim.

— É, bem pensado — disse Marco. — Vou lá pegar. Está perto daqui. Vão na frente, antes que eles nos alcancem.

— Vamos esperar — disse Aly.

— Não dou um minuto para os guardas chegarem aqui — Marco enfatizou. — Vão! Vocês todos. Agora! Eu resolvo isso em dois segundos.

Aly e Cass hesitaram, mas acabaram dando as mãos, preparando-se para pular. Eu me voltei para Marco.

— Você está bem?

Ele respirou fundo.

— Me adaptando. Odeio perder.

— Não pense nisso como uma derrota — eu disse. — Nós vamos voltar.

Marco sorriu.

— Copo meio cheio, certo, irmão Jack?

— Certo — respondi.

Ouvi duas batidas na água do rio. Cass e Aly estavam a caminho. Dei uma olhada rápida para trás, a fim de ver a Babilônia, e enxerguei quatro figuras atravessando, apressadas, o portão de entrada, empunhando lanças.

— Estou vendo — disse Marco. — Eles não vão encostar em mim. Vão embora.

Por alguma razão, eu sabia que ele estava certo.

— Te vejo do outro lado — eu disse, virando-me para o Eufrates.

Ofeguei, retomando o fôlego, ao romper a superfície do rio. Senti um puxão vindo do alto. Acima de mim, uma linha de pescar de náilon ondulava na brisa. O anzol estava preso à minha roupa.

Pisquei para retirar a água dos olhos. O sol bateu em minha cabeça, o rio estava calmo. Na margem, uma loira segurava uma vara de pescar, parecendo mortificada. Havia um pequeno grupo reunido ao seu redor.

— Sinto muito, muito mesmo! — ela dizia, exaltada.

Olhei para os lados à procura de nosso grupo — Bhegad, Torquin, Fiddle e Nirvana. Não os vi em meio ao monte de gente que saía de barracas na beira do rio. Todos usavam as típicas camisas polo brancas com o símbolo do IK. Lembrei-me vagamente de ter visto alguns daqueles rostos no Comestíbulo.

Nadei até a margem. Aly veio ao meu lado, acompanhando meu ritmo. Marco também estava conosco, como prometido. Sorri, aliviado, ao vê-lo agarrando Cass pela túnica e nadando com ele para a terra.

Mas eu estava dando braçadas cansadas, como se pesasse cento e cinquenta quilos. Deixei as pernas desabarem. A sorte foi que já tínhamos alcançado a parte rasa, então deu para levar.

Cambaleei, como se meus joelhos tivessem sido substituídos por argila molhada. Levantei-me, enxugando a água dos olhos. Cass e Marco também estavam em pé. Cass estava pálido, entregando Leonard a Marco.

— Irmão Cass — disse Marco. — Você está bem?

— Marco... — gritei, com a voz desgastada. — Cadê o Loculus?

Ele fez sinal negativo com a cabeça, contrariado.

— Eles vieram atrás de mim antes que eu conseguisse desenterrá-lo. Guardas. Tive que vazar.

Eu me virei. As pessoas caminhavam pesadamente pela água em nossa direção. Fritz, o mecânico alemão com a cobra do IK tatuada no rosto. Brutus, o padeiro, cujos biscoitos eu havia sabotado na cozinha. Alana, uma das instrutoras de artes marciais do Marco.

Desejei que eles fossem embora. Eu me sentia entorpecido. Todas as minhas dores — na língua, no braço, na cabeça — latejavam de um jeito insano. Minhas pernas estavam moles, e tive de piscar para manter o equilíbrio.

Senti tudo girando. O sorriso do pessoal do Instituto Karai se transformou em uma colagem de dentes flutuantes falantes. Ouvi Marco dizer alguma coisa, mas, quando me virei, ele não estava mais lá.

Olhei para baixo. Aly havia caído de joelhos. Cass caiu de volta na água, debatendo-se. Vi o pessoal correndo até nós. Eles vinham com tubos, agulhas e caixas. Pareciam flutuar em pleno ar. Misturando-se uns aos outros e desfazendo a mistura.

— Trata... — eu disse, com o queixo duro e a língua grossa — ... mento.

34
DE NOVO

MEU IRMÃO.

Meu sonho começa onde o último terminou, em uma câmara sob o chão despedaçado. Onde a água me deu vida a partir da morte. Onde eu flutuo no ar feito de canção. Onde eu encaro os Heptakiklos vazios e o garoto que roubou os Loculi.

O garoto que parece comigo. Que é meu irmão.

Ele levanta o rosto. Não demonstra surpresa ao me ver.

Meus olhos estão concentrados em algo atrás dele. O pedaço de terra tostada que um dia foi o sangue vital de nossa terra — sete tigelas vazias esculpidas em pedra, em arranjo circular. A espada no meio disso tudo. A cena me dá náuseas.

Começo a gritar. Não consigo me controlar. Ele tem de devolver o que levou. Ele provocou o Tempo das Trevas. Sua imprudência está destruindo nosso mundo. Eu vejo ao lado dele uma enorme bolsa de couro. Feita do estômago de um horomophorus gigante, uma criatura que olha por sobre a copa das árvores. Apesar do forro grosso da bolsa, dá para ver as sete esferas. Brilhando. Há uma energia imensa dentro delas.

Ele sorri. Somos irmãos, ele diz. Precisamos nos entender. Nós podemos trabalhar juntos.

Enquanto ele fala, o sonho muda daquele jeito que os sonhos mudam, e eu me transformo nele. Agora eu sou o garoto que estava roubando o irmão. Mas "roubar" é o termo errado. É o termo do garoto caído, um garoto que eu não sou mais. Eu agora sei: o que estou fazendo não é roubo, é salvação.

Olho para aquele rosto inquieto, machucado e sujo que não é mais meu. Procuro um sinal de que ele possa entender. Mas não interessa se ele entende ou não, pois não há mais tempo.

Eu pego a bolsa e corro.

Atrás de mim, meu irmão parte para cima dos Heptakiklos. Ele agarra a espada no meio e puxa.

Ela desliza ruidosamente: shiiiiink. *O golpe de luz é ofuscante.*

A terra treme violentamente. Eu caio, ele também. Quando ele olha para mim, seu olhar transmite pânico.

O que foi que ele fez?

O que foi que nós fizemos?

Ele se levanta e corre em minha direção.

Eu abro a bolsa. Enfio a mão lá dentro e começo a procurar uma esfera de nada. Um espaço que empurra para o lado as outras seis esferas. Eu a vejo. Eu a toco.

Eu corro, enquanto ele solta uivos de confusão e raiva.

Ele não me vê mais.

E eu sei que jamais o verei de novo.

35
LÁZARO SE LEVANTA

— Ah, eis que Lázaro se levanta.

— O nome dele não é Lázaro. É Jack.

Vozes. Eu as conhecia.

— Estou me referindo, caro Torquin, à história bíblica de Lázaro, que se levantou dos mortos.

— Jack não morreu, professor.

— Não, e Jack não se chama Lázaro. *É uma expressão!*

O recinto estava iluminado. Iluminado demais. Abri os olhos o máximo que pude. As imagens remanescentes do meu sonho desapareceram. Eu me concentrei na faixa do Instituto Karai dependurada na tenda:

BOAS-VINDAS AOS NOSSOS ESCOLHIDOS!

O professor Bhegad e Torquin estavam sentados em cadeiras dobráveis. Torquin estava transformando um bloco de madeira em algo informe.

Eu sorri. Nunca pensei que ficaria tão feliz ao ver o velho Barba Ruiva.

— Uau — eu disse. — Você está bem. Pensamos que tínhamos te perdido no rio.

Torquin fez uma careta.

— Quase me afoguei. Fui punido. — Ele despedaçou violentamente quase metade do bloco de madeira, que foi parar do outro lado da sala. — Castigar Torquin, passatempo favorito do IK.

— Castigo foi o que o corpo de vocês teve de aguentar — disse Bhegad. — Vocês ficaram desaparecidos por quase cinco meses. Não sentiram os efeitos do envelhecimento na Babilônia, mas, quando chegaram aqui, o G7M entrou em ação. Em outras palavras, o relógio biológico se atualizou. Vocês todos atrasaram muito com a agenda de tratamentos. Nem tenho como enfatizar o suficiente quanto vocês chegaram perto da morte, meu jovem. Os tratamentos são temporários e perdem eficácia com o tempo. Sorte de vocês que expandimos nosso campo aqui para plena capacidade em caso de emergência, sob o disfarce de uma escavação arqueológica, é claro. Eu usei meu status de arqueólogo de renome internacional para conseguir as devidas permissões.

— Obrigado — eu disse.

Do lado de fora, ouvi gritos. Tentei me sentar, mas minha cabeça latejava. A manhã de sol brilhava, alaranjada, no horizonte, e os raios de luz penetravam pela porta ao leste. Um cientista de camiseta branca apareceu à porta.

— O Marco sumiu, senhor.

Torquin saiu correndo da tenda; Bhegad também. Ele estava de cadeira de rodas na última vez em que o víramos, e agora caminhava normalmente.

Ouvi uma respiração e olhei para a direita. Aly e Cass estavam deitados em catres, de olhos fechados.

Eles estavam inconscientes. Marco havia sumido. Eu me senti arrasado. Estupefato.

Quando fechei os olhos, foi difícil abri-los de novo. Então não abri.

✦

— Jack? — Dessa vez foi a voz de Aly que me despertou. Ela e Cass estavam sentados cada um em seu catre, parecendo grogues. — Oi. Boa tarde.

— Que horas são? — perguntei.

— Três — disse Cass. — O tempo voa quando a gente se diverte. O professor Bhegad disse que já falou com você. Parece que escapamos de uma *alab*.

— Você tem que fazer isso o tempo todo? — perguntei, apertando a lateral da cabeça latejante.

— Bala — disse Cass. — Desculpa. A boa notícia é que encontraram o Marco.

— Ele saiu para correr — disse Aly, meneando a cabeça de um jeito cético. — Ele se recuperou do tratamento bem antes que nós. Pouco antes de raiar o dia, saiu para dar uma corrida. Pelo menos foi o que ele disse. E passou horas sumido.

Corrida?

Eu estava tendo dificuldade para assimilar isso. Minha mente ainda estava parcialmente dormindo. Lembranças de nossa fuga continuavam jorrando: o Loculus, Kranag, o quase colapso dos Jardins Suspensos...

— Na verdade, quando ele nos disse para pular no Eufrates antes dele, pensei que fosse nos surpreender e ficar na Babilônia — Aly prosseguiu. — Esse garoto odeia perder.

— Bem, ele deixou o Loculus voador lá — eu disse.

— Ele tentou pegá-lo — disse Aly. — Ele disse ao professor Bhegad que chegou a começar a desenterrar o Loculus. Mas, quando os guardas apareceram, ele teve que cair no rio sem ele. O Bhegad ficou furioso.

Cass deu de ombros.

— Imagine como o Marco deve ter se sentido arrasado. Provavelmente vai ter que correr uns cem quilômetros até esfriar a cabeça.

Permaneci deitado de costas, com os olhos fechados.

— Todas as sete missões vão ser assim? — perguntei. — Não sei o que é mais difícil, encontrar os Loculi ou lidar com Marco, o Imprevisível. Desde Rodes ele vem agindo de um jeito muito estranho, dizendo coisas esquisitas.

Aly arqueou uma sobrancelha.

— Desde Rodes? Ele é assim desde que o conheço.

— Eu acho que vocês estão sendo um pouco duros — disse Cass.

Respirei fundo e calei a boca. Eu precisava me recuperar mais. Então, minha mente deixaria de ficar tão negativa.

Passei um tempinho meio cochilando, meio acordando, e, quando meus olhos se abriram de vez, me vi sozinho na tenda com o professor Bhegad e reparei que já estava escurecendo. Bhegad estava pegando coisas e guardando-as em malas.

— Sente-se bem para voar, meu garoto? — ele perguntou. — Estamos indo para casa, para a ilha.

— Agora? — Eu me sentei lentamente. — Pensei que o senhor fosse querer que voltássemos para a Babilônia.

— Nós temos discutido o que aconteceu durante a jornada de vocês — disse Bhegad. — Aliás, devo lhe parabenizar, Jack, por seu peculiar discernimento em um momento de crise moral. Sua decisão de deixar o Loculus ali foi sábia e humana.

— É mesmo? — perguntei.

— Nós sabíamos que a missão seria difícil — ele prosseguiu, enfiando um laptop na maleta. — Enquanto vocês estavam fora, tentamos antecipar cada cenário possível. Tivemos meses. Mentes brilhantes podem conseguir grandes coisas durante esse tempo... engenheiros de nanotecnologia, geneticistas, metalurgistas, biofísicos.

Eu não conseguia acreditar que íamos voltar à ilha dos Geeks. A coisa estava piorando cada vez mais.

— Agentes funerários também? — perguntei. — Parece que vamos precisar de alguns, pelo andar da carruagem.

Bhegad se recurvou para chegar mais perto.

— Meu garoto, nunca se esqueça: salvar a vida de vocês é a *raison d'être* do Instituto Karai.

— "Razão de ser" — resmungou Torquin do outro lado da tenda. — Francês.

— Portanto, não desistiremos de vocês — disse Bhegad. — E pode acreditar no que eu digo: esta não foi a última vez que vocês visitaram a antiga Babilônia. Nós vamos mandá-los de volta, custe o que custar.

Algo no que ele dissera me deixou de cabelos arrepiados. Salvar vidas — era isso mesmo que os motivava? As palavras do Marco me voltaram à mente: *E se não existir cura? E se for tudo um blefe? Então... depois que as sete esferas forem devolvidas? Bingo! Valeu, pessoal,* sayonara! *Próxima parada, Prêmio Nobel.*

Se Bhegad fazia tão pouco da vida dos babilônios, o que sentiria de verdade por nós?

— Nós não podemos trazer o Loculus de volta, professor Bhegad — eu disse. — Não podemos matar milhares de pessoas. Mesmo estando em uma espécie de limbo esquisito, eles ainda são gente.

O professor Bhegad sorriu.

— Sim, e pelo que sei uma delas se tornou sua querida.

— Ela não... Quem lhe disse isso? — perguntei sem pensar. Minhas bochechas ficaram quentes.

Torquin deu uma risadinha irônica.

— Um passarinho.

Bhegad fechou sua maleta e caminhou até a saída da tenda.

— Torquin, dê início aos procedimentos para levantar voo. Recolhendo as rodas dentro de uma hora. Manteremos uma equipe aqui, porque espero retornar em breve. E dessa vez, quando você for à Babilônia, Jack, irá com Shelley.

Ele saiu rapidamente, gritando ordens para outras pessoas.

— Espera! — gritei. — Quem é Shelley?

Torquin jogou uma mala cheia a meus pés.

— Não é nenhuma querida — ele disse.

36
ABACAXI E GAFANHOTO

— Eu venho sonhando com uma vitamina de *ixacaba* — Cass disse, enquanto saíamos pela porta do dormitório para a manhã de sol tropical. Ele levantou uma caixinha de vidro, dentro da qual Leonard estava deitado em uma cama de areia. — E um saboroso *otohnafag* para você?

Às vezes, só às vezes, o *detrásprafrentês* me dava nos nervos.

— Sabe, Cass, você pode soletrar as palavras na sua cabeça, mas é impossível adivinhar te ouvindo falar!

— Abacaxi — disse Aly. — E gafanhoto.

— Obrigado. Não tenho nada a *ratnecserca* — disse Cass.

— *Ratinéquicerca* não é a forma certa de dizer "acrescentar" ao contrário! — eu disse.

— Você *uednetne* — ele respondeu.

— Arghhhhh! — Saí correndo atrás de Cass, que fugiu, rindo.

Sinceramente, era muito bom estar de volta aos gramados exuberantes e aos ambientes climatizados do IK. Eles nos deram um dia para relaxar, a maior parte do qual passamos dormindo. Tomamos banho e eles providenciaram curativos para nossos machucados. O comitê de inteligência de Bhegad havia nos interrogado sobre todos os detalhes de nossa visita à Babilônia. Teve até uma equipe de designers têxteis que desenhou os padrões de nossas túnicas e sandálias.

Hoje o professor Bhegad ia nos dar a honra de tomar café da manhã com ele, em sua sala de aula na Morada de Venders, e nos apresentar a Shelley.

— Talvez seja uma nova Escolhida — comentou Aly.

— Recém-sequestrada — Marco falou lentamente.

— Bem, vai ser bom ter outra menina por perto — disse Aly.

— Eu conheci uma pessoa de nome Shelley, mas era homem — disse Cass, caminhando rápido até nós. — Sheldon.

— Homem ou mulher, não sei que diferença mais um Escolhido vai fazer na Babilônia — disse Marco. Ele chutou uma pedra, que atravessou em disparada o gramado do campus.

— Calma aí, Pé de Pistola — disse Aly, sorrindo para Marco, mas ele não percebeu.

Cass estava fazendo trinados para dentro da caixa de vidro.

— *Brrrrrr... brrrrrr...*

— O que você está fazendo? — perguntei.

— É meu barulho de lagarto — disse ele. — Ajuda o Leonard a relaxar. Ele está muito doente. Mal se mexeu desde que voltamos.

— Ele está com saudade de casa — disse Aly. — Você não devia ter trazido ele de lá do outro lado.

De lá do outro lado.

Eu estaquei de repente.

— Pessoal. Espera aí. Como foi que isso aconteceu? Como o Leonard veio da Babilônia?

Aly, Cass e Marco se voltaram para mim.

— Do mesmo jeito que a gente, irmão Jack — disse Marco.

— Mas o Torquin não conseguiu passar pelo portal, porque ele não é um Escolhido, e só os Escolhidos passam. Então, *por que o Leonard*? — Comecei a caminhar de um lado para o outro. — Tudo bem, nós precisamos pensar nisso antes de falar com o professor Bhegad. Essa não foi a primeira coisa esquisita que aconteceu com o Leonard. Lembra quando ele caiu no buraco do Loculus e só desapareceu quando o Cass colocou a mão nele? E aí o Cass sumiu também. Duas vezes, com o Loculus e no rio, o Leonard conseguiu fazer o que um Escolhido faria. Não por ser um Escolhido, mas por estar em contato físico com um dos Escolhidos!

Eu parei. A percepção me atingiu de modo épico. Mas os outros ficaram olhando para a minha cara de um jeito esquisito.

— Hááá, nós meio que já sabíamos disso — disse Cass. — O Marco pensou nisso faz dois dias, quando a gente estava na água. Quando eu tirei o Leonard da minha túnica.

— A gente falou sobre isso enquanto você estava desmaiado na tenda — disse Aly.

Eu não me importava que eles já soubessem. Eu estava pensando em Daria. E nos wardums. E nos agricultores, nos andarilhos dos Jardins e no povão.

— Isso muda tudo — eu disse. — Podemos salvar os babilônios. Eles não precisam morrer. Podemos trazê-los para cá antes de trazer o Loculus.

— Todos? — Aly perguntou. — Evacuar uma cidade inteira, um por um, e adiantar o tempo para eles em dois mil anos? Ou... levá-los para outro presente, que é o futuro?

— Bem, vale a pena pensar nisso... — respondi, mas os outros estavam olhando para mim como se eu estivesse soltando baba roxa pelo canto da boca. Comecei a entrar no ritmo do passo deles quando nos aproximamos da Morada de Venders, uma construção com colunas e amplos degraus, que mais parecia um museu. As nuvens da manhã haviam se dissipado, e dava para ver bem o monte Ônix ao longe, atrás do topo da construção, feito uma sentinela de capuz preto.

O professor Bhegad nos encontrou na suntuosa recepção, recostado na estátua do dinossauro gigante que fora achado em uma escavação na ilha.

— Bom dia, viajantes transdimensionais — ele disse em voz alta. — Pontualidade é prenúncio de sucesso.

— Ouvir esse cara é pior do que ouvir *detrásprafrentês* — Marco murmurou.

— Por aqui — disse Bhegad, nos mostrando o caminho para o elevador, nos fundos do saguão. — Se eu pareço um pouco distraído, é porque dormi mal, preocupado com a possível descoberta do primeiro Loculus pelos antigos babilônios.

— Ei, p. Beg, eu já disse, ninguém vai achar o negócio — Marco retrucou. — Eu nem estava mais com as mãos na terra quando vi os guardas chegando.

— Sim, bem... — Bhegad suspirou. — Sou professor de formação e confio que você vai assimilar esse momento como um aprendizado. Sinceramente, não havia necessidade de levar um Loculus que já estava em segurança para um mundo paralelo. Mas... *tempus fugit*! Eu não posso me deter nisso. No fim, vai dar tudo certo. Como vocês sabem, nos últimos meses nós trabalhamos com afinco. E acho que vocês ficarão satisfeitos com o resultado.

Entramos no elevador e a porta se fechou. Descemos tão rápido que pensei que meu estômago fosse bater no maxilar. Foi minha primeira vez viajando naquela coisa, e não pude deixar de reparar que o andar térreo ficava no alto. Havia dez botões para baixo, dez andares subterrâneos. Bhegad apertou SUBSOLO 7.

— É um arranha-céu de ponta-cabeça — disse Cass. — Um arranha-chão.

A porta se abriu para um salão cavernoso. O ar estalava de frio. Tudo ao nosso redor era um zunido grave, o som do ar-condicionado e os *cling-clangs* ritmados de metal. Vapores e líquidos explodiam por tubos transparentes no alto. Marco quase tropeçou em um robô baixinho, em formato de cogumelo, que ficava assoviando e se balançando para todo lado. Um morcego confuso e desnorteado mergulhou de cabeça em nossa direção, depois sumiu pelo elevador.

— Considerando o nível de emergência, não tivemos oportunidade de importar o melhor equipamento — o professor Bhegad disse. — De modo que foi preciso trabalhar com o que tínhamos. Às vezes, os melhores resultados são obtidos dessa maneira.

Seguimos o professor Bhegad, passando por uma agitada estação de trabalho. Funcionários do IK vestidos de branco, com olhos vidrados, digitavam freneticamente em seus teclados. Eles acenaram rapidamente e voltaram aos cálculos. As telas brilhavam com diagramas giratórios em AutoCAD, e em todas as mesas havia canecas fumegantes de chá ou café.

Logo depois, separada por uma parede de acrílico que ia do chão ao teto, havia uma máquina gigantesca. Parecia ter sido remendada com o uso de peças sobressalentes — identifiquei um para-choque de jipe, um motor de avião pequeno, uma moldura de janela, canos de esgoto, um tampo de mesa e cerca de cem pedaços feitos com a parte de trás de iPods. De frente para nós, havia uma janela pintada de preto, na altura dos olhos.

Entramos pela porta deslizante no acrílico. A máquina fez um barulho áspero e soltou uma baforada de fumaça preta que foi tragada pelo exaustor logo acima.

Recuei, tossindo.

— Garotos e garota — disse o professor Bhegad —, quero lhes apresentar Shelley.

37
O LAGARTO LETÁRGICO

A MÁQUINA BERROU suas boas-vindas, algo entre *brec* e *clonc*.

— Não estou entendendo, professor Bhegad — disse Marco.

— Espera. Vocês estão achando que a gente vai voltar para a Babilônia nessa coisa? — perguntei.

— Na verdade, essa *coisa*, como você diz, não é Shelley — Bhegad respondeu. — Shelley é o que ela faz.

Ele apertou um botão. Uma luz clara se acendeu atrás da janela pintada de preto. Vimos algo em uma pequena câmara dentro da máquina. Eu me aproximei.

Havia um fragmento de metal marrom-dourado flutuando no ar. Era curvo feito um escudo, mas irregular ao redor do perímetro. Filetes prateados flutuaram pela câmara, nuvens de pequenas partículas que giravam ao longo da superfície e depois aderiam às bordas. Virando-se lentamente, o escudo parecia crescer. Curvar-se.

— Quando terminar, será uma esfera perfeita — disse Bhegad.

Os olhos de Aly estavam do tamanho de bolas de beisebol.

— Você está fazendo um Loculus?

— Não um Loculus — Bhegad respondeu. — Uma capa de Loculus. Algo que faz tempo venho pensando em construir. Usando diagramas desenhados muito tempo atrás por Herman Venders em seus diários. As pessoas riam da audácia de seus projetos, mas o homem era um gênio, muito à frente de seu tempo. O projeto se tornou prioridade número um assim que vocês retornaram de Rodes.

— Você nunca viu o Loculus — Marco apontou. — Nem o Pezão. Ele estava preso. Como pode ter analisado o material?

— Mais uma vez, Venders foi nosso guia — disse Bhegad. — Ele conseguiu achar um pedaço de um Loculus, pelo menos foi o que disse. Nossos metalurgistas analisaram o fragmento, o replicaram e depois o trataram com uma liga especial de metal e fibra de carbono, polímeros orgânicos e inorgânicos e derivados de silicato. Para dar flexibilidade e leveza.

— O negócio é só mexer e esquentar — disse Aly, olhando pela janela preta —, e você terá uma casca vazia de Loculus.

— Por assim dizer — disse Bhegad. — Sabe, quando os Loculi estavam juntos nos Heptakiklos, eles funcionavam como condutores da energia de Atlântida, que viajava de esfera a esfera. A Grande Qalani havia construído coberturas geniais para permitir o livre fluxo de energia. Acreditamos ter alcançado o mesmo resultado com Shelley. Se você colocar essa esfera a mais ou menos meio metro do Loculus, seu material vai promover uma transferência de conteúdo. — Os olhos do professor brilhavam loucamente de entusiasmo. — Você poderá deixar o verdadeiro Loculus lá. Quando trouxer Shelley de volta, ela conterá o que precisamos para os Heptakiklos!

— Mas se essa coisa funcionar — eu disse — e roubarmos a energia, como a Babilônia vai sobreviver?

— Minha pesquisa sugere que a energia de Atlântida é como o sangue humano, ou seja, tire um pouco e, com o tempo, ele se reproduz e enche o recipiente outra vez — disse Bhegad. — Você só precisa de um pequeno limiar de transferência de energia. Nós configuramos Shelley para mudar de cor quando esse limiar for alcançado. Após mais ou menos uma hora de exposição, ela fica verde e pode ser levada. Com o tempo, a energia enche a casca inteira.

Marco estava tomando nota. Só essa visão já era quase tão chocante quanto o esquema doido de Bhegad.

— Legal, se funcionar — disse Marco. — Uma casca de energia. E por que o nome Shelley?

Bhegad sorriu.

— O nome se deve a Mary Shelley. Ela escreveu uma historinha sobre um cientista que criou uma coisa viva usando pedaços de outras. Semelhante ao que estamos fazendo.

— Está viiiiivo — disse Aly.

— Como é? — Bhegad perguntou.

— *Frankenstein* — ela respondeu.

Bhegad sorriu.

— Precisamente.

✦

Cass pôs a caixa de vidro de Leonard ao lado da quadra de basquete. Nós tínhamos algumas horas até a demonstração de Bhegad. Almoçamos, conversamos e, finalmente, concordamos em fazer um intervalo de recreação. Tinham se passado vinte e quatro horas desde que emergíramos do Eufrates, e o lagarto não havia se animado nem um pouquinho.

— Estou preocupado — disse Cass. — O professor Bhegad disse que o Leonard não desenvolveu as mesmas imunidades que nós. Nosso ar é cheio de germes que não existiam na época dos babilônios.

Uma gorda libélula passou zunindo por Marco, que a agarrou em pleno ar, com reflexos rápidos que ainda me impressionavam. Cass levantou a tampa da caixa e Marco soltou o inseto lá dentro. Ele bombardeou de zunidos o letárgico lagarto, que se limitou a levantar os olhos e voltar a dormir.

— Caramba, essa libélula estava tão apetitosa que até eu estava quase querendo — disse Marco. Ele deu de ombros e começou a bater a bola pela quadra.

Cass se sentou com Aly e comigo no asfalto, e ficamos observando as jogadas de Marco. Como sempre, ele acertava as cestas a um zilhão de metros de distância. Com seus talentos G7M estimulados ao máximo, ele não perdia uma. Nem Serge, um mago da computação do IK que chegara a jogar basquete no time olímpico, jamais conseguia derrotar Marco.

— Isso não cansa? — Aly gritou. — Acertar todas as cestas.

Marco manipulou a bola.

— Cansa. Vou treinar você então, irmão Cass. De graça. Agora mesmo. Vai ser um desafio.

Cass se levantou.

— É mesmo? Você vai me ensinar?

— Se você deixar o Leonard um instante. — Marco jogou a bola, que atingiu Cass em cheio no peito, derrubando-o. — Primeira regra: você tem que usar as mãos. Isso não é futebol.

— Não é futebol — disse Cass. — Certo.

Aly segurou meu braço e me levou à quadra de tênis, a uns vinte metros de distância. Virei o pescoço para olhar para Cass. Ele estava batendo a bola, sem jeito, rumo à cesta. Na verdade, ele dava uns tapas nela. Mas parecia incrivelmente feliz. Marco o acompanhou, fingindo marcá-lo.

— Williams *ataaaaaaaca* a rede... — Marco gritou. — Ele arremessa... bola ao ar!

— O Cass parece estar gostando disso — disse Aly.

Assenti num gesto de cabeça.

— Talvez ele esteja mapeando a geografia da quadra de basquete.

— O Marco é o típico irmão gente boa — Aly observou. — Deve ser duro para o Cass. Ele fica tão fechado em si mesmo por não ter família. Você sabe, tirando a gente.

— A gente e o Leonard — respondi. Quando cheguei ao meu lado da quadra, Aly abriu uma caixa de bolas de tênis.

— Bate e gira — eu disse.

— O quê? — ela perguntou.

Senti uma súbita pontada por dentro. A última vez em que eu jogara tênis fora com meu pai. Quando ele não estava do outro lado do mundo a negócios, jogávamos todo fim de semana, no Centro de Recreação de Belleville.

— Hábito — eu disse. — É o que meu pai e eu dizíamos. Ele estava sempre tentando me ensinar a melhorar meu saque.

— Minha mãe joga mal demais. Ela diz que perde de propósito, porque gosta de ser quem termina o jogo com um zero perfeito. Ela tem um senso de humor esquisito. — Aly fez o saque. — Você ainda pensa muito na sua casa?

Rebati com força. Força demais. A bola foi parar do outro lado da linha.

— Desculpa. É, às vezes eu penso, sim. Às vezes.

A verdade é que eu não andava pensando em minha casa. Não conscientemente. Não enquanto caçávamos um grifo na Grécia e visitávamos a Babilônia.

Mas as lembranças de casa construíram um canto escuro no meu cérebro. De vez em quando, uma luz se acendia em minha mente. Como naquela vez em que nós estivemos em Ohio. E ali na quadra de tênis. Vi meu pai encurvado sobre a linha de base, usando seu esquisito boné de tênis, com abas brancas de orelha. Também vi minha mãe, como se ela não tivesse morrido. Ela estava espreitando atrás ele, levantando as abas como se fossem orelhas de coelho...

— Acorda, Jack!

A voz da Aly me trouxe de volta à realidade. A bola passou zunindo por minha orelha, pousando dentro da linha.

— Uau. Podemos refazer essa?

— Não — disse Aly, rindo como quem diz "está brincando". — Quinze a zero.

Continuamos jogando para lá e para cá, as raquetes fazendo um som forte — *mmmock!* — quando entravam em contato com a bola.

Mock!

— Meu irmão, o Josh, é bom — disse Aly. — Ele me deu aulas. Talvez um dia você o conheça.

Mock!

— Minha mãe é quem arrebenta no tênis, na nossa família — eu disse. — O saque dela é impressionante.

Mock!

— Você nunca fala dela — disse Aly.

Mock!

— O quê? — respondi.

Mock!

— Da sua mãe. Você sempre fala do seu pai. Eles se separaram?

A bola passou pela cerca e caiu na mata. Girei a raquete e observei.

— Minha mãe morreu.

Aly fez uma expressão arrasada.

— Desculpa, Jack. Não tive a intenção de...

— Tudo bem — respondi. — Eu ainda penso nela no presente, apesar de isso ter acontecido quando eu era pequeno.

Ela atravessou a quadra e veio para o meu lado.

— Quando foi? — perguntou delicadamente, mas logo acrescentou: — Se você não se importa com a pergunta.

— Não ligo — eu disse. — Minha mãe era uma ótima atleta. Ela gostava de fazer viagens exóticas com os colegas geólogos. Meu pai não gostava muito de ir. Ele ficava em casa comigo. Isso foi antes de ele começar a fazer longas viagens de negócios. Enfim, minha mãe passou meses se preparando para uma expedição na Antártida. Ela estava animadíssima. Meu pai e eu acompanhávamos a expedição através de uma transmissão de vídeo impressionante, até que veio uma tempestade de neve... Foi horrível. Nós ouvíamos os gritos. Então, os gritos foram sendo sufocados pelo vento. Meu pai diz que eu comecei a berrar, como se soubesse o que estava prestes a acontecer. A tela ficou totalmente branca... E depois mais nada...

Com a volta da memória, eu me dei conta do motivo de nunca ter tocado no assunto. É que doía demais. Quando a imagem escureceu, senti meu corpo inteiro se partir em dois.

Aly tocou meu ombro com uma das mãos.

— Ah, Jack...

— A conexão caiu — eu disse, desviando o olhar. — Depois descobrimos que a equipe tinha se perdido. Eles estavam perto de uma fenda enorme e profunda. Eles foram avisados que não era seguro ir para lá, mas o equipamento deles deu problema. E nunca... encontraram a minha mãe.

— Sinto muito — disse Aly.

A mão dela roçou a lateral do meu braço e tocou a minha. Eu me virei para ela. Seu rosto não estava onde eu esperava — estava tão perto que pude ver os contornos de uma lágrima escorrendo em sua bochecha. Não sei por quê, mas não me importei.

— Ei! — Senti a batida de algo duro e borrachudo na lateral da cabeça e me encolhi. Marco estava correndo em nossa direção, atravessando o portão da quadra. — Desculpa. Não tive intenção de interromper o precioso momento de vocês.

Aly pegou a bola de basquete, mirou no rosto de Marco e atirou. Ele a pegou sem dificuldade e a girou na ponta do dedo indicador.

— Vocês conseguem fazer isso?

Fiquei ali parado, embasbacado, sem compreender a pergunta do Marco. Sem compreender nada.

— Não — Aly e eu falamos ao mesmo tempo.

Ele fez a bola girar de novo.

— É incrivelmente fácil. Vou ensinar. Uma aula para geeks G7M! Ei, se o sr. Mapas pode melhorar, vocês também podem...

— Socooooorro! — O grito do Cass fez a bola cair do dedo de Marco. Ele se virou imediatamente. Cass não estava na quadra.

— Irmão Cass? — Marco murmurou e saiu correndo em direção ao grito.

Soltamos as raquetes e corremos também. Juntos, adentramos o matagal.

— Cass! — gritei.

Após caminhar uns dez metros, avistei os cabelos castanhos encaracolados de Cass em meio às folhas. Ele estava preso em umas videiras emaranhadas, debatendo-se.

— O Leonard sumiu! — ele gritou.

Marco arrancou as videiras de cima dele.

— Sumiu? Aquela coisa mal conseguia se mexer!

— Aqui, Leonard! — Cass gritou, parecendo desesperado.

Nós nos espalhamos pelo mato. Os arbustos eram grossos, as árvores densas. Pássaros grasnavam histericamente sobre nossa cabeça. Aly e eu nos entreolhamos.

— Acho que devíamos achar outro lagarto e dizer que é o Leonard — disse Aly. — Um lagarto mais saudável.

— Hãã, talvez não seja preciso — eu disse, gesticulando para indicar o caminho de onde viéramos.

Vimos um pedaço de cabelo vermelho entre as árvores. Aly e eu nos aproximamos sem fazer barulho. Na borda do mato, não muito longe de onde havíamos começado o trajeto de busca, havia um banco. Provavelmente ficava em um clareira quando fora construído, mas agora estava aninhado no mato crescido.

No banco, havia um par de ombros enormes e uma silhueta troncuda que o fazia afundar no meio.

— Torquin? — perguntei.

Ele se virou. Em uma das mãos, havia uma mamadeira. Na outra, estava Leonard.

— Ele tomou três goles — disse Torquin.

— O que você pensa que está fazendo? — gritou Cass, correndo pelo bosque.

— Não quis atrapalhar jogo — disse Torquin. — Fiz fórmula.

Cass desabou no banco.

— Que tipo de fórmula?

— Proteína. Besouros amassados. Um escorpião. Xarope — Torquin disse, enfiando a mamadeira na boca de Leonard. — Coisa fina. Tomo toda manhã.

— Não tô acreditando nisso — disse Marco, mal-humorado.

— Ele gosta desse negócio? — Cass perguntou, sorrindo ao olhar para Leonard.

— *Nham-nham* — disse Torquin. — Posso ficar? Quando vocês forem amanhã?

Todos nós olhamos para ele, sem entender nada.

— Ah, esqueci — Torquin fez um aceno de cabeça. — Professor diz que Shelley fica pronta hoje à noite. Amanheceu, levantar acampamento.

38
DE VOLTA À BABILÔNIA

— IÉÉÉ... HMM-MMM-MMM... OHHHH... — O helicóptero sacudia enquanto Torquin balançava ao ritmo de alguma canção que estava ouvindo nos grandes fones de ouvido.

— Dá para ficar quieto? Estamos ficando enjoados! — Aly gritou do banco de trás, onde nos sentamos.

Torquin retirou um dos fones.

— Desculpa. Banda favorita. Wu Tang Clan.

No banco do copiloto, Marco se virou para ele.

— Ei, Tork, você curte karaokê?

Torquin fez cara feia e colocou o fone de volta no ouvido.

— Comida japonesa dá azia.

Marco estava rindo. Eu queria ter a atitude dele. Aly estava agarrando os apoios de braço com tanta força que suas juntas estavam brancas. Eu não tirava os olhos da janela, onde pude ver um distante vislumbre do segundo helicóptero. Nele estavam o professor Bhegad, Nirvana, Fiddle — e, no compartimento de carga, Shelley. Ele descia tão rapidamente quanto nós, rumo ao acampamento no Eufrates.

Calma, eu disse a mim mesmo. Repassei tudo o que havia sido discutido no IK:

1. Não seríamos culpados pelo terremoto. Ninguém na Babilônia teria como relacionar o terremoto a nós.
2. Shelley seria fácil de ativar. Nós tínhamos de pensar era em um jeito de entrar nos Jardins Suspensos.
3. Nossos maiores desafios seriam os animais e os guardas. E Kranag, se ainda estivesse vivo. Bhegad nos dera todo tipo de repelentes, lanternas, sprays de pimenta, líquidos inflamáveis.

No Instituto Karai, parecia só haver motivos para otimismo. Aceitamos os números um e dois sem questionar. O número três pareceu apenas uma pequena inconveniência.

Agora que estava mais perto de acontecer, comecei a enxergar tudo de modo mais claro e realista.

Nós estávamos loucos.

— Preparar para aterrissar — disse Torquin.

Abaixo, pude vislumbrar a areia sendo afastada pelas hélices do helicóptero. Nas margens do Eufrates, os membros remanescentes da equipe do IK saíam das tendas para nos receber. Pousamos tranquilamente. Enquanto descíamos correndo para a água, começou um festival de batidas de mão, gritos de boa sorte e tapinhas nas costas.

O professor Bhegad foi para o meio de todos com um sorriso tenso no rosto e agitando as mãos com impaciência.

— Vamos deixar a grande festa para quando Shelley voltar. Esta é a jornada número dois. Que seja a última.

— Na verdade, é a jornada número três para mim — Marco o relembrou.

— Sim, bem... — o professor Bhegad disse. — Vamos para o rio?

Uma caravana de cientistas do IK caminhou conosco até a beira da água. Estava tudo acontecendo rápido demais. Aly, Cass, Marco e eu prendemos o fôlego. Meu coração batia forte.

— Cuidado — disse Torquin.

— Você não vem com a gente? — perguntei.

O professor Bhegad respondeu por ele.

— Nós pensamos nisso. Era sem dúvida uma opção, agora que sabemos ser possível levar um não Escolhido. Mas concluímos que vocês já conhecem os babilônios, e apresentar alguém novo, sem conhecimento do idioma ou da cultura, poderia levantar suspeitas.

— Em outras palavras, vocês estão sozinhos — disse Torquin. Ele não pareceu decepcionado.

Nirvana presenteou Marco com uma mochila.

— Aqui dentro tem um saco plástico resistente com fecho — ela disse —, com quatro túnicas de escravos, sandálias e a Shelley.

Dei uma espiada lá dentro. Shelley tinha sido dobrada em um trapezoide curvo.

— Vão direto para os Jardins Suspensos e posicionem Shelley imediatamente — Bhegad nos orientou. — Ela foi ativada de modo que até mesmo alguém como Torquin possa reativá-la.

— Só um tapinha — disse Torquin, cutucando o professor Bhegad com tanta força que ele tropeçou.

— Talvez não com tanto... entusiasmo. — Bhegad tirou os óculos e os limpou na camisa. — Quanto ao método de abordar o Loculus, deixarei a critério de vocês. Então, se estiver tudo pronto... Boa sorte, minhas crianças.

Cass se virou para Torquin.

— Cuide bem do Leonard — disse.

— Como se fosse meu filho, mas lagarto — disse Torquin. Ele pousou uma das mãos carnudas em meu ombro e a outra no de Cass. — Divirtam-se. Mandem cartão esculpido em pedra.

Ele bufou e assoviou, o que vinha a ser a versão torquiniana de dar risada, então entendi que tinha passado o dia praticando a piada.

Voltei-me para o Eufrates. Aly apertou minha mão num gesto rápido. Dei uma conferida no bolso e senti o contorno de um espelhinho de mão. Era um presente que eu fizera para minha mãe no segundo ano, com uma foto laqueada no verso: eu, ela e meu pai brincando na neve. Desde minha conversa com Aly na quadra de tênis, eu havia decidido levar o espelho comigo o tempo todo. Ver aquela foto me dava esperança e força.

Corremos até a água começar a ficar funda. Fechei os olhos e pulei.

— Haaaa! — Marco gritou, saindo do rio no lado da Babilônia. Ele puxou Cass até a margem. — Tô melhorando em descobrir o melhor lugar para sair!

Cass arfava.

— Eu não sei... quantas vezes mais... consigo fazer isso.

Aly e eu nadamos até a margem. A viagem pelo portal tinha sido tranquila. Bem mais rápida que da última vez. Marco tinha razão, nós estávamos pegando o jeito da coisa.

Sentei-me em uma pedra para retomar o fôlego. Apesar de escuro, a lua estava clara, e demorei um pouquinho para lembrar que, apesar de termos saído da Babilônia quatro dias antes, no tempo deles fazia pouco mais de uma hora.

Marco estava perambulando, catando pedras do tamanho de seus bíceps. Ele foi colocando as pedras na areia, uma por uma, até formarem um grande lambda.

— Eu sei que o irmão Cass é capaz de memorizar o negócio, mas imortais comuns como eu precisam de um marcador. — Marco fez uma pausa para contemplar orgulhosamente o próprio trabalho manual, depois começou a tirar os uniformes da mochila que estava com ele. — Muito bem, soldados, lembrem-se do treino. Encontramos a Daria e lhe contamos como nossa missão é importante. Como estamos tentando ajudar os rebeldes ao preservar a Babilônia. Nós a convencemos a ir aos jardins do rei com a gente. Vamos usar algum tipo de disfarce. Somos primos dela, que não falam aramaico. Se o Cara de Penhasco estiver fora, estamos dentro. Se ele não estiver, a gente bota ele pra dormir com os dardos e vai pegar o Loculus. Sopa no mel, moleza total.

— Que expressão mais idiota — disse Aly.

Cass, Marco e eu fomos para trás do mato cerrado para vestir as túnicas. Dobrei e empilhei minha roupa. No último instante, peguei o espelho e dei uma longa olhada para a foto. Minha mensagem de feliz aniversário estava entalhada embaixo, na madeira. Meu pai havia escrito algo no verso da foto, e com o tempo a mensagem começara a vazar.

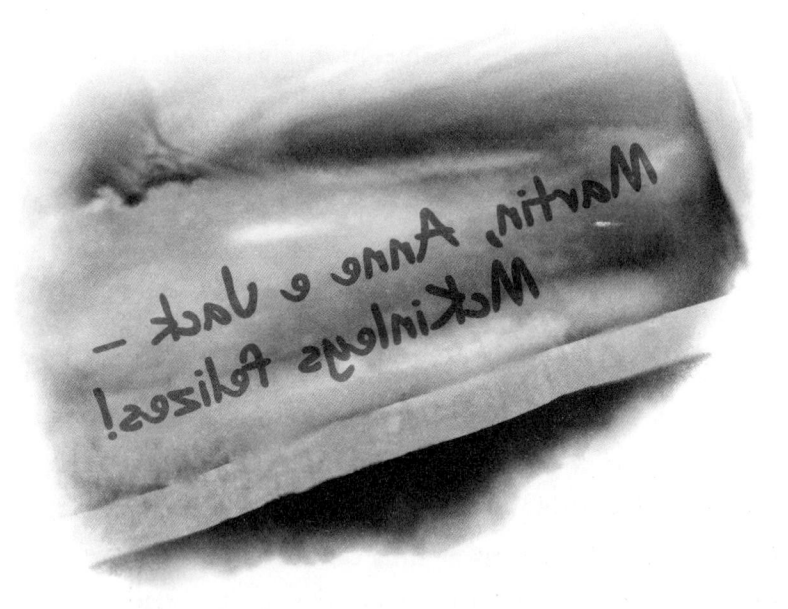

"Martin, Anne e Jack — McKinleys felizes!"

Marco estava meio estranho no mato.

— Então, pessoal. Podem ir na frente. Eu vou depois. Acho... acho que comi demais no almoço.

— Você só pode estar brincando — disse Aly. — De novo? O que há com você?

— Como assim, de novo? — Marco perguntou.

— Isso aconteceu no palácio — disse Aly. — A mudança de tempo afeta só o seu sistema digestivo, o de mais ninguém.

— Eu sou humano, tá bom? — Marco retrucou. — Vão. Agora. Confiem em mim; é melhor vocês não ficarem por perto.

— Bom argumento — disse Cass.

Apertamos o passo. Marco era Marco.

Foi um percurso curto entre a área do bosque e o campo de cultivo de grãos ao lado. A lua afundara rumo ao horizonte, e o céu tinha um brilho pré-aurora. Senti o cheiro reconfortante de madeira queimando na lareira, que me lembrava da minha casa — até que me dei conta de que poderia ser o resquício do cheiro da casa destruída de Kranag.

Mesmo à luz fraca do luar, consegui enxergar os sinais do estrago causado pelo terremoto que havíamos provocado — canais cortando o campo, terra rachada, uma casa de madeira com um dos lados desmoronado. As pessoas corriam de lá para cá, atravessando a ponte do fosso, sob o olhar atento dos guardas da torre.

Nós nos misturamos ao povo e nos esquivamos pelo portão. Não tenho certeza se da torre os guardas distinguiram nossa cara ou não, mas o caos que se instalara era mais que suficiente para mantê-los ocupados.

As ruas da cidade externa ainda estavam úmidas. Alguns telhados haviam sido arrancados, e havia carroças quebradas e abandonadas.

As pessoas corriam por ruazinhas atrás de animais que fugiram durante a tempestade. Depois de uma caminhada de cerca de meia hora, chegamos ao portão mais alto — o que dava para a cidade interna e para Etemenanki, a Torre de Babel. O ar já tinha o brilho prateado do amanhecer, e eu estava começando a me preocupar com Marco.

— Será que devemos ficar aqui esperando o Super-Homem? — perguntei.

— Ele provavelmente pegou um atalho — disse Cass. — Aposto que já está na casa.

Aly concordou, balançando a cabeça.

— Tudo para poder se gabar.

O sol nascente mostrou um mercado em caos, com as pessoas passando baldes de água umas para as outras. A barraca de feira, onde os guardas comeram carneiro antes, agora era uma pilha fumegante de madeira torrada. Torci desesperadamente para que ninguém tivesse se machucado. Eu me sentia culpado. Nós havíamos causado aquilo.

O cheiro ardido me irritou os olhos enquanto subíamos a rua rumo a Etemenanki. Pensei que seríamos parados na entrada para Ká-Dingir-ra, no terreno do palácio. Mas, para nosso alívio, os guardas nos dirigiram um cumprimento com a cabeça, educadamente, quando entramos. Aly abriu caminho, agitada. Cass e eu quase colidimos com três crianças wardums que estavam correndo atrás de uma ave parecida com uma galinha.

Aly parou de repente na esquina da estrada que dava para a nossa casa de hóspedes. Ela apontou o dedo e abriu a boca.

Nós paramos cuidadosamente ao lado dela. Mais acima, na estrada, um pequeno grupo de soldados havia se reunido em frente à casa, e Daria estava entre eles. Nada de Marco à vista.

Ela nos viu e balançou a cabeça, como quem diz "Fiquem longe". Recuamos, saindo do campo de visão dos guardas. Sempre seguido pelos outros, rapidamente voltei a pegar a ruela de onde as criancinhas tinham surgido.

— Não gosto disso — disse Cass. — Os guardas estavam bravos. Nós somos fugitivos. Causamos destruição em massa!

— Eles não sabem que fomos nós — Aly o relembrou.

— É, mas sabem que fugimos — disse Cass.

Vi um vulto dobrando a esquina. Enxerguei o rosto de Daria saindo de debaixo da manta. Ela acenou e correu até nós, com uma expressão preocupada.

— Onde está o Marco? — perguntou.

— Foi ao banheiro — disse Cass.

— Ele está tomando banho? — Daria perguntou.

— Longa história — disse Aly.

Daria assentiu com a cabeça.

— Mas vocês... Por que estão aqui? Eu deixei vocês na Montanha da Mãe. O terremoto pegou vocês?

Eu dei uma olhada para Aly.

— Mais ou menos — disse. — Nós saímos correndo.

— Aqui está ruim — disse Daria. — Bab-Ilum tem muito que consertar. Rei quer que todos os guardas ajudem. Ele mandou chamar guardas que ficavam na casa de hóspedes. Eles não lembram que dormiram por causa dos dardos. Mas estão bravos por vocês terem partido. Vocês conseguiram o que queriam?

— Não — respondi. — Precisamos voltar.

— Voltar? — disse Daria. — Não é possível.

— Não temos escolha — eu disse.

— Por favor, arrumem outro lugar! — Daria pediu. — Os guardas do Jardim viram vocês? Se isso acontecer, eles vão ser cruéis. Não vão deixar acontecer duas vezes.

— Daria, não sei como explicar isso — eu disse. — Sei que é difícil de acreditar. Mas estamos doentes e vamos morrer se não pegarmos um negócio desse Jardim. Algo que não dá para conseguir em nenhum outro lugar.

Daria suavizou o olhar.

— Vocês estão doentes? — perguntou. — Marco também?

— Não temos muito tempo de vida — eu disse. — A não ser que a gente cumpra nossa missão.

Daria desviou o olhar.

— Sim, bem... — disse baixinho. — O Jardim é cheio de maravilhas. Eu também tenho um amigo que estava morrendo. Eu... roubei algo de uma árvore... uma fruta...

— Então você entende — respondi. — Você vai nos ajudar?

Ela ajeitou a manta sobre a cabeça. Deu uma olhada para a casa de hóspedes, com o rosto mostrando um misto de medo e incerteza.

— Fiquem aqui. Não deixem guardas da casa verem vocês. Eu vou voltar.

Ela saiu correndo, e Aly e Cass afundaram no chão, soltando o ar, aliviados.

Eu virei o pescoço para a direção de onde viéramos. Dava para ver, através do portão, um longo caminho inclinado que terminava na praça da cidade.

E nada de o Marco aparecer.

39

SUA JACKNICE

— Boa noite da WBAB News — sussurrou Cass. — Temos relatos de uma pequena bomba fedorenta perto do Eufrates, que erradicou toda vida selvagem em um raio de cem metros.

— Ha... ha... ha... — Marco fez devagar, remando sem pressa pelo rio, conosco a bordo, em direção aos Jardins Suspensos. O sol agora estava alto no horizonte, nos dando uma indicação de dia escaldante pela frente.

— O rio mudou de curso, e as folhas murcharam e caíram das árvores — Cass continuou. — O solo foi declarado ponto de lixo tóxico...

Marco levantou o remo, jogando água nele.

— Ops.

— Dá para vocês crescerem? — Aly ralhou.

Cass estava tentando segurar o riso.

— Desculpa, é que eu nunca vi ninguém levar tanto tempo para...

— Eu me perdi, tá bom? — Marco protestou. — Não nasci com um GPS embutido.

— Não deve ter sobrado mais nada dentro de você — disse Cass.

Mas Marco não respondeu. Ele estava olhando com atenção para a praia. O barco fez um discreto chiado ao raspar no fundo arenoso. O sorriso de Cass desapareceu quando ele olhou para a elevação que levava aos Jardins Suspensos. Pulei na parte rasa e puxei o barco para a areia.

Daria se levantou lentamente, olhando para nós de um jeito nervoso.

— Preciso fazer eles acreditarem que vocês estão aqui para ajudar com perdas do terremoto. Escondam rosto.

Ela nos trouxe mantas, com as quais todo mundo cobriu a cabeça. Daria subiu a encosta correndo. O portão parecia abandonado, mas imediatamente um guarda apareceu. Seu rosto estava suado, os braços sujos. Ele obviamente estivera trabalhando em algum conserto. Observamos calmamente enquanto ela falava com ele em um idioma que não soou como aramaico.

— Como ela consegue falar tantas línguas? — sussurrou Aly. — Ela é um gênio.

— Que nem você com tecnologia — disse Cass. — Para não falar de mim com direções, e do Marco com esportes, e do Jack com... sua incrível *jacknice*.

Ignorei o comentário. Eu não queria pensar na derrota que era minha *jacknice*. No momento, estava com medo demais para sentir pena de mim mesmo.

— Você ainda está com a Shelley? — Aly perguntou.

— Trancada e carregada — Marco respondeu, batendo na mochila em seus ombros.

Foi quando reparei que a túnica do Marco estava errada.

— Você vestiu ao contrário — eu disse.

— Hã? — Marco respondeu.

— Espera, você tirou a túnica? — Aly perguntou. — Você não podia ficar com ela enquanto...?

— Aly, por favor... informação demais! — Cass sussurrou.

O guarda estava levantando a voz para Daria. Ele fez um gesto raivoso em direção aos Jardins Suspensos. Vi que o andar superior estava extremamente prejudicado pelo terremoto. Sua bela coroa, sustentada por colunas de pedras, agora se resumia a escombros. Talvez metade das treliças, em todos os andares, ainda estivesse intacta. Mas Daria estava falando com calma, meneando a cabeça. Vi que uma lágrima escorreu por seu rosto.

Ela se virou e, ao caminhar em nossa direção, começou a cantar baixinho. Lindamente.

O corpo do guarda pareceu perder a firmeza enquanto ouvia.

— Ela também é boa atriz — disse Marco.

— Acho que o termo certo é *manipuladora* — disse Aly.

— Mas é por uma boa causa — observei.

Parecendo exasperado, o guarda veio pisando firme em nossa direção. Daria olhou para ele de igual para igual e deu um assovio — o sinal de três notas dos rebeldes.

O guarda fez uma pausa ao nos alcançar. Deu uma olhada curiosa para nossa cara, depois estendeu o braço e tirou meu capuz.

Seu rosto impassível ganhou uma expressão brava. Ele murmurou algo que não consegui entender e puxou o capuz do Cass e da Aly.

Quando alcançou Marco, ele agarrou a mão do guarda.

— Diga "por favor".

O guarda arregalou os olhos e berrou para seus companheiros.

— Ele reconheceu vocês — Daria gritou. — Viu vocês partirem durante o terremoto. Ele está bravo por vocês se infiltrarem, e mais bravo ainda por fugirem sem ajudar. E Marco...

— Desculpa — disse Marco. — O cara me irritou.

No portão, dois guardas, que empunhavam lanças compridas, pareciam tensos.

— O que fazemos agora? — Aly perguntou.

— Minha coisa favorita — disse Marco, se agachando como quem vai jogar futebol americano. — Atacar!

Eu não conseguia acreditar. Ele estava correndo rumo ao portão, gritando feito doido. Também estava tirando a mochila — que continha as armas de emergência que o professor Bhegad nos dera.

Um dos guardas deu risada. Ambos levantaram as lanças e as atiraram. Pareciam balas correndo em direção ao Marco. Ele soltou a mochila. Mas, em vez de se jogar no chão, ficou em pé, com o peito inflado.

— Abaixa! — gritei.

Eu me encolhi quando as lanças convergiram rumo ao tronco de Marco. No último instante, ele esticou a mão direita. Depois, a esquerda. Ele se virou, tropeçando para trás com o impacto. Tive certeza de que eles o haviam espetado.

Marco se agachou em um dos joelhos, esticou as costas e levantou os braços acima da cabeça.

Ele pegara as duas lanças em pleno ar.

— Menos duas — anunciou.

Aly ofegou.

— Esse garoto vai me fazer ter um ataque cardíaco.

Os guardas estavam de queixo caído, atônitos. Eu estava concentrado demais neles para reparar no guarda de Daria, que havia tirado a espada da bainha e estava prestes a atacar o Marco por trás.

— Marco! — ela gritou.

Ele se virou rapidamente. Rápido demais. As lanças que estava segurando bateram uma na outra em suas costas. Elas estavam apontadas na direção errada. Ele deixou uma cair e lutou para girar a outra. O guarda partiu para cima dele no mesmo instante, levantou a espada e girou o braço, e a lâmina foi diretamente para o pescoço de Marco.

— Nãããããão! — Aly berrou.

Eu mergulhei para frente. Mas não ia conseguir. Um berro rasgou minha garganta e meus olhos se desviaram por instinto daquele horror. Mas, antes, vi algo brilhante voando, vindo da esquerda, em direção ao guarda. Um barulho intenso: *clank*. Uma faísca.

A espada do guarda voou de sua mão no meio do golpe. Caiu ao chão, inofensiva, longe de Marco. O homem gritou, chocado. Ele se virou para a direção de onde viera o míssil: o bosque perto do rio.

Vi um clarão verde. Depois outro. E mais dois, seguindo em direção ao portão.

Os guardas caíram de joelhos, agarrando o pescoço.

Passos trituraram o solo rochoso. Zinn surgiu de debaixo da vegetação, seguido por Shirath, Yassur e um pequeno grupo de wardums esguios e atléticos.

— Uau — disse Marco. — Valeu, pessoal.

Eles apontaram para Marco num gesto de cabeça, mas estavam olhando para Daria. Zinn parecia cheio de perguntas. Daria falou com eles rapidamente. Sua voz ficou tensa, parecia que estavam discutindo. Até que ela enfim se voltou para nós.

— Eles não entendem o que vocês estão fazendo. É perigoso tentar ir à Montanha da Mãe. Se vocês estão do lado de rebeldes, por que fazem isso sozinhos?

Eu respirei fundo.

— Zinn tem razão, Daria — eu disse. Não fazia mais sentido esconder a verdade. — Tem uma coisa dentro da Montanha da Mãe. É um objeto chamado Loculus, que foi roubado de um lugar chamado Atlântida. A magia do Loculus isolou vocês do resto do mundo e criou Sippar. Mas o que foi roubado precisa ser devolvido, Daria. A falta desse Loculus já fez muita gente morrer jovem. Nós seremos os próximos, se não conseguirmos fazer isso.

— Nós tentamos pegar o Loculus — Cass acrescentou. — E foi isso que causou o terremoto. Agora, nós temos um novo plano. Um Loculus vazio, que é nosso. Precisamos aproximar esse nosso Loculus do seu, para conectar os dois. Nós vamos tirar um pouco do que está dentro do Loculus daqui. Só um pouco. É disso que nós realmente precisamos. Então o Loculus vai ficar aqui. Ele vai renovar a própria energia, do jeito que a pessoa produz mais sangue depois de sangrar por um ferimento. E a Babilônia vai continuar existindo.

Daria meditou sobre o que havíamos acabado de lhe dizer. Ela se voltou para os rebeldes e explicou tudo. Eles ouviram, impassíveis, com ceticismo. Zinn, principalmente, parecia ter muito a dizer.

Finalmente, Daria se virou para nós e perguntou:

— Zinn gostaria de saber se Sippar está no seu mundo.

— Não — respondi, balançando a cabeça para ela e para os rebeldes. Eles murmuraram algo entre si, e Yassur falou de modo enfático.

— Eles querem saber... — disse Daria. — Se ajudarmos, vocês nos permitem ver o seu mundo?

— Eu não posso prometer... — comecei a dizer.

— Sim! — Marco se intrometeu. — Podemos, sim. Pessoal, levem a gente até lá. Daria, peça a eles que nos ajudem. E faremos o que vocês quiserem.

Cass, Aly e eu o fitamos, desnorteados, mas ele não tirava os olhos de Daria. Ele sorriu quando ela se dirigiu aos outros e explicou mais uma vez.

— Como você pôde dizer isso? — Aly criticou.

Marco deu de ombros.

— Como não poderia?

40

MÍSSEIS DE CUSPE

EU ME LEVANTEI e fui com os outros para o portão de entrada. Zinn e os rebeldes correram para dentro.

— Esperem aqui — disse Daria. — Zinn precisa ter certeza que não tem mais guardas.

— *Arrr...!* — Ouvimos um grito gutural vindo das profundezas do jardim do rei. Depois, um assovio agudo.

— Caminho livre — disse Daria.

Corremos a toda velocidade pelas trilhas sinuosas. Daria nos conduziu ao muro interno; por cima dele avistei uma árvore gigante, carregada de frutas roliças.

— Quando estivermos dentro, Marco, pegue uma romã — disse Daria. — Elas são mágicas e nos curam quando ficamos doentes.

Marco nos ajudou a pular o muro, um por um. Ele pulou por último e apanhou uma romã da árvore, quando já estávamos correndo.

A gritaria dos vizzeets nos atingiu feito um soco sonoro quando chegamos à praça dos Jardins Suspensos. Eles surgiam por entre as colunas caídas e pelos buracos nos muros, debatendo-se e arreganhando os dentes. Os mísseis de cuspe voavam em nossa direção, semelhantes a uma chuva tóxica.

— Aaaaaai! — gritou Yassur ao cair no chão, tapando o olho com a mão.

Zinn e Shirath caíram de joelhos. Com movimentos rápidos e certeiros, eles pegaram dardos das bolsas e começaram a soprá-los na horda. Um vizzeet recuou, soltando um lamento fúnebre. Ele tropeçou em outros três, que entraram em pânico e começaram a bicar o primeiro.

— Eles não gostam de confusão! — Daria gritou, com a manta lhe protegendo a cabeça. — Muito nervosos!

— Nós percebemos! — eu disse.

Os dardos voavam rápido, tingindo o ar de verde. Enquanto caía um vizzeet após o outro, Daria e eu engatinhamos até Yassur. Daria tirou a bolsa de couro do cinturão que ele estava usando, segurou-lhe a cabeça para trás e começou a derramar no olho dele uma loção clara que estava na bolsa. Peguei o canudo de soprar dardos de Yassur, enchi-o e levei à boca.

Os três primeiros tiros pararam na areia, mas o quarto atingiu uma das feras sarnentas no ombro. Havia dezenas delas; parecia até que o terremoto tinha libertado um monte de vizzeets de seus esconderijos. Marco estava de joelhos a meu lado, tirando do bolso da túnica uma caixa de fósforos, uma bexiga, um barbante e um pequeno frasco.

— O que você está fazendo? — Aly perguntou.

— Querosene do IK! — ele gritou, primeiro molhando o barbante e depois enchendo a bexiga. Ele amarrou a ponta da bexiga com firmeza e a atirou, mirando nos vizzeets. Quando a bexiga caiu, bem em frente às criaturas, Marco acendeu um fósforo.

A chama lambeu o barbante ensopado. Quando a bexiga explodiu, os vizzeets recuaram feito uma maré, rolando na terra, tropeçando uns nos outros.

— Anda! — Marco gritou.

Demos a volta correndo pela construção. A entrada de carvalho entalhado estava fechada. Marco foi o primeiro a alcançar os cubos.

— Como é mesmo a combinação?

Cheguei perto dele e puxei os números: dois... oito... cinco... sete... um... quatro.

A porta se abriu para um breu. Paramos na soleira, tentando ajustar a visão, olhando fixamente para a câmara vazia, que não era vazia.

Shirath e Daria vieram correndo. Zinn vinha logo atrás, ajudando Yassur. Marco se virou com os braços levantados.

— Tem armadilhas — ele disse. — Não dá para ver. Nós temos que seguir o Cass. Todo mundo encolhendo os ombros.

Cass respirou fundo. Parou diante da abertura enquanto vasculhava o chão, atentamente, com o olhar.

Do fundo da câmara, ouvi um clique suave. A porta dos fundos se abriu lentamente. *Kranag*.

Mas não vimos o velho esquelético. Em seu lugar, havia um clarão de olhos amarelos. Um corpo baixo, de quatro. Pescoço liso e escamoso.

— Olá, mooshy... — Marco pegou a lança que tomara dos guardas e retesou o braço.

— Não! — Daria gritou. — Um já morreu. Você não pode matar este!

Com os pés extremamente rápidos e certeiros, o mushushu correu pelo caminho irregular, desviando das armadilhas, e pulou para cima de mim com a bocarra aberta.

Marco atirou a lança. Daria berrou.

A lança atingiu o mushushu no flanco e o atravessou. A fera soltou um grasnado alto e caiu no chão, a meus pés. Cheguei a sentir um pouco do bafo fedido e quente da criatura.

Daria, Shirath e Yassur se ajoelharam perante a fera. O mushushu caído começou a sofrer convulsões, com a boca bem aberta, mas emitia apenas um chiado fraco.

Seu rosto começou a se transformar diante de meus olhos. Debaixo da pele, os ossos pareciam virar líquido, mudando de posição. A tromba de lagarto se contraiu, os olhos afundaram na pele. Quando o rosto ficou mais humano, o corpo também começou a se contorcer e a ganhar outras formas.

— Não — disse Daria, com o rosto distorcido em uma expressão de choque que a deixava quase irreconhecível.

Dizem que ele sabe se transformar em animal... As palavras de Daria reverberaram na minha cabeça.

O mushushu havia sumido. Havia se transformado.

Estávamos olhando para Kranag.

41

Retrocedendo

DARIA E EU nos ajoelhamos ao lado de Kranag. Sua boca se mexia sem emitir som, o rosto branco feito papel se encarquilhava diante de nossos olhos.

— Vamos! — disse Marco.

Ele estava olhando de um jeito nervoso para nossa esquerda. Pude ouvir passos vindo de longe. Shirath, Zinn e Yassur estavam levantando o corpo de Kranag, afastando-o da porta da frente.

Depois de um momento, eu entendi o porquê.

Os vizzeets começaram a gritar e a se atirar dos andares superiores dos Jardins Suspensos. Pássaros pretos davam rasantes, vindos do nada. Um verdadeiro enxame partiu para cima do corpo sem vida do homem que antes os controlava.

Eu me virei. Não era o tipo de coisa a que quisesse assistir.

— Que nojento — disse Cass.

— Esquece isso! — Marco aconselhou. — Vamos voltar ao Loculus, cara.

Cass assentiu com a cabeça. Deu meia-volta e abriu caminho no corredor, ziguezagueando pelas armadilhas invisíveis. Enquanto voltávamos para os fundos, Marco suava.

Dessa vez, tomamos o máximo de cuidado que podíamos. Ninguém atirou em nós, e também não tinha gás nenhum para nos intoxicar. Seguimos tateando ao redor da jaula e das estacas, que ainda brotavam do chão, invisíveis.

— Muito bem — Cass finalmente disse, enquanto chegávamos à parede dos fundos, sãos e salvos.

Marco desenganchou a mochila e tirou Shelley de dentro. Colocou sem demora o trapezoide no chão e lhe deu um tapa.

Shelley caiu, fazendo um ruído metálico.

— Não está dando certo — disse Marco, com ceticismo. — O Bhegad disse que só precisávamos dar um tapinha!

Do buraco, uma música sinistra me envolveu. Meus sentidos se aguçaram, minha visão ficou mais focada. Levantei o dispositivo de metal. Era mais pesado do que eu esperava, mas o ergui acima da cabeça assim mesmo.

E então soltei.

Shelley bateu com força no chão. Fez um *clang* alto e se abriu, ficando do tamanho real, e então quicou no chão de pedra, me atingindo em cheio no nariz. Feito uma bola de borracha, só que mágica e de metal.

Enquanto eu gritava de dor, Marco a pegou no ar. Tomei-a dele e a levantei. Era de um bronze fosco, com uma estranha transparência. Conforme a levava até o buraco, pude ver do outro lado. Segurei firmemente o aparelho e me debrucei para procurar o Loculus invisível.

A música se intensificou. Eu sabia que eu estava desaparecendo, apesar de tudo ao meu redor parecer basicamente igual. Percebi pela cara dos meus amigos.

E pelo ofego de Daria.

— Cadê ele?

— Desapareceu — disse Marco. — Mas ainda está aqui.

Daria esticou o braço em minha direção, mas tropeçou na abertura invisível do poço. Ela se desequilibrou, caiu para frente e bateu com a mão na superfície do Loculus. Agarrei o braço dela por instinto. Ela gritou e recuou.

Nós dois cambaleamos, de volta à sala. Marco usou o braço para nos impedir de cair em alguma possível armadilha.

Cass e Aly só olhavam, embasbacados.

— A Daria desapareceu — disse Cass.

— Eu sei — respondi. — Eu toquei nela.

— Você tocou nela logo no começo? — Aly perguntou. — No momento em que ela caiu? Porque ela desapareceu no instante em que tropeçou, Jack.

— Ela... ela encostou no Loculus — respondi. — Você está me dizendo que ela desapareceu ao tocar nele? Sozinha?

Daria olhou para mim e, em seguida, para o buraco, que agora estava invisível.

— O que é essa coisa, Jack? Eu... eu não consigo mais ver.

— Tente achar, Daria — disse Cass, de um modo intenso. — Mostre para a gente o que você quer dizer.

Daria voltou para aquela área e instantaneamente se dissolveu no nada.

— É aqui!

Minha mente estava girando.

— Daria — eu disse —, quando você me contou a história da vida de Kranag, disse que ele veio de uma terra estranha. Com outras pessoas. Um homem com uma marca estranha. Como era essa marca? Você sabe?

— Nitacris falou dela — disse Daria, hesitante, dando um passo para frente e se materializando de novo. — Duas linhas cinzentas. Fazendo uma ponta no alto. Na nuca.

— Você tem essa marca, Daria? — questionei.

— Por que você pergunta? — ela disse.

— Porque nós temos — respondi. — Nós quatro. Nós a escondemos com tinta de cabelo.

Daria olhou para o chão. Levantou o braço lentamente e o levou à nuca.

Então, pela primeira vez desde que a conhecíamos, ela retirou o lenço da cabeça.

— Eu não acredito nisso... — Aly sussurrou.

Na nuca de Daria, em meio aos cabelos ruivos, havia um lambda branco.

Daria era uma de nós.

42
A MARCA

— Esse talento insano para idiomas — Marco disse. — Agora faz sentido. A Daria tem o G7M.

— Ela também tem pedigree — eu disse. — Porque o G7M vem da família real de Atlântida. O que significa o rei Uhla'ar e a rainha Qalani.

Aly assentiu num gesto de cabeça.

— Que só tiveram dois filhos...

— Daria — eu disse. — Seus pais... O que você sabe sobre eles?

— Nada — ela respondeu baixinho. — Eu fui abandonada. Passei os primeiros anos de vida nas ruas, até ser escravizada. Nabu-na'id e Bel-Sarra-Usur volta e meia me lembram da gentileza que me fizeram.

— Deve ser mentira — disse Aly. — Ela só pode ser filha do Massarym. É o único jeito de ela ter a marca.

— Ou então ela é filha do Karai — Cass sugeriu. — Ou da irmã da rainha Qalani. Ou prima do rei Uhla'ar. Ou prima em quinto grau dos irmãos. Famílias reais costumam ter um monte de gente, Aly.

Do lado de fora do cavernoso recinto, Zinn e os outros estavam gritando. Pude vê-los se ajoelhando e levando à boca seus instrumentos de sopro. Alguém estava vindo.

— Não importa a explicação — disse Marco. — Vamos lá!

Eu tomei Shelley nas mãos.

— Até que ponto precisamos nos aproximar?

Mas o instrumento parecia estar me respondendo. Começou a pulsar sozinho, levantando-se da palma de minha mão e flutuando no ar. A Canção dos Heptakiklos vibrava através de meu corpo. Marco, Cass, Aly e Daria encolheram-se para trás. Eles também sentiram.

Eu não estava mais vendo o fundo curvo do poço. Ele estava coberto por um plasma gasoso de luz, que inchava e murchava feito uma célula viva. Os contornos do Loculus começaram a se transformar em uma esfera transparente diante de meus olhos, como uma nuvem de tempestade luminosa feita de energia visível.

Na beirada metálica e brilhante do poço, um ladrilho vermelho brilhou como o flash de uma câmera. O seguinte fez o mesmo, e o próximo, e o próximo, até a luz circundar toda a extensão da borda em um padrão giratório que encheu Shelley de descargas elétricas semelhantes a línguas de lagarto. Do lado de dentro, a bola de gás inchava gradualmente para preencher o formato do Loculus.

A superfície metálica irregular de Shelley estava ficando lisa. Ela mudava de cor, o marrom fosco ia ficando prateado, até que as duas formas se tornaram imagens em um espelho. Quando estavam quase se tocando, uma mancha se abriu no Loculus e outra em Shelley — duas sombras que pareciam hematomas se encarando.

O plasma borbulhava cada vez mais ferozmente, à medida que o Loculus e Shelley se aproximavam. Ele se concentrou abaixo da mancha, pressionando-a até finalmente abrir caminho. Uma explosão sacudiu a sala, derrubando todos nós. A energia atlante explodiu do círculo escuro para dentro de Shelley com tamanha força que pensei que o dispositivo fosse evaporar.

— Está funcionando! — disse Cass.

Eu não estava mais vendo Zinn e os demais do lado de fora. Mas ouvi uma gritaria e som de metal batendo.

— O que está acontecendo lá fora?

— Só podem ser mais guardas — disse Aly.

O Loculus estava esquentando, vibrando feito doido. Ouvi um grito aterrorizante vindo de fora. Um rebelde parou na porta, ensanguentado e gritando.

— Quantos guardas são? — Cass perguntou.

Marco olhava fixamente para Shelley.

— Quanto tempo falta para essa coisa ficar verde? — ele perguntou.

— Uma hora — respondi.

Aly olhou para a porta, nervosa.

— Não temos esse tempo todo!

— Não — disse Marco. — Não era para acontecer assim. A sincronia está toda errada.

— O que não era para acontecer? — perguntei. — Que sincronia?

— Vamos, Shelley, meu bem, fique verde — disse Marco, balançando o dispositivo. — *Fique verde!*

— Para, Marco! — Cass gritou.

Agarrei o braço de Marco. Eu estava com medo de que ele quebrasse o Loculus mecânico.

— O que foi que te deu? Deixa a Shelley fazer o trabalho dela!

Marco baixou as mãos e recuou. Voltou-se para o lado de fora a fim de ver o alvoroço. Atrás dele, Shelley estava começando a fazer uns ruídos. A vibrar de modo espasmódico.

— Ok, pessoal — ele disse —, vocês sabem quem trouxe este Loculus aqui, certo? Quer dizer, a lenda é bem clara...

— Massarym, o irmão malvado de Karai — disse Aly. — Agora não é hora de aula de história, Marco...

— E o que foi que ele fez? — Marco perguntou.

— Roubou os Loculi e os escondeu nas Sete Maravilhas! — gritei.

— *Ele fez isso porque Karai queria destruir os Loculi!* — disse Marco. — Karai estava bravo com a mãe, Qalani, por ela ter feito o que fez. E ele tinha certa razão. Isolar a energia de Atlântida em sete partes foi ruim. Atrapalhou o equilíbrio da energia. Mas Karai era burro demais para se dar conta de que destruir os Loculi seria explodir Atlântida.

— Marco, Atlântida explodiu mesmo assim! — eu disse.

— Por que nós estamos falando disso agora? — Aly perguntou.

— Você não entende? — Marco retrucou. — Karai estava errado. Se ele tivesse deixado os Loculi em paz, ele e Massarym poderiam ter feito alguma coisa. Poderiam ter consertado os Loculi. Ajustado a energia. Sei lá. As mentes mais inteligentes da história viveram em Atlântida. Mas Massarym não conseguiu convencer o irmão, então *precisou* levar os Loculi...

Uma sombra se moveu na direção da luz. Na entrada, do outro lado da caverna, havia um homem alto, trajando um simples manto marrom com o rosto envolvido por um capuz e, nos pés, sandálias rústicas de couro.

Eu já tinha visto traje semelhante — muitos deles —, em uma colina cheia de monges na ilha de Rodes, na Grécia. Os monges que protegiam as relíquias do Colosso de Rodes. Monges que formavam algo chamado Massa, por causa do príncipe de Atlântida a quem reverenciavam. E que, liderados por um sujeito de nome Dimitrios, tentaram nos matar.

Cass e Aly recuaram lentamente quando o sujeito levou as mãos às laterais do capuz e o tirou. Na escuridão, seus cabelos grisalhos pareciam pretos.

Não é possível. Fiquei olhando para ele, piscando, confuso.

— Irmão Dimitrios? — Aly perguntou.

— Ora, ora — o homem respondeu, com a voz carregada de sotaque —, que prazer participar com velhos amigos de uma aventura tão animada.

— O que você está fazendo aqui? — perguntei. — Como você pode estar aqui?

Enquanto outros dois sujeitos encapuzados apareciam sob a luz das tochas, irmão Dimitrios disse:

— Seria falta de educação de minha parte deixar de apresentar meus colegas, os irmãos Stavros e Yiorgos. Estamos aqui para pegar algo que procuramos faz muito tempo.

Seriam eles Escolhidos? Impossível! Eram velhos demais.

Ele não sabe das armadilhas — os projéteis, o gás...

— Vem pegar — eu disse com um sorriso.

O irmão Dimitrios inclinou a cabeça para trás, dando risada.

— Valeu a tentativa, meu garoto. Nós sabemos o que tem aqui. Sabe, nós fomos informados por um dos melhores. Um especialista tanto em ataque quanto em inteligência. Um jovem com o coração e a mente enfim no devido lugar.

— Você encontrou outro Escolhido? — Cass perguntou.

— Não foi preciso. — Irmão Dimitrios olhou para a sala e sorriu. — Bom trabalho, Marco.

43

A TRAIÇÃO

— MARCO...? — CASS PERGUNTOU, com a cara branca feito papel. Marco desviou o olhar.

Tentei não enxergar aquilo. Tentei dizer a mim mesmo que Marco estava olhando para o Loculus. Que iria correr em segurança pela sala repleta de armadilhas e dar um soco na cara do irmão Dimitrios por mentir daquele jeito. Mas ele não disse nada. Não negou nada. Ou seja, ele nos traíra. A ideia retiniu dentro de minha cabeça. Era impossível.

Daria pareceu totalmente desconcertada.

— Marco, quem é esse homem? Ele é seu pai?

— Não, é um ladrão, fazendo um jogo psicológico! — Aly disse. — Não dê ouvidos a ele. Ele pensa que somos crianças bobas e ingênuas.

— Eu estou fazendo um jogo psicológico, irmão Marco? — Dimitrios gritou da porta.

Marco desviou o olhar.

— Você chegou cedo — ele murmurou.

— Como é? — Dimitrios perguntou.

O suor escorria pelo rosto do Marco.

— Lembra do que combinamos, cara? Perto do rio? Depois que eu trouxe vocês aqui? Meu pessoal ia colocar a Shelley no lugar e pegar o Loculus. O combinado era eu ter tempo de falar com eles. Sobre... a verdade e tudo mais. Depois eu ia dar o sinal.

— Ah, peço desculpas — disse irmão Dimitrios. — Mas as circunstâncias mudaram. Os guardas babilônios são... *eram* mais fortes do que esperávamos. Então, se você não se importa, o Loculus, por favor.

Meu cérebro não estava aceitando as palavras de Marco. Ele não podia estar dizendo aquilo. Parecia uma piada cruel. Como se algum ventríloquo do mal estivesse fazendo uma pegadinha.

— Eu não acredito... — murmurou Aly, com um olhar vazio. — Marco, você trouxe eles pra cá. Você passou para o lado do mal.

— Vocês não vão pegar o Loculus — eu disse. — De jeito nenhum. Nós precisamos esperar a Shelley funcionar. Se vocês tirarem o Loculus antes disso, é o fim da Babilônia. Este lugar vai ser sugado para o esquecimento. Apagado da face da terra. Diz a eles, Marco!

Daria ficou olhando para Aly.

— Esquecimento? Como assim?

— É o destino da Babilônia, infelizmente — disse irmão Dimitrios. — É para onde ela já devia ter ido séculos atrás, com a correta passagem do tempo. Esta cidade existe fora da natureza. Vocês tiveram vários milênios de graça, felizes e contentes, enquanto milhões de mortes ocorreram no resto do mundo. — Ele olhou para nós, um por um. — E quanto a Shelley, baseada nos escritos de um excêntrico do século XIX? Odeio decepcioná-los, mas isso não passa de uma invenção de revista em quadrinhos. Não tem a menor chance de funcionar.

Marco parecia culpado e confuso; seus olhos inquietos iam e voltavam ao fundo da sala. Todos nós ficamos sem saber o que dizer, com o cérebro funcionando a mil, para tentar extrair algum sentido de tudo aquilo.

— Você fez lavagem cerebral nele — disse Cass.

— Não foi lavagem cerebral, irmão Cass — disse Marco. — Quer dizer, pense nisso do ponto de vista dele. Nós destruímos o monastério deles. Destruímos aquilo que os monges haviam guardado durante anos, não foi? Depois saímos voando na cara de todo mundo. Ele foi atrás da gente no hotel. E, quando eu saí com o Loculus, ele estava lá. Na praia.

— Então você mentiu pra gente! — disse Cass.

— Eu apenas omiti algumas coisas, só isso — disse Marco. — Vocês não estavam prontos para ouvir essas coisas. Olha, pelo menos o irmão D. não me sequestrou. O Bhegad fez isso. O irmão D. não me tirou da minha casa e me enfiou numa ilha deserta. O Instituto Karai fez isso. O Dimitrios? Ele só conversou comigo. Sobre Massarym. Sobre a fraude que o Bhegad quer que a gente engula. Sobre o que é o IK, na verdade. Ele disse: "Ei, vá para casa, se quiser". Não me forçou a fazer nada, mesmo depois de tudo de ruim que fizemos contra o monastério. Mas ouvir a verdade me deixou arrasado. Eu sabia que não podia ir pra casa. Ainda não. Porque agora nós temos outra missão.

— Mas... o rastreador... — Aly disse.

— Nós temos como controlar esses sinais — disse o irmão Dimitrios. — Eles podem ser bloqueados com vestígios de irídio. Basta colocar uma atadura em qualquer lugar do corpo.

— Sim... irídio... — O rosto da Aly estava lívido. — Então você deu ouvidos a ele, Marco, lá em Rodes. Você veio ao Iraque e procurou o Loculus. E concluiu que só os Escolhidos poderiam passar pelo portal. Mas então, depois da descoberta com o Leonard, você viu uma oportunidade de trazer esses caras aqui.

— Na manhã seguinte ao seu tratamento — interrompi —, você saiu para correr. O IK não conseguia te encontrar.

Marco assentiu num gesto de cabeça.

— Eu usei uma atadura de irídio. O irmão Dimitrios estava acampado uns cinco quilômetros ao norte do acampamento do IK.

— Então, enquanto o Cass, a Aly e eu estávamos nos recuperando do tratamento, você teve um encontro secreto com esses caras e contou a eles que encontramos o Loculus — adiantei. — E a boa notícia extra é que você podia trazê-los para a Babilônia.

Aly estava com os olhos ardendo.

— Você usou a gente, Marco. Você mentiu. Quando nos disse para ir em frente porque precisava ir ao banheiro...

— Você estava trazendo esses caras! — disse Cass, explodindo.

O irmão Dimitrios deu risada.

— Foi essa a desculpa que você deu a eles?

— Tá, foi péssima — disse Marco. — Pô, pessoal, o trabalho foi pesado. Eu tive que ser rápido. Não me olhem como se eu fosse um assassino, tá bom? Eu tenho como explicar tudo...

— E vamos explicar no caminho — irmão Dimitrios interrompeu.

— No caminho para onde? — Aly perguntou.

Marco abriu a boca para responder, mas não saiu nada. O irmão Dimitrios olhou para ele em desaprovação. O irmão Yiorgos entregou a Dimitrios uma caixa grande de metal. Estava vazia, mas era grande o suficiente para conter um Loculus.

— Entregue-me. Está na hora.

Marco se virou e partiu para cima da esfera invisível.

Não lembro se gritei. Ou o que fiz exatamente. Eu me lembro de pouca coisa do que aconteceu nos momentos seguintes. Choque. O peso do corpo invisível de Marco contra o meu, quando ele correu em direção à porta com o Loculus nas mãos.

Ele me derrubou. Caí no chão perto da Shelley, que não estava verde. Longe disso.

— Cuidado! — Aly berrou um pouco antes que desabasse do teto uma chuva de facas de bronze. Eu me joguei para longe, e elas bateram no chão fazendo o maior estrondo.

Marco conseguira passar correndo — seus reflexos eram mais rápidos que a gravidade.

— Me sigam! — disse Cass.

— Espera — pedi, baixando os olhos para a sibilante esfera de bronze conhecida como Shelley. Agora ela me parecia patética. *Uma invenção de revista em quadrinhos.*

Talvez não. Eu a peguei e soltei dentro do poço. Ao ouvi-la bater tristemente no fundo, dei meia-volta para cair fora.

— Bom, Cass, vamos dar o fora antes que isso aqui exploda.

Cass nos conduziu até a saída da sala repleta de armadilhas. Estávamos tão chocados que mal prestávamos atenção em onde púnhamos os pés. Não sei como não acionamos nenhuma das armadilhas. Ou talvez, àquela altura dos acontecimentos, já tivéssemos acionado todas elas.

Pouco depois, estávamos do lado de fora. Deparamo-nos com mais monges da Massa, pelo menos meia dúzia deles. Mas Marco e os irmãos Dimitrios, Stavros e Yiorgos não estavam em parte alguma.

— Para onde eles foram? — perguntei.

O chão tremeu. Um parafuso de Arquimedes caiu, causando uma chuveirada de pó e água. Os vizzeets se espalhavam ao vento, deixando para trás os farrapos e ossos do que um dia fora Kranag. Nuvens negras rolavam raivosamente no céu, acesas por clarões de relâmpagos esverdeados.

Os monges se detiveram de repente. Os rebeldes vinham de todos os lados, a maioria com canudos de soprar dardos nos lábios. Zinn gritava com Daria, e ela gritava com ele também.

— O que eles estão dizendo? — perguntei.

— Os rebeldes acham que esses homens são do seu povo — disse Daria. — Eu expliquei que são inimigos. Ah, e tem outra coisa.

— O quê? — perguntei.

— Eu mandei atirar neles. — Daria me empurrou para frente com toda força. Aguentei firme, correndo pelo terreno do Jardim. Ouvi atrás de nós os gemidos dos monges da Massa ao caírem no chão. Um relâmpago se acendeu, e uma forte reverberação atravessou o chão, como se uma fera gigantesca tivesse acabado de passar sob nossos pés.

Escalamos o muro interno e pulamos para o outro lado. Ao aterrissar, ouvi o som de tiros.

— Não! — Aly gritou. — Nós precisamos voltar! Eles estão matando os rebeldes!

Mas agora o próprio muro estava tremendo. Nós precisávamos fugir para não ser esmagados.

Olhei para trás, através de uma abertura no muro, e vi os Jardins Suspensos da Babilônia desabarem em uma nuvem de poeira preta.

44
VOCÊS PRECISAM IR

SAÍMOS CORRENDO PELOS sulcos das plantações de grãos. Um agricultor deu um berro quando bois atrelados a uma carroça afundaram na terra, sumindo de vista. Despencamos no chão, mal percebendo a fenda que se abrira, como um grotesco zíper aberto.

— Parem! — ouvimos a voz de Marco.

Ele se materializou na fronteira da fazenda, a menos de vinte metros de nós.

— Atravessem a cidade e vão direto para o rio! — ele gritou. — Eu vou pegar os coroas e volto para encontrar vocês!

Ele puxou uma bolsa do ombro do irmão Stavros e pegou um Loculus brilhante. Visível. Aquele que havíamos recuperado em Rodes. Marco certamente o desenterrara enquanto trazia a Massa para cá.

Enquanto nos traía.

Ele se ajoelhou e desapareceu. Vi a bolsa crescer e entendi que ele estava guardando o Loculus da invisibilidade. Quando ele voltou a se materializar, os três monges se reuniram ao seu redor e colocaram as mãos no Loculus do voo. Subiram juntos, sobrevoando a terra de cultivo. Os homens soltaram gritos de medo, trocando as pernas como se fossem garotinhos. Se as circunstâncias fossem outras, teria sido engraçado. Mas não agora. Não depois de termos sido traídos por um dos nossos.

Não quando estávamos prestes a destruir uma civilização inteira.

— Ele... ele é um mago de verdade — disse Daria, olhando para Marco com perplexidade. — Ele não está correndo perigo?

— Não se preocupe com ele — eu disse. — Vamos!

Daria e eu corremos juntos pelo campo, seguidos de perto por Cass e Aly. Daria parecia confusa, mas determinada. Ela não sabia de nada.

A Porta de Ishtar estava cada vez mais perto. Um dos muros do fosso havia rachado, e um crocodilo estava escalando os escombros. O bicho encarou Cass e Aly, que mantiveram máxima distância ao passar. As pequenas torres do portão estavam vazias. Uma delas desabara parcialmente. Saímos correndo pelo longo corredor do portão, protegendo a cabeça dos tijolos que caíam. Ao sair do outro lado, nos deparamos com o caos. Os majestosos caminhos de Ká-Dingir-ra estavam congestionados por árvores caídas. Porcos do mato, aves domésticas e gado corriam soltos, seguidos por guardas com arcos e flechas. Vi mães pegando os filhos nos braços e correndo para dentro de casas com portas quebradas, e grupos de wardums carregando os feridos para lugares mais seguros.

— Daria — gritei enquanto corríamos —, você tem que deixar esta cidade! Aqui não é mais seguro.

— Aqui é meu lar, Jack! — ela respondeu. — E, além do mais, eu não posso. Sippar vai me impedir.

— A marca na sua cabeça... nós também temos — eu disse. — Ela nos dá poderes especiais. Podemos fazer você passar por Sippar. E se salvar!

Agora estávamos chegando perto de Etemenanki, o desvio para as casas dos wardums. Senti Daria desistindo.

— Eu preciso ajudar Nitacris e Pul! — ela gritou.

— Você pode trazê-los! — respondi, seguindo atrás dela. — E seus outros amigos, Frada e Nico. Se eles segurarem em você sem soltar, podem vir também!

Ela estacou.

— Vá, Jack. Você precisa pensar em si. Nós iremos se pudermos.

— Você tem que vir agora — insisti. — Depois pode ser tarde demais!

Ela balançou a cabeça.

— Eu não posso abandonar os meus amigos, Jack. Assim como você nunca abandonaria a Aly e o Cass.

Doeu perceber que ela excluíra o nome do Marco. E doeu mais ainda eu não conseguir fazê-la mudar de ideia.

— Você jura que vem depois? — perguntei.

Senti Cass me puxando por trás.

— O que você está fazendo, Jack? Corre!

— Saia pelo portão mais próximo — gritei para Daria. — Siga até onde as árvores começam, depois em direção ao rio. Procure as pedras arrumadas em forma de lambda, que é a marca que você tem na nuca. Quando mergulhar, procure um círculo luminoso e nade através dele, para o outro lado! Quem estiver tocando em você pode passar também. Você vai se lembrar disso?

Um estrondo alto nos derrubou de joelhos no chão. O topo de Etemenanki se inclinou para o lado. Uma rachadura se abriu de cima a baixo, aumentando lentamente, cuspindo pó de lama seca. Vi cortesãos fugindo correndo da construção.

— Jack! Cass! — Aly gritou.

— Você tem que ir, Jack, agora! — Daria gritou.

— Prometa que não vai esquecer o que eu disse! — gritei.

— Não vou esquecer — ela respondeu. — Agora vai!

Aly me puxou. Eu me soltei dela e de Cass. Daria corria de volta para seu alojamento. Por um momento, pensei em correr atrás dela.

— Jack, eles vão ficar bem! — Aly disse. — Eu não acredito no irmão Dimitrios. Ou a Shelley vai funcionar ou a Daria vai passar pelo portal.

— Como você pode ter certeza? — perguntei.

Ela me puxou para perto.

— Você e eu ainda temos muito a fazer. Se a Massa ficar com os Loculi, vão acontecer mais mortes. A nossa, por exemplo. Eu não vou perder você, Jack. Eu me recuso.

Olhei para trás. Daria havia sumido após dobrar a esquina.

— Tá — eu disse. — Vamos embora.

Corremos pelas ruas da cidade. A essa altura, elas já eram um verdadeiro catálogo de perdas e danos: casas com o teto arrancado, latões de leite espalhados pelo chão, animais feridos gritando. Vi uma velha sentada ao lado de uma casa, embalando um homem nos braços. Eu não fazia ideia se ele estava vivo ou morto.

Quando chegamos à margem do rio, irmão Dimitrios e os outros monges já estavam lá. Pareciam menores em número, graças à ação dos rebeldes. Mas, até onde eu sabia, um membro da Massa já era demais.

Os Loculi foram embalados em duas bolsas. Que agora estavam com a Massa. Nós tínhamos sido derrotados e precisávamos encarar a situação.

— Vou levar esses caras pelo portal, dois a dois — disse Marco. — Vou precisar fazer algumas viagens. Ou então vocês podem me ajudar.

Aly, Cass e eu paramos à margem do rio, de braços cruzados.

— Eu vou ficar por último — disse irmão Dimitrios, olhando para nós com uma expressão séria. — Para garantir que tudo saia de acordo com o planejado.

Marco estendeu os braços. Os irmãos Yiorgos e Stavros agarraram um braço cada um. Então, todos mergulharam na água.

Eu não me lembro de muito da viagem, a não ser que saí do outro lado perto de um dos monges que Marco havia puxado com ele. Ele estava arfando e soltando uns gritinhos agudos, feito uma criancinha.

— Estou bem... estou bem... — ele ficava dizendo.

Vi Cass, Aly e Marco no rio, não muito longe. Pisei a água, recuperando o fôlego. Testando o corpo para ver se havia algum sintoma de doença. E se entrássemos em colapso naquele momento, como acontecera da última vez em que voltáramos da Babilônia? Onde estava o IK?

Olhei rio abaixo, onde eu sabia que deveria estar a área do instituto. Mas só vi pilhas de lona e detritos escuros.

À margem, o irmão Stavros se virou para ficar de olho em mim.

— O que vocês fizeram com as instalações do IK? — perguntei.

— Nós tínhamos que agir — irmão Yiorgos gritou.

— Agir? — Meu estômago foi parar no joelho. A temperatura da água pareceu cair uns dez graus. Vasculhei a área com o olhar, mas não vi nenhum sinal de vida. — Eles estão vivos?

— Não importa — Yiorgos disse. — Venha para a margem.

Professor Bhegad... Torquin... Fiddle... Nirvana. O que acontecera com eles? Haviam fugido? Sido feitos prisioneiros?

Eu não queria imaginar o pior. Nunca pensara que fosse lamentar tanto por gente que um dia me sequestrara. Mas, em comparação com a Massa, o IK parecia um monte de tias e tios queridos.

Nós estávamos perto de um trecho da margem do rio onde não havia nada, a não ser uma van empoeirada de modelo recente.

— Eu os aconselho a ir conosco — irmão Dimitrios gritou. — O veículo é bastante confortável. E silencioso. Nós temos muito que discutir.

Yiorgos estava nadando em minha direção, transparecendo desconfiança, como se eu fosse fugir a nado — para onde? Não havia ninguém para nos resgatar agora.

— Estou indo — resmunguei.

Marco já estava perto da margem, segurando Cass com firmeza. Aly não estava muito atrás. Nadei com força contra a corrente. Toda vez que meu rosto levantava da água, eu percebia o vazio e a paz ali. Era difícil imaginar que, agora mesmo, em uma dimensão que não enxergávamos, um zigurate estava caindo em câmera lenta. A terra estava se abrindo, o fogo se espalhando, e toda uma cidade estava condenada a ser destruída.

Após a destruição de Sippar, o que aconteceria com a Babilônia? Seria desmantelada feito caramelo, explodiria feito uma bomba ou simplesmente sumiria no espaço? Sabíamos que o tempo havia rachado quase três milênios atrás. Mas como foi que o tempo *desrachou*?

E onde estava Daria?

Dei uma olhada rápida para trás. Se ela levasse uma hora para chegar ao rio, na Babilônia, apareceria deste lado daqui a uma semana e meia. Eu já teria partido há muito tempo. Ela emergiria em um mundo além de sua mais bizarra imaginação.

Se ela aparecesse.

— Irmão Jack! — Marco gritou. Ele e os outros vinham caminhando com a água pela cintura. Deixei o corpo desabar e os pés tocarem a areia, e vi mais três monges da Massa na margem. Eles estavam quase cômicos, com o manto marrom e as sandálias, portando rifles. Mas nenhum deles sorria.

— Se corrermos, o que vocês vão fazer? — perguntei. — Atirar? Como vão explicar algo assim?

— Querido garoto — disse irmão Dimitrios —, você não vai querer saber a resposta a esta pergunta. Nem nós.

— Dê uma chance aos caras, irmão Jack — Marco incitou. — Você vai se surpreender.

Cass não tirava os olhos do que restara do acampamento. Lágrimas escorriam por seu rosto.

— *Irmão Jack...* — ele disse, praticamente cuspindo as palavras. — O que você sabe sobre ser irmão, Marco?

Aly levou o braço ao ombro de Cass. Os dois se voltaram para a van. Eu não estava com pressa, mas tinha uma sensação esquisita no rosto, e meu peito parecia que havia se expandido e mudado de tamanho. Fitei novamente a água, procurando outro rosto na superfície, contra toda e qualquer lógica. Esperando ouvir outra voz, com sotaque aramaico, me chamando pelo nome.

Mas não vi nada.

Eu sabia que um dia teria de esquecer. Mas jamais perdoaria.

45
UMA ESPÉCIE DE EXPLICAÇÃO

TRAIDOR.
 Mentiroso, duas caras.
 Monstro.

As palavras me marretavam o cérebro toda vez que eu olhava para a nuca de Marco. Ele estava no banco da frente do helicóptero, sentado entre os irmãos Dimitrios e Stavros, que era o piloto. Um saco e uma caixa repousavam no chão entre os pés de Marco, cada um deles contendo um Loculus. À minha direita, no banco de trás, estavam Yiorgos, Cass e Aly. Estávamos voando a uma velocidade de entortar o pescoço. Stavros era melhor piloto que Torquin, mas não muito.

Eu estava paralisado. Fiquei brincando com o bracelete que o irmão Dimitrios havia enfiado em meu pulso, fechado com uma chave eletrônica. Todos tínhamos um bracelete, que continha uma liga de irídio. O IK — ou o que restasse dele — não conseguiria nos rastrear. Eu na verdade não me importava mais. Só conseguia pensar no rosto de Daria, na última vez em que a vira. Sua preocupação com aquele garotinho doente, o Pul. Como se nada mais importasse. Como se seu mundo não fosse sumir depois de dois mil e setecentos anos.

Marco estava dizendo algo. Explicando. Mas suas palavras se perdiam em meio ao ruído do helicóptero, como se estivesse falando em algum idioma estrangeiro. Agora ele nos olhava, esperando uma resposta.

— Irmão Cass? — ele disse. — Aly? Jack?

Cass balançou a cabeça.

— Não ouvi isso, não quero ouvir isso.

— A gente confiava em você — Aly acrescentou. — Arriscamos a vida por você, e você estava trabalhando para o inimigo.

Irmão Dimitrios se virou para nós.

— Acho que fomos nós quem salvamos vocês do inimigo, crianças — ele disse, meneando a cabeça com tristeza. — O velho doido Radamanthus e seus cabeçudos fãs do Karai... Eles se infiltraram na mente de vocês, não foi?

— Você contou a eles sobre o IK, Marco? — Cass repreendeu. — Entregou os segredos deles? Você os traiu também?

— Nós ainda não sabemos a localização deles — disse o irmão Yiorgos. — Conseguimos bloquear o rastreador de sinais, isso é fácil, mas descriptografá-los está além de nossa capacidade. O Marco não fazia ideia da localização do IK. Mas disse que você devia saber.

— Ele estava errado — respondeu Cass.

— Eu conheço o Bhegad faz tempo — disse o irmão Dimitrios. — Ele foi meu professor em Yale. Lamento dizer que não era um bom professor. Ele sumiu no meio do semestre, deixando apenas um bilhete esquisito. Ia se juntar a um grupo de pensadores para determinar o destino do mundo! Consequências genéticas e históricas! A maioria dos acadêmicos considerou pura loucura. Ao que parece, enquanto estudava os trabalhos de Herman Venders, o professor Bhegad se deparou com o diário de Burt, filho de Venders. Um garoto iludido, febril e prestes a morrer, que acreditava que o pai havia descoberto uma ilha secreta, o que restava de Atlântida. Reza a lenda que Venders e seu pessoal construíram uma base permanente por lá, que só eles sabiam localizar. Ela se tornou o coração de um culto secreto a Karai. O lado do mal. — Ele deu risada. — Até agora, eu achava que isso não passava de ficção. Pensei que o velho Radamanthus tinha morrido.

— Se eles são o lado do mal, vocês são o quê? — Aly resmungou.

— Digam, o que Bhegad contou a vocês? — Irmão Dimitrios continuou, ignorando Aly. — Que vocês vão morrer se os sete Loculi não retornarem ao Círculo dos Sete? Hein?

Ele também sabia dos Heptakiklos!

— O Bhegad deixou essa informação no bilhete dele em Yale, ou um passarinho te contou? — perguntei, contrariado.

Marco empalideceu.

— Antes de serem capturados — disse irmão Dimitrios —, vocês sentiram tremores, tiveram desmaios causados por uma deficiência genética. Daí o Bhegad aparece, captura vocês e os leva para o esconderijo dele. Mantém todos vivos, correto? Pois desenvolveu um... tratamento. Algo que os mantém temporariamente saudáveis. Mas, infelizmente, a cura só vem depois que os sete Loculi forem devolvidos. Acertei até agora?

Ele cravou os olhos nos meus. Não pude fazer nada além de assentir com a cabeça.

— E ele contou a história de um príncipe branco de cabelos dourados chamado Karai — irmão Dimitrios prosseguiu. — Sua mãe, a rainha Qalani, brincou de deus ao isolar a fonte sagrada de energia em sete partes. Isso desequilibrou tudo, gerando caos na terra. Aí o príncipe bom, Karai, procurou destruir os sete Loculi. Mas tinha o irmão malvado, Massarym, um jovem moreno, é claro, porque os vilões são sempre morenos, não é mesmo? Massarym os roubou, causando a implosão do continente inteiro. Algo do tipo, não foi? E vocês acreditaram?

— Pensem, pessoal — Marco pediu. — Pensem em como nos sentimos quando Bhegad contou essa história. Todos nós tentamos escapar individualmente e depois juntos. Mas eles foram atrás, nos levaram de volta e nos venceram pelo cansaço. Então, sim, é claro que acabamos mudando de lado, mas não por confiar neles. Foi por sobrevivência. Porque, na verdade, não tínhamos escolha.

Cass e Aly estavam olhando para o chão. Nenhum de nós tinha uma boa resposta.

— Talvez o príncipe Karai não tenha sido nenhum santo — disse irmão Dimitrios. — Talvez fosse um jovem tolo e temperamental. Imaginem se o "santo" Karai tivesse tido sucesso. Ele teria destruído os Loculi, e o continente teria evaporado no mesmo instante. Massarym pegou os Loculi para protegê-los.

— O Marco já veio com essa — disse Aly. — Mas tem um probleminha nessa história. Atlântida *foi* destruída!

— Destruída? — retrucou irmão Dimitrios. — É mesmo? Você viu os Heptakiklos, não viu? O Marco mergulhou nas águas de lá. Ele voltou da morte. Vocês conhecem muito bem a parte de Atlântida que existe até hoje. Ela não evaporou. O Instituto Karai a colonizou. Nosso lar de direito!

— Massarym salvou Atlântida de ser totalmente exterminada — disse Marco. — Ao pegar os Loculi. Ele os escondeu para o futuro. Para um tempo em que as pessoas soubessem como usá-los. Como agora.

— Bhegad mentiu para vocês — disse irmão Dimitrios. — Para ele, as pessoas são apenas um meio de chegar a um objetivo, só isso. Sua suposta cura? Se ele estivesse preocupado com a cura, teria se dedicado a encontrá-la. Como nossos cientistas fizeram.

— Vocês têm a cura? — perguntei ceticamente. — Vocês só conhecem a gente desde que metemos porrada em vocês em Rodes!

— Não, não temos a cura — disse irmão Dimitrios, sem rodeios. — Não vou mentir para vocês. Serei sempre direto. Mas estamos trabalhando nisso, e estamos muito otimistas. E, de fato, só ficamos sabendo de vocês em Rodes, mas não esqueça que a Massa existe faz muito tempo. Apesar de não termos encontrado nenhum Escolhido pessoalmente antes de vocês, sempre soubemos da existência do G7M.

Marco confirmou num gesto de cabeça.

— Esses caras são gente boa.

— Eu não quero saber se eles são Papai Noel e seus duendes — Aly respondeu agressivamente. — Você traiu nossa confiança, Marco.

— Nós éramos uma família — disse Cass, com a voz baixa. — Éramos tudo que cada um tinha. E agora não temos mais nada.

Ele estava quase chorando. Aly olhou pela janela, sentindo uma onda de pânico.

Mas meu cérebro estava processando as palavras do irmão Dimitrios. Fui obrigado a admitir, contra todas as emoções, que elas faziam certo sentido.

Eu me recostei no assento, sentindo a cabeça girar. Será que eles estavam me fazendo lavagem cerebral?

Pense bem, Jack. Um problema que parece insolúvel sempre fica diferente à luz de um novo dia.

Palavras do meu pai. Eu não fazia a menor ideia de quantos anos eu tinha quando ele as pronunciara. Mas elas grudaram no meu cérebro como cola.

Olhei pela janela. Nós estávamos atravessando a Arábia, com o sol às nossas costas. Abaixo, o deserto deu lugar a um grande canal bifurcado.

— É o mar Vermelho — Yiorgos disse. — Vamos parar em breve para reabastecer.

— São as ruínas de Petra, para ser mais preciso — Cass murmurou. — A oeste da Jordânia, seguindo para Israel... Yotvata... An-Nakhl... Então, imagino que estamos a caminho do Egito.

— Impressionante — disse irmão Dimitrios. — Egito, sim. Não é só o Instituto Karai que tem instalações secretas. A deles, ao que parece, é onde termina a procura pelo Loculus. A nossa é onde começa.

— E a nossa, na verdade, fica *dentro* de uma das Sete Maravilhas — Yiorgos disse orgulhosamente. — A mais antiga.

— E a única que ainda existe — acrescentou irmão Dimitrios.

Cass, Aly e eu trocamos um olhar.

Estávamos seguindo em direção a Gizé, rumo à Grande Pirâmide.

46
Quartel-General

O ARISTOCRÁTICO TOYOTA cinza parou. Havíamos chegado a um pequeno estacionamento, no fim de uma estrada de acesso para a rodovia. Na placa da saída estava escrito: CAIRO 14 KM. Atrás de nós vinha uma minivan antiga cheia de membros egípcios da Massa. A equipe de segurança.

— Quartel-general, doce quartel-general — disse irmão Dimitrios, sorrindo. — Acho que vocês vão gostar de Gizé.

Aly, comprimida no banco de trás entre mim e Cass, estava molhada de suor. Parte dele provavelmente meu. O Egito era mais quente até que o Iraque. Da janela, vi um cemitério de lápides modestas que se estendiam pelo horizonte, desaparecendo deserto adentro. Havíamos acabado de passar por uma cidade com edifícios modernos e quadrados.

Será que poderíamos fugir para lá? Calculei a distância. Seria uma longa corrida.

O irmão Yiorgos abriu a porta do passageiro e eu saí. Até aquele momento, eu estivera tão concentrado na fuga que não vira o que havia do outro lado do carro.

O vale das pirâmides não tinha nada a ver com as fotos que víamos na escola. As estruturas de pedra eram mais altas que os Jardins Suspensos. Suas linhas simples e práticas davam um ar poderoso ao lugar. Elas pareciam ter sido elevadas da areia por alguma força violenta da natureza. Fazia sentido ser aquela a única Maravilha que restara. As pirâmides pareciam indestrutíveis.

As três principais se agigantavam sobre a paisagem do deserto; sua superfície parecia vibrar ao calor do sol. Além das versões menores que pontilhavam a paisagem, também havia escombros e ruínas. A distância, três ônibus de excursão estavam estacionados, e multidões de turistas com câmeras fotográficas seguiam rumo às Pirâmides de Gizé. À direita, a Esfinge olhava ao longe, parecendo feliz em sua ignorância.

— Monumentos, como arranha-céus... todos construídos para os cadáveres dos faraós! — disse irmão Dimitrios, saindo do carro. — Imaginem! Eles transformavam você em múmia, te enfiavam em uma câmara decorada dentro da pirâmide, cheia de tesouros. E lá você ficava para sempre, com o espírito devidamente mimado. Porque acreditava-se que parte desse espírito, o *ka*, ficava no mundo real. E precisava de conforto.

— Devia ficar tudo do *ka*ramba — disse Marco, com um sorriso.

— Sem graça — Aly murmurou.

Irmão Dimitrios começou a atravessar o cemitério, gesticulando para que o acompanhássemos.

— Apenas a Grande Pirâmide, mais ao norte, é considerada uma das Sete Maravilhas. Naturalmente, é a maior das três, construída para o faraó Quéops.

— Se é uma Maravilha, tem um Loculus nela — eu disse. — Você encontrou?

— Infelizmente, não — disse irmão Dimitrios, dando um sorriso. — Mas agora temos uma equipe de especialistas. Vocês.

Ele parou perto de uma pequena construção de madeira, uma cabana com um cadeado enferrujado. Yiorgos começou a procurar no molho de chaves. Enquanto esperávamos, o celular de Stavros tocou e ele se virou para atender. Atrás de nós, usando jaqueta preta, vários capangas da Massa estavam encostados na minivan, fumando e parecendo extremamente entediados.

Pela primeira vez desde que encontráramos o pessoal da Massa, estávamos sozinhos e longe da audição alheia. Aly se aproximou de Cass e de mim.

— Vamos sair correndo — ela disse, olhando para o povoado ao longe. — A gente consegue.

— Aly, não — disse Cass.

— Eles estão distraídos — ela observou. — E não podem atirar na gente, pois precisam de nós. Eles não querem chamar atenção. O pior que pode acontecer é correrem atrás da gente. E somos mais rápidos que eles.

— Isso não é só impossível, é insano — disse Cass. — Eu não acredito que você está sequer pensando nisso!

— Eles também não estão — disse Aly. — E é exatamente por isso que vai dar certo.

Dei uma olhada em direção ao povoado. Para chegar lá seria preciso subir correndo o acesso para a estrada, passar pela rodovia e atravessar uma área de uns três ou quatro campos de futebol. À vista de todo mundo. Aly estava se afastando de nós, com os olhos fixos na estrada distante. Um dos caras da Massa soltou uma gargalhada alta. Alguma piada idiota.

Aly estava suando. Seus olhos estavam vermelhos.

— Eu não confio neles — ela disse. — Não confio em nenhum deles. Principalmente no Marco. Ele é o inimigo.

Cass me lançou um olhar desconfortável. Nossa amiga estava perdendo a noção.

— Aly — eu disse —, você precisa dormir. Um problema que parece insolúvel sempre fica diferente à luz de um novo...

Aly se jogou em mim e no Cass e nos deu um abraço rápido.

— Eu amo vocês!

Antes que pudéssemos reagir, ela saiu correndo em direção à estrada. Seus passos formavam nuvenzinhas no solo poeirento. Cass e eu nos olhamos, perplexos.

— Vá atrás dela! — gritou o irmão Dimitrios.

Marco deu meia-volta.

— Isso é alguma piada? — Ele saiu correndo. Para ele, aquilo não era nada. Ele era como um guepardo, e a Aly como um pônei.

Os capangas pularam dentro do carro, que bufou, apitou, tossiu e finalmente deu sinal de vida. Os pneus giraram, guinchando no asfalto.

Faça alguma coisa. Rápido.

O carro estava à nossa direita. Saiu da estrada e seguiu em linha reta atrás da Aly, atravessando o campo na diagonal. Se Marco não a pegasse, os capangas o fariam.

Corri adiante e entrei na rota do carro, gritando o máximo que podia e agitando os braços.

Marco olhou para trás, a fim de ver o que estava acontecendo. O motorista buzinou, tentando desviar de mim. Eu respondia a cada movimento, mantendo-me em seu caminho.

— Jack, cuidado! — Marco gritou.

Os capangas agora estavam pendurados na buzina. Ouvi o guincho dos freios. Plantei os pés no chão, olhando fixamente para a grade do carro que se aproximava. Vi meu reflexo no cromo e fechei os olhos. O impacto veio do lado esquerdo. Marco me levantou do chão, me tomando nos braços. Demos um salto no ar, caímos e saímos rolando. Vi o carro perdendo o controle, levantando as duas rodas direitas do chão. Dimitrios, Yiorgos e Stavros saíram correndo em busca de proteção, enquanto o para-choque traseiro avançava sobre a cabana de madeira, produzindo um estrondo seco.

O carro parou, empalado na parede. Por um momento, nada aconteceu. Então começaram a surgir vozes de dentro da cabana. Havia gente saindo, examinando o carro batido, rodeando irmão Dimitrios e seus dois homens. Eu o ouvi gritar:

— Atrás dela!

As pessoas vinham da estrada em nossa direção: capangas da Massa, turistas, habitantes do local.

Marco saiu correndo atrás de Aly em meio à multidão. Mas não foi muito longe. Eu o vi parar de repente, cercado de gente. Fiquei observando ao longe.

Cass veio correndo me encontrar.

— Ela conseguiu — ele disse. — Ela conseguiu de verdade!

Olhei para os lados. Marco havia sumido. Irmão Dimitrios e seus capangas haviam se perdido na multidão.

— Vamos — eu disse.

Partimos em meio ao caos. Cass quase atropelou um adolescente magro que carregava uma mochila. Desviei de uma família de cinco, cada um com uma câmera de celular. Enquanto eu fugia, um homem alto de roupa branca sorriu tranquilamente para mim.

Mal vi o bastão de madeira antes que ele fizesse contato com o topo da minha cabeça.

47
Ressurreição

Desta vez eu resisto ao sonho.

Não quero sonhar. Preciso acordar.

Mas o sonho toma conta de mim, em meio a um redemoinho de fumaça cáustica cinza-escura. Eu corro o mais rápido que posso. Ouço o guincho do grifo, o rosnado do vromaski. Sei que o fim está próximo.

Quem sou eu desta vez?

Qual dos irmãos?

Meu passo é longo, minhas pernas são grossas. Meus braços estão cheios. Estou carregando papéis. Não, papéis não. Folhas compridas de cortiça, tiradas de um caminhão, cuidadosamente empilhadas.

Despenco de uma encosta íngreme. Meus pés escorregam e eu caio de ponta-cabeça. Bato com as costas em um arbusto. Os galhos me cortam o pescoço e eu grito.

Eu me sento, ofegante. Não tenho tempo a perder. As finas folhas de cortiça estão esticadas. São sete. Cada uma contém um desenho feito com carvão. Dois são de estátuas: um bravo guerreiro de pernas abertas sobre um porto e um deus grego. Os outros seis: uma torre magnífica projetando luz mar adentro. Uma estrutura afunilada transbordando de flores. Uma pirâmide poderosamente simples. Um tributo à deusa da colheita. Uma tumba para os mortos.

Sete ideais atlantes, representados em estátuas: Força. Sabedoria. Luz. Beleza. Clareza. Rejuvenescimento. Respeito.

Eles permanecerão para sempre, *eu penso*. Nós vamos morrer, mas eles vão nos lembrar. Conterão as sementes da esperança. Da ressurreição.

Eu os junto e continuo. Ouço um estalo forte. A terra treme. Conheço bem essa sensação. Eu sei o que acontece agora. O chão se abre. Mas a fenda não está sob meus pés. Está bem mais embaixo. No fundo da colina. Alguém está caindo nela.

Então fico sabendo que sou Massarym. Porque estou procurando Karai do alto. E grito ao ver meu irmão desaparecer.

Um rosto aparece diante de mim. Uma mulher que conheço.

Ela está flutuando.

Quando olho em seus olhos, a floresta se dissolve. O verde das árvores se desbota, os sons silenciam e nada mais importa.

Eu chamo seu nome várias e várias vezes.

48
Fragmentos

— Engano seu.

Abri os olhos e me deparei com a cara do Cass. Ele estava com um halo fluorescente no alto da cabeça, por causa da luz no teto. Eu estava em uma sala de claridade ofuscante, com paredes verde-vômito e chão ladrilhado. Meu braço tinha agulhas nas veias, e ao meu lado havia uma mesa com rodinhas e aparelhos médicos apitando.

— Hááá? — perguntei.

— Você me chamou de "mãe". Eu disse: "Engano seu".

— Desculpe — respondi. — O sonho.

Fragmentos de imagens se dispersaram como libélulas na aurora.

Cass sorriu. Parecia uma criancinha com um segredo constrangedor.

— Ela conseguiu — ele disse. — A Aly. Ela sumiu na multidão.

— Sério? — Eu me sentei, para meu imediato arrependimento. Minha cabeça latejou, e apalpei a nuca para sentir o galo redondo e duro feito uma bola de handebol. — Ai. Que demais!

— É, eles estão *boladaços* com isso — Cass respondeu. — Desculpa. Quem fala assim é o Marco. Mas podemos ter esperança. Talvez o IK a encontre.

Suspirei.

— Não com aquela pulseira de irídio.

— Ih — disse Cass. — Tem razão.

A porta se abriu. Irmão Dimitrios entrou usando roupa de cirurgia.

— Bem-vindo, Jack! Sinto muito pelo que o André fez, ele se animou um pouquinho com o bastão. Sem dúvida lhe aplicaremos um corretivo. Que bom vê-lo disposto.

— Gostaria de poder dizer o mesmo — resmunguei.

— Trago boas notícias — ele prosseguiu. —Sei que devem estar preocupados com o bem-estar da amiga de vocês. Mas não se preocupem. Naturalmente, nós sabemos aonde ela foi, de modo que, dentro de meia hora... uma hora, no máximo... creio que ela já esteja de volta.

— Você está mentindo — Cass levantou a voz e em seguida caiu na gargalhada. — Não acredito que eu disse isso. Eu, falando com uma figura de autoridade. Ha! Mas é verdade. Dá para ver. Sua boca... está super *asnet*!

O sorriso sumiu da cara do irmão Dimitrios. Comecei a rir também.

Nossa vida ultimamente se resumia em armadilhas. Na ilha, na Grécia, em Ohio, no Iraque. No subsolo úmido de um quartel-general do mal. Aly conseguira quebrar o encanto. Ainda que por uma hora, por alguns minutos, ela havia conseguido. Estava livre.

— Bem, parece que vocês estão de bom humor — disse o irmão Dimitrios. — Isso é bom. Vocês devem achar que somos monstros. Mas não somos. E não somos mentirosos, vocês vão ver. Há muito a fazer, muito a lhes mostrar. Até mesmo uma ou duas surpresas. Vamos.

Um empregado entrou empurrando uma cadeira de rodas. Antes que eu pudesse dizer alguma coisa, ele me colocou sentado nela e começou a me levar pelo corredor, atrás de irmão Dimitrios e de Cass.

Nós subimos por uma rampa íngreme. As paredes traziam murais coloridos que retratavam a construção das pirâmides e as luxuosas cortes dos faraós. Meu bom humor estava se extinguindo rapidamente. Já era ruim demais ter sido levado à força para uma ilha tropical, mas eu estava começando a me acostumar com aquilo. E agora? O que iríamos fazer aqui? O lugar era frio, úmido e deprimente.

— Onde estamos? — perguntei. — O que aconteceu com o Marco?

— Achei que vocês nunca fossem perguntar — disse irmão Dimitrios. — Isto aqui é uma pirâmide ainda não descoberta. No começo, nossos arqueólogos pensaram que fosse uma pirâmide antiga, um simples montículo. Elas precederam as mastabas em forma de banco, que por sua vez foram seguidas pelas pirâmides pontiagudas, que pareciam bolos em camadas. Mas percebemos que esta descoberta equivalia facilmente às espetaculares pirâmides deste vale, todas construídas para abrigar confortavelmente corpos de faraós e rainhas, os quais abençoariam esta terra para sempre. E agora esta pirâmide nos abriga!

— Acho que a bênção acabou — murmurei.

O irmão Dimitrios teve de se abaixar quando viramos para um corredor de teto baixo.

— Estas trilhas são originais, por isso são um pouco apertadas. As pirâmides parecem sólidas do lado de fora, mas são construções com muitos corredores internos. Todos os caminhos originais são inclinados. O faraó podia subir ou descer: subir em direção ao deus-sol, Rá, ou descer rumo ao deus dos mortos, Osíris. — Ele sorriu. — Imaginem câmaras cheias de ouro e joias, tudo para agradar o faraó!

— Obrigado pela aula de história — eu disse, bocejando. — Mas, se você acha que estamos ansiosos pela sua companhia, ou a de faraós mortos, lamento. E, se você acha que vai fazer lavagem cerebral em nós, como fez no Marco, lamento duplamente.

— Você não falou onde está o Marco — disse Cass.

— Tem razão, não falei — irmão Dimitrios respondeu com um meio-sorriso.

No topo da rampa havia uma grande rotunda. Paramos ali. Era um lugar impressionante, com piso polido de ladrilhos. À esquerda e à direita, havia portas de vidro fosco que se abriam para recintos internos. Logo à frente, do outro lado da rotunda, o corredor continuava. As paredes, circulares, eram pintadas com cenas detalhadas: um bebê confrontando um grifo feroz, um jovem caçador moreno atacando um vromaski com as mãos, um velho cercado por admiradores em seu leito de morte. A vida de Massarym, presumi.

Mas meu olhar foi atraído pelo retrato de um homem moreno e barbado, sentado em um bloco de pedra, com o queixo apoiado no punho, como se estivesse imerso em pensamentos. Ao seu redor, imagens das Sete Maravilhas arranjadas como os Heptakiklos.

A seus pés, havia sete folhas, cada uma com um esboço rabiscado de uma das Sete Maravilhas.

Senti o ar sufocado na garganta. Eu já tinha visto aqueles desenhos em um sonho... um sonho no qual eu era Massarym, e eu mesmo os criara.

Os serviçais e o irmão Dimitrios fizeram uma pausa na porta de vidro fosco.

— Autorização de entrada! — ele anunciou.

Uma voz estranha e mecânica saiu de alto-falantes que não se viam.

— É bom... ver vocês... bem-vindos! — a voz disse em um tom esquisito e irregular, que estalava feito uma ligação telefônica ruim. — ... ao estar de volta... Jack e Cass.

Cass e eu balançamos a cabeça. O que esperavam que fizéssemos? Agradecer a ele? Ou a ela? Ou àquilo?

A porta se abriu para uma sala muito mais ampla do que eu esperava: um espaço no subsolo do tamanho de um supermercado. Estalactites de tom branco-esverdeado pendiam do teto, a uns seis metros de altura. O chão estava coberto de tapetes, que dividiam o recinto grosseiramente em quatro partes. Em um deles, à esquerda, dois soldados — um homem e uma mulher — combatiam empunhando espadas.

À direita, bem nos fundos da sala, quatro membros da Massa giravam e chutavam furiosamente, os braços e pernas agitando o ar, apesar de nenhum tocar o outro.

Na terceira área, bem à nossa direita, havia uma gaiola de ferro. Dentro dela, um homem cheio de cicatrizes confrontava uma fera estranha, preta, semelhante a um puma. O bicho rugiu e atacou, e o homem saltou, executando uma manobra para chutar as barras da gaiola, de modo que pousasse nas costas da fera. Na mão esquerda, ele segurava uma adaga. Tive de desviar o olhar.

— É aqui que treinamos! — Irmão Dimitrios teve de gritar para se fazer ouvir em meio à barulheira. — De acordo com a grande e antiga tradição da Massa. Como nossos seguidores não são Escolhidos, precisam se esforçar bem mais. E eles adoram desafios. Observem.

Ele bateu palmas três vezes.

Começou uma sequência de movimentos. Primeiro, o tapete vazio afundou no chão, como num efeito especial, deixando um buraco retangular. Depois, uma parede de barras verticais de ferro baixou diante de nós com um ruído seco. Ela se esticou para a direita e para a esquerda, de parede a parede, como se para nos separar e nos proteger da sala. Então, a porta da gaiola da fera se abriu.

A sala inteira parou e fez silêncio: o pessoal das espadas, os lutadores, o sujeito que brigava com o animal. Até a fera parou para observar, com os olhos amarelos e ferozes.

Lentamente, algo começou a subir de dentro do grande buraco retangular. A fera arreganhou os dentes e rosnou. Os lutadores recolheram as espadas e os lutadores flexionaram os músculos.

Ombros... costas... uma figura solitária, olhando para um ponto depois de nós, estava parada no centro do tapete que subia. Vestia um uniforme brocado, os cabelos escovados bem rente à cabeça; dava para ver a marca de seu lambda.

Ele se virou e sorriu. Os dentes brilhavam, os olhos faiscavam. Ele liberava uma energia tão intensa que quase dava para ver.

— Este lugar, irmão Jack — ele disse —, é demais.

— Massa — disse irmão Dimitrios —, atacar o Marco.

49
O DOMADOR DE FERAS

Raaaaaaarrrr! A fera partiu da jaula para cima de Marco. Seus dentes brilharam, as garras se retraíram.

Os espadachins recuaram, comprimindo-se junto à parede. Marco dobrou os joelhos e pulou do tapete, girando duas vezes no ar. No auge do salto, esticou a mão para cima e bateu em três ou quatro estalactites, soltando-as.

Elas caíram no chão, quebrando-se em pedaços irregulares. Marco aterrissou bem no meio delas.

— Gatinho, gatinho, vem cá... — ele disse, pegando do chão um pedaço de estalactite em forma de lança.

Se ele estava com medo, não demonstrou. Meu coração parou. Cass agarrava meu braço com tanta força que a marca de seus dedos ficou em minha pele.

G7M. Era por causa dele que Marco estava mudando dia após dia. Ele não era mais um jogador de basquete e um nadador quase inacreditável. Seus reflexos, sua força, sua autoconfiança haviam se tornado algo sobre-humano.

A fera deu mais um bote e Marco gingou. A estalactite perfurou a lateral da criatura, que uivou de dor. Enquanto o bicho se encolhia em um canto, os dois espadachins atacaram.

Quando o primeiro golpeou, Marco recuou de repente, com uma estalactite ensanguentada na mão. A espada partiu a estalactite com um estalo abafado. Mas Marco estava indo direto ao encontro da segunda espadachim, que apontou a espada para o peito dele.

— Para! — Cass gritou. Eu me encolhi e virei para o outro lado.

Quando olhei de novo, Marco havia arqueado o corpo em um ângulo que parecia impossível. Seu corpo estava paralelo ao chão. Sua adversária voou por cima da cabeça dele, em rota de colisão com a enorme fera preta.

Mesmo cambaleando, a criatura conseguiu se levantar e abrir a boca. Em velocidade estonteante, Marco se levantou num salto e arremessou um pedaço de pedra calcária na fera. A pedra se alojou na boca do bicho, escancarando-a. Enquanto a fera uivava de dor, a espadachim desviou de sua bocarra e caiu no chão.

— De nada — disse Marco para sua até então adversária. Foi quando veio o baque do punho de um dos lutadores se conectando diretamente com o queixo dele. Por essa ele não estava esperando. Marco tropeçou para trás, girando os braços descontroladamente.

— Não! — eu gritei.

Ele ricocheteou na parede atrás de si, pulando alto e com a palma da mão bem aberta. Então partiu para cima dos lutadores e nocauteou ambos.

Os outros partiram para o ataque contra ele como ninjas anabolizados, os pés cortando o ar feito facas. Marco levantou a mão esquerda.

— Hip! — ele disse, depois levantou a direita. — Hop.

Ofeguei. Ele derrubou os dois com uma pernada, e os sujeitos escorregaram de cabeça para dentro da jaula ensanguentada.

O domador de feras ainda estava agachado lá dentro. Com seus cento e cinquenta quilos, ele fitou Marco em temeroso silêncio.

— Impressionante... — irmão Dimitrios murmurou. — Absolutamente desconcertante.

Marco ficou contemplando o caos ao seu redor. Eu o vi sacudir a cabeça como quem acaba de acordar de um sonho.

— Cacilda — ele disse —, *eu* fiz isso?

※

Girei a cadeira de rodas para voltar. A parede de barras verticais estava levantada até o teto. Irmão Dimitrios deu parabéns a Marco. Yiorgos mandou um grupo de pessoas para limpar o chão. Uma equipe de caras musculosos, de máscaras e armaduras, aplicou uma injeção de tranquilizante na fera e a levou embora.

— Extraordinário! — Dimitrios disse. — Que força! Que potencial!

Marco olhou para mim com um sorriso impressionado. Inclinou a cabeça e soltou um rugido animalesco.

— *Uhuuuuuu!* Quero fazer isso de novo!

— No devido tempo, meu garoto — disse irmão Dimitrios com um sorriso orgulhoso. — Nós faremos excelente uso de seus poderes.

Marco dançava pela sala, socando e chutando um oponente invisível. Para ele, o G7M era tudo. Nossos maravilhosos poderes. A Massa o estava levando a perder o controle. Transformando seu dom genético em um jogo de matar.

Para ele, isso era mais que diversão. Era um vício.

O que eles estarão preparando para o resto de nós?

Eu me levantei da cadeira de rodas. Não precisava dela. Minha cabeça ainda doía, mas consegui caminhar. Vivas e parabéns vinham da sala de lutas, que estava agora cheia de guardas, médicos, domadores de animais. Era o Dia do Marco no quartel-general da Massa. Todo mundo queria um pedaço da celebridade.

Atrás de nós, a rotunda estava vazia. Totalmente vazia. Ninguém estava tomando conta. Rapidamente vasculhei o salão circular e reparei que um corredor à esquerda parecia livre.

Recuei um pouco. Visualizei Aly, que desaparecera na multidão. Ela conseguira escapar ao desafiar a sorte. Ao demonstrar coragem. Fugira quando fugir parecia loucura.

Cass também recuava a meu lado. Percebi que estávamos pensando a mesma coisa.

— Pronto? — sussurrei.

— Pronto — disse ele.

— Agora!

Nós viramos e saímos correndo. Enquanto seguíamos pelo corredor, reparei em um pequeno dispositivo mecânico no teto, do tamanho de uma bola de gude, que começou a piscar com uma luz vermelha e branca.

— Depressa! — gritei.

Lutei contra a dor de cabeça. Um pé depois do outro. O caminho se inclinava para cima e se bifurcava. Escolhi a esquerda.

Um portão de metal caiu ruidosamente do teto, bloqueando o caminho.

Cass e eu nos viramos rapidamente e corremos para o outro corredor na bifurcação. Seguimos por ele, fazendo uma curva forte à direita e terminando em uma subida íngreme de degraus de pedra. Subimos os degraus de dois em dois. Parei de repente, no topo.

Diante de nós, havia uma pequena câmara à luz de velas. No centro repousava um comprido sarcófago de madeira sobre um altar de pedra. No interior havia uma múmia muito bem enrolada.

— Beco sem saída! — disse Cass.

— Tem que ter uma saída — eu disse, chegando mais perto do caixão. — Esses caras supostamente tinham passagem livre para visitar os deuses.

— Talvez tenha uma passagem secreta — disse Cass.

Reparei em algo brilhando nas fendas dos olhos da múmia. Debrucei-me sobre ela. As fendas brilharam, vermelhas.

Sensores.

— Vamos! — eu disse, empurrando Cass em direção à porta. — Rápido!

O chão tremeu. Com força. Caímos de joelhos e tentamos levantar, mas estávamos afundando rápido. A sala inteira, com múmia e tudo, começava a descer na escuridão.

50

UMA EMPRESA DE MORTE

— OI, JACK.

Abri os olhos. Não fazia ideia de onde estava. A voz vinha de todos os lados. A mesma voz eletronicamente modificada que ouvíramos antes. Eu estava deitado em um sofá em um quarto escuro, com almofadas no chão e uma tevê de tela plana mostrando paisagens espetaculares com música relaxante.

— Vocês realmente curtem deixar garotos inconscientes, hein? — perguntei.

— É a última coisa que queremos fazer — disse a voz. — Queremos garantir sua segurança. Até mesmo mimar vocês. O irmão Dimitrios pediu para colocar você nesta sala de relaxamento. Temos várias. Você está confortável?

Eu me levantei e procurei alguma janela, um espelho de duas faces, uma cortina como a do *Mágico de Oz*.

— Não estou, não — respondi. — Na verdade, estou morrendo de medo. Principalmente de você. Quem é você? Onde você está? Por que está disfarçando a voz?

— São muitas perguntas — a voz respondeu. — Vou começar pela última. Preciso disfarçar a voz. Minha identidade deve permanecer secreta para todos, menos para o alto escalão. Por questão de segurança. Sou conhecida como Nancy Emelink Amargana, mas confesso que esse nome também não é real. Talvez eu nem seja mulher.

— Então você é a chefe? — perguntei. — É você quem manda no irmão *Demente*?

— Eu não seria tão mordaz com Dimitrios — a voz respondeu. — Ele se preocupa muito com o bem-estar de vocês, além de ser um gerente supimpa.

— *Supimpa?* — Ouvir aquela palavra me incomodou. A única outra pessoa que eu conhecia que usava essa expressão era minha mãe. Ouvi-la da presidente da Massa, ou quem quer que fosse aquela pessoa, era como levar um tapa na cara. — Você está meio por fora das gírias.

A voz emitiu um estranho barulho que entendi como uma risada.

— Fora de moda, imagino. Desculpe. Se você não gosta desta sala, vou providenciar para que seja levado ao seu quarto. Cass já está lá. De qualquer maneira, pensei em lhe dar pessoalmente as boas-vindas do Conselho Executivo das Organizações Massa. Pode ter certeza de que estarei aqui para orientá-lo a tomar o caminho correto. Isso é uma promessa.

Desabei nos travesseiros e fiquei olhando sem interesse para as imagens na tevê. Organizações Massa. Ela fazia soar como se fosse uma empresa de Wall Street — o que, por alguma razão, não me surpreendia.

— Muito obrigado — murmurei.

✷

— Sinto muito, muito, muito mesmo — disse Marco, abocanhando uma colherada de sorvete de banana com chocolate e nozes. — Eu sei que vocês me acham o maior *Trutus*.

O salão tinha uma cozinha completa, uma geladeira cheia de comida e duas tevês gigantes de tela plana. Ao lado, havia quatro quartos sem janela, um para cada um de nós. Eles iam manter nós quatro juntos. Mecânica, Costureiro, Marinheiro, Traidor. E nos fizeram vestir macacões amarelos, para nos destacar até a cem metros de distância.

— Brutus — Cass murmurou. — Notório vira-casaca, traidor.

— Isso, aquele cara — disse Marco. — Ei, eu sei exatamente como vocês se sentem. Senti o mesmo quando o irmão Dimitrios me descobriu. Eu estava pronto para derrubar o cara.

— Por uns quinze segundos, até ele te virar a cabeça — Cass retrucou.

— Vocês vão mudar de ideia — Marco insistiu. — Vocês vão ver.

— Por que eles te colocaram aqui com a gente? — perguntei sem pensar. — Você não é um de nós. Você é da Massa. Devia ficar com eles. Eles são uma empresa, sabia? Uma empresa de morte. E parece que estão te treinando bem.

— Aquilo foi louco, não foi? — ele disse. — Eu mesmo não podia acreditar. Foi quase como se eu tivesse saído do corpo. Parecia que eu estava do lado de fora, observando todos aqueles movimentos. O que vocês acharam? Foi impressionante ou não foi?

Eu o rodeei.

— Está de brincadeira? Você pensa que está tudo perdoado e que tudo bem a gente ficar aqui sentado, te idolatrando?

— Jack — disse Marco, inclinando-se para frente —, coisas iradas vão acontecer com você também. E com você, Cass. E com a Aly, quando ela voltar. Esses caras não são que nem o IK. Não ficam só com exercícios cretinos, sabe, tipo nos testar na garagem, na cozinha, na montanha. Esses caras desafiam a gente. É o único jeito de forçar os talentos do G7M a aparecer. A Aly vai hackear coisas que vocês nunca imaginaram possíveis. Cass, você vai mapear rotas em todo o mundo. Jack, você... hãã...

Odiei ouvir aquela pausa em sua voz. A velha pergunta na cabeça de todo mundo: *O Jack é bom em que mesmo?*

— Não gosto disso — comentei. — Alguma coisa não me cheira bem. Parece que eles estão tentando fazer uma lavagem cerebral na gente.

— A comida é ótima, você tem que admitir — disse Cass, pegando outro pote de sorvete do freezer. — Olha, tem de amendoim também, o meu preferido. E gostei da sala de relaxamento. E da moça com voz eletrônica.

— Nancy — eu disse. — Morgana. Ou sei lá que nome falso ela usa. Ou ele. Eles estão tentando controlar nossa mente. Amansar a gente.

Marco deu um suspiro profundo. Jogou seu pote de sorvete vazio na lixeira do outro lado da sala, acertando na mosca. Cass lhe ofereceu o de amendoim, mas ele se limitou a colocar o pote na bancada.

— Eu tenho uma dívida com vocês. Se eu fosse vocês, também estaria bravo comigo. Mas eu também estou bravo. Com o IK. Eles estão naquela ilha faz uma eternidade. O que fizeram lá? Eles não sabiam nada sobre o vromaski, que quase me matou. Nem sobre o labirinto, que quase matou o Cass. Eles não sabiam o suficiente para falar pro Jack sobre o grifo, que quase matou todos nós! Aí, quando as coisas ficam ruins de verdade, eles nos mandam para o outro lado do mundo com um valentão barbudo que não consegue evitar ser preso.

— E aí a Massa tenta nos matar na Grécia! — eu o relembrei.

— Isso é porque eles não sabiam quem a gente era, irmão Jack — disse Marco. — Eles nos viram destruindo tudo em que acreditavam. Não sabiam que éramos os Escolhidos.

— Todos nós temos o lambda — eu disse. — É bem óbvio.

Marco assentiu com a cabeça.

— Eles pensaram que a gente tinha pintado o sinal, como eles fazem. Acharam que estávamos tentando falsificar as marcas para nos misturar a eles. Quando tentamos roubar o Colosso, é claro que eles ficaram agressivos. Daí o irmão Dimitrios nos viu voando e tudo mudou. Ele viu que a gente era papo reto. Ele é esperto, pessoal. Se ficarmos com o IK, a gente morre. Eles são péssimos líderes e têm ideias do século XIX. São como aqueles nerds radicais da escola que fazem piadas que ninguém entende e ignoram quando você tenta falar com eles.

— Eu sou assim — Cass levantou a voz.

— É, mas você é legal, irmão Cass — disse Marco, empurrando a cabeça do Cass de brincadeira. — Você é uma pessoa de verdade, com sentimentos. Eu confio em você. Aí é que está: eu confio nesses caras também. Eles vão cuidar da gente, nos apoiar. Nós vamos encontrar os Loculi duas vezes mais rápido.

— E depois? — perguntei.

— Não demora para eles acharem a ilha — disse Marco. — Estão quase achando. Faz alguns meses, teve uma série de broches no firewall do IK.

— Brechas — disse Cass. — Broches são coisas que se usam na camisa. Acho que eles encontraram as brechas quando a Aly teve que desligar o firewall por alguns instantes. Porque a gente precisava de informações de fora. Informações sobre você, Marco.

— Legal — disse Marco. — Então agora, quando a Massa localizar a ilha, vamos poder levar os Loculi para o lugar deles.

— E qual é a diferença entre isso e o que o Bhegad quer? — perguntei.

— O Bhegad quer destruir os Loculi — disse Marco.

— Não é o que ele diz — observei.

— Estamos falando do *Instituto Karai*, irmão Jack — disse Marco. — A missão deles é fazer o que Karai queria, ou seja, destruir os Loculi! Foi Massarym que os escondeu nas Sete Maravilhas, para que um dia eles fossem devolvidos. E, quando isso acontecer, a energia vai fluir de novo. Não apenas seremos curados, mas o continente vai subir.

— Há... subir? — Cass repetiu. — Tipo, emergir do fundo do mar, onde está há milênios?

Marco sorriu.

— Vocês podem imaginar? Uma nova porção de terra, caras. Um lugar com aquele fluxo impressionante de energia. Um ponto de encontro para as melhores mentes, os melhores atletas, os melhores em tudo no mundo, todos pegando aquela vibração de Atlântida. Imaginem só o que vão fazer. Acabar com todas as guerras, resolver a crise do combustível, fazer os melhores filmes e músicas. E nós vamos estar no nível mais alto. O Cass pode ser comissário de transportes, a Aly pode ser a chefona de tecnologia. O Jack também pode ser algo legal, porque quem vai escolher é o irmão Dimitrios. Talvez ministro da Casa Civil.

— E você? — perguntei.

Achei que ele fosse dizer "provador de comida-mor", ou "czar dos esportes", ou "magneto de garotas". Aquilo tudo era muita doideira.

Mas Marco sorriu para mim como quem entra em uma sorveteria em uma tarde quente de verão.

— O irmão Dimitrios tem grandes planos para o Imortal. Ele diz que eu tenho capacidade de liderança.

— Deixa ver se eu adivinho — eu disse. — Chefe dos bobos da corte.

Marco negou num gesto de cabeça.

— No novo mundo, vocês podem continuar me chamando de Marco. Mas, para os demais, serei Sua Alteza rei Marco Primeiro.

As palavras ficaram no ar. Eu e Cass nos entreolhamos.

— Você está brincando — eu disse.

— Ei, antigamente era bem comum ter reis de treze anos de idade — Marco rebateu. — É só estudar história. Além do mais, se Atlântida quiser prosperar, só pode ser governada por membros da família real, não é? A gente aprende fazendo. E se cerca de sábios conselheiros, como o irmão Dimitrios. E uma equipe leal. A gente vai atrair as melhores mentes do planeta. Os artistas e os atletas mais legais. Vai ser o país mais incrível de todos os tempos!

Marco estava sorrindo. E também estava doido.

— Marco, nós somos amigos, ou éramos, antes de você trair todos nós — eu disse. — Por isso tenho de ser sincero com você. Essa é a coisa mais inacreditavelmente ridícula que alguém já disse. Desculpa.

O sorriso dele se desfez. Por um momento, ele apenas olhou para a mesa.

Até que levantou o olhar, e eu quase me encolhi ao ver seus olhos, vazios e duros.

— Você me acha ridículo? — ele disse, com a voz tão fria e letal quanto sua expressão. — Ótimo. Eu me viro sem você. Diz isso ao irmão Dimitrios. Diz a ele que você não quer nada com a Massa. Que está recusando a oportunidade da sua vida. O azar é seu.

— Marco... — Cass disse, em tom de apelo.

Marco entrou em seu quarto pisando duro.

— Vou comemorar meu aniversário de catorze anos sem nenhum de vocês. Porque *eu* vou estar vivo.

51
O TELEFONE

EU SÓ CONSEGUI dormir depois das três da manhã.

Rei Marco?

Ele estava falando sério. E provavelmente conseguiu dormir profundamente. Quanto a mim, achei que jamais fosse voltar a dormir. Mas voltei, porque um despertador me acordou de um sonho agitado.

Olhei para o relógio na mesa: 5h13.

Duas horas.

Apertei o botão de soneca, mas o despertador não parava. Eu me sentei e balancei a cabeça para acordar. O ruído vinha da cama, eu sentia as vibrações. Chutei os lençóis. Nada. Levantei o travesseiro.

Um celular começou a apitar, emanando um brilho azul da tela, onde se lia ACORDE! em felizes letras amarelas.

Apertei o botão de desligar. O silêncio voltou, exceto pelo zunido mecânico da geladeira do salão e pelo som do ar-condicionado. Peguei o celular e o examinei. Não era da mesma marca do meu. Além do quê, eu não tinha mais celular. Desde que fora levado para o IK.

O aplicativo de despertador desapareceu. Em seu lugar, estava agora uma espécie de mapa. Um pontinho azul pulsava dentro de uma caixinha amarela. Diminuí o zoom da imagem. A caixa fazia parte de um círculo maior.

Ponto, caixa, círculo — o celular, este quarto, o salão. Do lado de fora do salão, havia uma rede de linhas paralelas que iam em direções diferentes — corredores. No topo da tela, uma seta apontava na diagonal à direita. Ela tinha um N, de norte.

Abri a porta do quarto, entrei cautelosamente no salão e no corredor. Não tinha ninguém.

Mas alguém *estivera* lá. Enquanto eu dormia. Alguém colocara o celular debaixo do meu travesseiro, sabendo que eu ia encontrar o aparelho e ver o mapa.

Quem? E por quê?

Comecei a caminhar, sempre de olho na tela. Voltei do corredor para o salão. O lugar cheirava a casca de banana e de laranja, e o pote de sorvete de amendoim que Marco não comera ainda estava sobre a bancada.

O ponto azul entrou no círculo enquanto eu caminhava. Passei os dedos pela tela, examinando o labirinto de caminhos. A planta do esconderijo da Massa se revelava. Os caminhos davam muito mais longe do que eu pensava. O lugar era enorme, com dezenas de quartos, um labirinto entrecruzado de corredores. O mapa era plano, mas, se eu apertasse um botão escrito "3D", ele se inclinava para revelar um corte transversal tridimensional, com caminhos em muitos níveis diferentes.

Entrei sorrateiramente no quarto de Cass e tapei sua boca com a mão. Seus olhos se arregalaram de medo, mas logo levei o dedo indicador da outra mão à boca, num gesto que sinalizava para que ele fizesse silêncio. Mostrei a ele a tela do celular, e ele pulou da cama.

— Onde você encontrou isso? — sussurrou.

— Debaixo do meu travesseiro — eu disse. — E não acho que foi a Fada do Dente que deixou. Tem alguém aqui do nosso lado. Me segue.

— Espera — disse Cass. — Descobre de quem é o celular.

Tentei acessar e-mails, fotos, o navegador, as configurações. Tudo bloqueado.

— Só o mapa e o despertador são acessíveis — concluí. — Não. Espera...

Tentei a lista de contatos. Não estava bloqueada. Todos os nomes constavam em código numérico.

Contatos: 1914114325 51351291411
2111814@13119191.31513
21449191514@13119191.31513
191129391@13119191.31513
19114141@13119191.31513

— Pronto — disse Cass.
— Pronto o quê? — perguntei.
— Os números — ele respondeu. — Estão guardados na memória.

— Não adianta muito o nosso lado — eu disse. — Para mim, esses números parecem bem aleatórios.

Cass coçou a cabeça.

— Era aí que a gente precisava da Aly.

Ele tinha razão. Isso ia ser impossível.

— Precisamos canalizar nossa Aly interior — eu disse, sem graça.

— Eu não tenho cérebro para isso — disse Cass, olhando fixamente para a tela e se apoiando em um pé e depois no outro, como se isso fosse ajudar. — Memorizar, sim. Analisar, nem tanto.

— É um código interno — eu disse.

— Dá — Cass retrucou. — E daí?

— E daí que talvez não seja tão difícil — respondi.

— E qual o sentido disso? — Cass perguntou.

Eu estava pensando em algo que meu pai e eu conversamos quando eu estava estudando história na escola.

— Na época da Segunda Guerra — eu disse —, os ingleses roubaram uma máquina de códigos dos alemães. Se eles conseguissem descobrir como funcionava, poderiam decifrar os códigos secretos do inimigo. Eles acertaram tudo, menos uma parte. Todo operador de máquinas alemão tinha que preparar a máquina teclando dez letras no alto. Se os ingleses conseguissem decifrar essas letras, conseguiriam decifrar tudo.

— Dez letras, vinte e seis no alfabeto... Isso é que nem adivinhar os números da loteria — disse Cass.

— Pior — eu disse. — Mas então alguém se deu conta de que quem teclava as letras não eram criptologistas, e sim soldados. Eles não escolheriam nada sofisticado demais, senão acabariam esquecendo. Bem, os ingleses perceberam que *Heil Hitler* tinha dez letras, e, no fim das contas, quase todos os soldados tinham usado essa senha!

— É mesmo? — Cass perguntou. — Você acha que tem nazistas aqui? Eu odeio nazistas.

— A questão é: todo mundo neste lugar tem que ler o código interno — eu disse. — Os líderes e os capangas. Então, pense simples. É isso que a Aly faz. Ela começa com o óbvio e segue a partir daí.

Cass e eu fitamos os números na tela.

— Parecem endereços de e-mail — ele disse.

— E a última parte de todos eles é igual — acrescentei. — Após o ponto.

— Ou é *com*, ou *net*, ou *org* — disse Cass.

Concordei com um gesto de cabeça.

— O primeiro número depois do ponto é três. A terceira letra do alfabeto é "c". Então, acho que é *com*. — Peguei papel e lápis numa gaveta e escrevi apressadamente:

```
1 2 3 4 5 6 7 8 9 10 11 12 13 14 15
A B C D E F G H I J K L M N O
16 17 18 19 20 21 22 23 24 25 26
P Q R S T U V W X Y Z
```

— *Com* é três, quinze, treze! — Cass gritou.

— Me dá um minuto... — eu disse, tentando equiparar todos os números a letras. — A Aly provavelmente faria isso de cabeça. Quer dizer, não dá pra saber com certeza o que fazer com as letras de dois números.

Como o número um ao lado do sete. Pode ser a primeira e a sétima letras, A e G. Ou pode ser a décima sétima letra, Q. Espera aí...

2711814@13119191.31513
BAAAHROADNEA@MASSA.COM

214919154@13119191.31513
BADDIAESON@MASSA.COM

19112391@13119191.31513
AiSALICIA@MASSA.COM

79114141@13119191.31513
SANNA@MASSA.COM

— Baaron... Baddison... Salicia... Sanna? — disse Cass.

— Acho que o b é de *brother*, irmão em inglês, e o s é de *sister*, irmã. Tipo, *brother Aaron*, ou irmão Aaron, e *sister Alicia*, ou irmã Alicia — eu disse. — Nomes de monges.

— Parece o jeito normal de falar do Marco — disse Cass. — Ele foi feito para este lugar.

— A pessoa que deixou isso aqui queria que a gente visse, mas por quê? — Saí do aplicativo e tentei abrir outros. Todos protegidos por senha. — Maravilha. Nenhum abre.

— Nenhuma outra grande sacada sobre a Segunda Guerra? — Cass perguntou.

Finalmente, cliquei em um aplicativo chamado rs. Ao abrir, ele revelou uma imagem que assustou nós dois:

— Uau — disse Cass. — O Grande Irmão está de olho.

— Eu acho que alguém estava tentando tirar uma foto, mas apertou o botão que vira a câmera para trás — eu disse, voltando ao aplicativo de mapa. — Vamos usar este e ver onde vai dar.

Cass pegou o celular e começou a examinar o mapa.

— Para onde vamos, se escaparmos?

— Vamos tentar achar a Aly, ver se ela está por perto — respondi. — Vamos nos livrar desses braceletes de irídio, para o IK nos encontrar antes da Massa.

Cass fez uma cara fúnebre.

— Isto é, se o IK ainda existir...

— Não podemos pensar no que aconteceu no acampamento no Eufrates — respondi. — Mas você ouviu o que disse o irmão Dimitrios. Eles ainda não sabem onde fica a ilha. Seja lá o que for que o pessoal dele tenha feito com o acampamento, o IK está pronto para a briga. E os geeks com certeza estão tentando nos achar.

— Então, na melhor das hipóteses, deixamos esta prisão e vamos para uma melhor — disse Cass tristemente. — Acho que dá para encarar.

Respirei fundo.

— É tudo que temos. Pense no que o Dimitrios fez, Cass. Ele sabia o que aconteceria quando tocássemos o Loculus. Ele nem se importou com aquela gente toda. Pense na Daria. Ela deu a vida por nós. Pelo menos o professor Bhegad tentou fazer alguma coisa. A Shelley não funcionou, mas ele gastou tempo e dinheiro para criar aquela coisa. As duas organizações mentiram para nós. Mas, apesar de toda a esquisitice, só uma delas evitou matar gente inocente. E é do lado dessa que eu pretendo ficar.

Os olhos de Cass perambularam pela área comum.

— Tá certo — ele disse baixinho. — Vou acordar o Marco.

— O quê? — Agarrei o braço dele. — Não, Cass. O Marco não. Ele vai nos dedurar.

— Não vai — disse Cass. — Sério. Ele trouxe a gente aqui. Ele sabe que somos uma família. Ele quer que a gente fique junto.

— Cass, desculpa, mas você está vivendo em um mundo de fantasia — eu disse.

Ele puxou o braço e corou feito uma beterraba.

— Fantasia? Você diria isso se eu te falasse, meses atrás, que você estaria agora tentando achar as Sete Maravilhas? Real é real. Se a gente se separar, a gente morre. Nada é mais importante do que ficarmos juntos, Jack. *Nada!*

De dentro do quarto de Marco, ouvi um ronco repentino. Dei uma espiada. Ele estava dormindo pesado, de bruços.

— Cass, me escuta — chiei. — Quando isso acabar, nós vamos voltar para lugares diferentes. Talvez, quando formos mais velhos, a gente possa se mudar para a mesma cidade. Mas talvez não. Porque a gente forma uma nova família quando cresce. Família de verdade. Isso é questão de sobrevivência, Cass. Se contarmos para o Marco, estaremos desistindo. Estaremos traindo a Aly. Estaremos decidindo ficar aqui e virar o tipo de zumbi que eles estão fazendo o Marco virar. Se for essa a sua definição de família, fique com ela. Mas me dê a chance de fugir sozinho.

Os olhos dele se cravaram nos meus, parecendo pegar fogo. Os cantos de sua boca se curvaram para baixo e, por um momento, pensei que ele fosse cuspir ou gritar.

Em vez disso, Cass voltou a atenção para uma câmera embutida no canto do teto.

Ele pegou o pote de sorvete que ficara largado no salão a noite inteira, tirou a tampa e impulsionou o recipiente em direção ao vidro da câmera.

Uma meleca marrom voou pelo ar, bloqueando a câmera.

— Prometa que, se conseguirmos fugir, depois voltamos para pegar o Marco — Cass pediu.

— Prometo — respondi.

Sem olhar para mim, ele seguiu em direção à porta. Peguei o que estava a meu alcance e joguei tudo em um saco plástico: uma faca, uma lanterna, um spray de pimenta, uma lata de óleo vegetal e outro pote de sorvete do freezer.

Dei uma última olhada rápida em direção ao quarto de Marco. Suas costas subiam e desciam.

Saí silenciosamente atrás de Cass.

52
Invasão hacker

— NÃO TÔ GOSTANDO disso — sussurrou Cass. — Silêncio demais.

— Estamos em uma escadaria fechada — eu disse. — Escadarias são silenciosas mesmo.

Enfiei a faca de cozinha em uma portinhola de metal na parede, na altura do olho. A tranca não cedeu, mas a porta se dobrou para fora o bastante para que eu conseguisse espiar lá dentro, com a ajuda da lanterna.

— Disjuntores — eu disse.

Cass assentiu com a cabeça.

— A Aly pode conseguir hackear o sistema deles, mas você é o próprio MacGyver.

Deslizei a faca para dentro da caixa, fiz uma prece e comecei a movimentá-la para a direita e para a esquerda. O ângulo era ruim, não havia muita força de torção, mas consegui desligar a maioria dos interruptores.

— Ou eu acabei de apagar algumas luzes — eu disse — ou desativei as máquinas de lavar.

Abrimos a porta da escadaria para o corredor. Estava um breu.

— Aleluia — eu disse. — As câmeras de segurança não vão nos pegar. Acho que dá para ir de boa só com a luz do celular.

Cass deu uma olhada no mapa e depois no longo corredor.

— Pelo menos eu conheço as dimensões deste lugar. Eu memorizei. O mapa está mostrando um monte de armários nesta área. Saletas. Principalmente de estoque, acho. Estamos longe dos corredores principais, das salas de controle e tudo o mais. É lá que ficam as saídas. Acho que a gente pode dar a volta por trás, onde parece que tem uma entrada de serviço.

Cass foi na frente. Fomos tateando pelos corredores escuros, ziguezagueando. O alcance dos disjuntores desativados acabava ali. Estávamos entrando em uma área iluminada por luzes fluorescentes do alto. Olhei para os lados, procurei por câmeras acima, mas não vi nada.

— Virando a próxima entrada à direita, estaremos perto — disse Cass.

Mas, ao nos aproximarmos do corredor seguinte, ouvi passos.

Nós nos encostamos rente à parede. No fim do corredor, onde ele fazia um T, ouvimos vozes conversando em árabe.

Eu estava encostado em uma porta. Na altura dos olhos, havia uma placa com palavras em vários idiomas. A terceira linha dizia ESTOQUE. Abaixo, havia um teclado simples, com números de um a nove.

Não havia como passarmos despercebidos com aqueles uniformes de tom amarelo-brilhante. Parecíamos duas bananas gigantes. Cass se virou para mim com os olhos arregalados de medo. *Corre*, ele disse apenas mexendo os lábios, sem emitir nenhum som.

Mas eu estava pensando nos trabalhadores que tinham de entrar e sair daquele estoque. E nos soldados alemães que tinham de colocar senhas nas máquinas que usavam.

Encarei a porta. Pensei rápido.

Massa.

Era igual a 13-1-19-19-1.

Apertei os dígitos. Nada aconteceu.

Cass estava me puxando. *Simplicidade*, pensei. *Algo fácil de lembrar. Um número que todos conheçam.*

Por pura intuição, teclei cinco dígitos.

Click.

A porta se abriu. Nós entramos correndo e a fechamos.

Fiz um esforço para meu coração não sair voando do peito. Nós ouvimos os guardas. A conversa estava ficando mais animada. Mas eles continuaram onde estavam. Não tinham ouvido nada.

Cass acendeu uma luz no alto.

— Como você fez isso? — ele sussurrou.

— Usando o cérebro — sussurrei em resposta. — Lembra do código para *com*, três-um-cinco-um-três? É um palíndromo, a mesma coisa de trás para frente. Fácil de lembrar. Algo que todos eles devem ver no celular. Então eu tentei.

— Não acredito — disse Cass. — Mal posso esperar para contar para a Aly.

Dei uma olhada rápida para os lados. As prateleiras continham todo tipo de líquido cáustico. Enchi minha bolsa de frascos de amônia e água sanitária.

Cass entusiasmou-se e pegou da prateleira de cima uma pilha de uniformes dobrados com capricho. Uniformes da Massa. Marrons e institucionais. Pareciam idênticos às roupas usadas pelo irmão Dimitrios e seus capangas.

Os olhos de Cass disseram exatamente o que eu estava pensando. Nós ficaríamos bem mais discretos usando esses uniformes.

Escolhemos aqueles que pareciam do tamanho certo e vestimos. Outra prateleira tinha um estoque de bonés que combinavam com o uniforme, todos adornados com um lambda.

Perfeito. Com esses trajes, principalmente com a aba do boné abaixada, poderíamos passar por funcionários. Pelo menos de longe. Bem de longe, para ninguém perceber que tínhamos treze anos de idade.

— Eu tenho outra rota — sussurrou Cass, olhando fixamente para o celular. — À esquerda na interseção, depois à direita na bifurcação. Tem uma sala grande que a gente precisa atravessar. Do outro lado dessa sala, estaremos pertinho da saída.

Lentamente, em silêncio, abrimos a porta e saímos. Seguimos rapidamente pelo corredor, passando por um salão como o lugar onde havíamos dormido. Então veio uma interseção.

— Cadê a bifurcação? — perguntei. — São quatro vias!

Cass apertava a tela feito doido.

— Desculpa. Tem muitos níveis sobrepostos na tela. Talvez a bifurcação esteja um nível acima de nós. Ou... ou abaixo...

— Escolhe uma! — eu disse.

— Reto — Cass respondeu.

Descemos um longo corredor em direção a uma sala grande, sobre a qual havia uma cúpula. Parecia uma espécie de centro de controle. Sem porta, só havia uma passagem em arco. Ouvimos um zumbido, bipes, gritos; de vez em quando, alguma coisa em inglês — mas até isso era inútil. *Controle atmosférico setor cinco... sistema de resíduos redirecionando para trilha 17b... limpando o tráfego aéreo...*

Um homem apareceu de repente, dando batidinhas furiosas em um tablet. Ele estava vindo bem na nossa direção. Se tirasse os olhos do tablet, estávamos ferrados. Dois garotos com as descrições exatas dos Escolhidos recém-capturados.

Puxei Cass em minha direção, fingindo lhe mostrar alguma coisa no celular. Nós nos inclinamos sobre a tela, dando as costas para o cara. Ele passou por nós correndo, sem levantar o olhar.

— Estamos tão perto — sussurrou Cass. — Mas esta sala é enorme. Parece uma espécie de centro de comando.

— Fique de cabeça baixa — eu disse. — Finja que você tem alguma coisa importante para fazer. Não corra. Caminhe feito um adulto. Quando chegarmos ao outro lado...

— Espera — disse Cass. — Você quer que a gente passe por lá caminhando direto? Nós não podemos fazer isso!

— Eles ainda não sabem que sumimos — respondi. — Este é o último lugar no qual esperariam nos ver.

— Mas...

— Pense na Aly — insisti. — Ela fez exatamente o que ninguém esperava que fizesse. É preciso ter coragem. É disso que precisamos agora.

Cass deu uma olhadela no interior da sala e engoliu em seco.

— Espero que você esteja certo.

Nós então entramos, mantendo a cabeça baixa. O local estava entupido de gente. A maioria parecia ter acabado de acordar. Nas paredes, monitores enormes olhavam feio para nós, como tabelas de voos de aeroportos. Eles mostravam corredores e salas, salões e estoques, mapas por satélite, cortes transversais de pirâmides. Um enorme telão pairava sobre tudo, com todas as diferentes vistas das instalações, dentro e fora.

Aquele era o centro de segurança deles. Rapidamente, vasculhei a sala com os olhos. O melhor era permanecer na sombra o máximo possível. Puxei Cass para perto da parede, onde o tráfego era mais leve. Seguimos em frente, quase abraçando as paredes. Vi uma passagem em arco do outro lado. Dava para outro corredor, que não parecia diferente daquele do qual viéramos. Deixei Cass liderar. Ele conhecia a rota.

Ele estava apertando o passo. Contanto que ninguém olhasse para nós, tudo estaria bem. Estávamos quase chegando à passagem em arco.

Biiiiiiiip! Biiiiiiiip! Biiiiiiiip!

O som mais parecia uma pancada na cabeça que um alarme. Emitia uma espécie de guincho por todo o recinto, atacando os ouvidos, apagando qualquer outro som. Cass deu um salto de quase um metro. Trabalhadores assustados abandonaram a tela dos computadores para olhar para o telão, que reproduzia uma mensagem em letras vermelho-vivo em um fundo branco:

FALHA DE SEGURANÇA!

Abaixo, havia fotos minhas e do Cass.

53

A SAÍDA NO FIM DO CORREDOR

— VAMOS! — GRITEI. — Depressa!

Passamos correndo pela passagem em arco e saímos da sala para um amplo e moderno corredor. Os funcionários corriam, curiosos, em direção à sala de controle. Alguns conferiam o celular.

Entramos de cabeça baixa em um banheiro e nos escondemos em duas cabines vizinhas. Um sujeito saiu da cabine ao lado da nossa, murmurando entre dentes. Esperamos que seus passos se afastassem, até não ouvi-los mais, para dar uma espiada.

— Segunda à direita! — disse Cass, de olho no celular. — Parece que tem uma saída no fim do corredor.

— Vou lá primeiro dar uma conferida! — Corri até a segunda esquina. Antes de dobrá-la, parei com as costas na parede e dei uma olhada ao redor.

O Cass tinha razão. O corredor depois da esquina dava para uma saída, a uns quinze metros de distância. Mas, diante dela, estavam Dimitrios e Yiorgos. Eles gritavam em egípcio com dois guardas com cara de miseráveis.

Voltei correndo.

— Estamos ferrados.

— O que eles estão dizendo? — sussurrou Cass.

— Como vou saber? — respondi.

Só então me dei conta de que minha cabeça estava zunindo.

E não era por causa da perseguição. Era a Canção dos Heptakiklos. Perto de nós. Bem perto.

— Você está...? — Cass perguntou.

Confirmei num gesto de cabeça. Cass deu uma olhada no celular. Então ele viu, do outro lado do corredor, na parede à frente, uma porta. Ela se assemelhava a uma caixa-forte de banco, grossa e entalhada.

— Jack? — ele sussurrou. — Quanto espaço você tem nesse saco?

Ele me mostrou nossa localização no GPS do celular. O recinto à nossa frente, atrás da porta do tipo caixa-forte, era mostrado como um retângulo.

Ali havia dois círculos brancos brilhantes.

— O dono deste celular — eu disse — com certeza está tentando nos dizer alguma coisa.

Caminhamos mais para perto.

— Cadê a tranca? — Cass chiou. — Portas de cofres têm que ter maçanetas grandes e antigas, como nos filmes.

— Shhh — fiz.

Dimitrios ainda estava falando. Eu me concentrei em um painel preto e liso, onde antes devia ter existido uma maçaneta. Ele brilhava em vermelho e preto.

— É um leitor — eu disse.

— De impressões digitais, como no IK? — Cass perguntou, com o rosto tenso. — Ou talvez um leitor de retina.

O nome do aplicativo era RS, que queria dizer *retinal scan*, justamente "leitor de retina".

— Cass, você é um gênio! — exclamei.

Peguei o celular da mão dele, que hesitou. Nossas mãos estavam muito suadas. O celular escorregou, batendo ruidosamente no chão.

Dimitrios parou de falar. Ficamos imóveis.

Peguei o celular e comecei a fuçar. Apertei o botão para acessar a grade de aplicativos. Mudei de tela rapidamente, passando direto por três delas.

— Quem está aí?

Dimitrios.

Deslizei as telas até achar o que estava procurando. RS. Cliquei. O olho tomou conta da tela. Eu me vi refletido nele e senti um aperto no peito.

Havia algo nesse olho... algo que me parecia familiar.

Faça isso. Agora!

— Jack, eles estão vindo! — Cass gritou.

Virei o celular e levantei o olho da tela em direção ao sensor.

Bip.

54

SILÊNCIO ENSURDECEDOR

A PORTA SE abriu. Nós a empurramos com força e entramos. Pesava uma tonelada.

— Stavros? É você finalmente? — berrou Dimitrios, com uma voz impaciente.

Click.

A porta fez um som estranhamente delicado ao fechar.

Prendemos a respiração. Uma voz diferente gritou da direita, a direção de onde havíamos acabado de chegar.

— Em lugar nenhum, irmão Dimitrios! Sumiram dos quartos. Os dois. Mas eles não podem ir muito longe.

Irmão Yiorgos.

Agora as vozes se encontraram, bem à nossa frente.

— E os rastreadores? — Dimitrios quis saber. — Se eles escaparem...

— Eles estão usando os braceletes — Yiorgos disse. — O IK não vai conseguir achá-los se eles escaparem. E eles não vão escapar.

Dimitrios fez um som contrariado.

— Quero todas as saídas lacradas — disse.

Pude ouvir seus passos fortes se afastando. Ficamos imóveis durante o silêncio que veio a seguir; não ousamos fazer nenhum movimento. O recinto estava um breu. Uma corda conectada a uma lâmpada no alto me roçou o topo da cabeça. Senti no peito uma sensação semelhante à de ter um hamster raivoso solto dentro de mim.

Eu sabia que havia um Loculus ali. Talvez dois Loculi. A Canção se tornara ensurdecedora. Olhei para o filete de luz sob a porta. Ele tremeu quando os guardas passaram, apressados. Agora dava para ouvir gritos aleatórios reverberando, rápida e ruidosamente. Vozes que eu não reconhecia. Línguas que eu desconhecia.

Quando acabou a onda de sons, elevei uma das mãos e puxei a corda. A lâmpada se acendeu, inundando a sala com uma luz branco-esverdeada.

O lado de trás da porta era uma chapa de metal lisa. No ponto oposto ao sensor, havia um grosso ferrolho de ferro que se abriu quando usamos o leitor de retina.

Eu me virei para a sala. Estava vazia, exceto por um cofre de parede velho e grandalhão, com o painel enferrujado:

— Tenta o padrão numérico! — eu disse.

Cass começou com 142857, depois prosseguiu com 428571 e 285714.

— Não está funcionando! — exclamou.

— Para — eu disse, olhando fixo para o painel.

Simplicidade.

As teclas numéricas pareciam velhas. Algumas estavam apagadas. Se as pessoas vinham abrindo esse cofre ao longo de anos, seus dedos haviam desgastado os números.

O desgaste revelava um padrão.

Levantei o dedo em direção ao número um. Depois, pressionei um padrão que lembrava o formato de um sete — da esquerda para a direita no topo, depois descendo na diagonal para o canto esquerdo.

1, 2, 3, 5 e 7.

A porta se abriu fazendo um clique abafado.

Dentro do cofre, havia duas caixas de madeira.

— Eureca — sussurrei.

Cass abriu uma das caixas e vislumbrou um brilho familiar: o Loculus voador. Quando ele colocou a mão dentro da caixa, o Loculus levitou ao encontro de seus dedos.

— Que bom rever isso...

Abri a outra caixa, que parecia não conter nada. Quando enfiei a mão nela, as dobras dos dedos bateram em algo duro. Eu sorri.

— Mamão com açúcar!

Presa à parede, à direita do cofre, havia uma mesa sobre a qual repousavam dois sacos resistentes, dos grandes, que sem dúvida foram usados para transportar os Loculi.

Coloquei o Loculus voador em sua caixa e a guardei dentro de um dos sacos.

O outro Loculus eu precisava ter na mão. Fui andando, hesitante, até a porta e encostei o ouvido nela. Silêncio.

Olhei para Cass e movimentei os lábios, dizendo "Vamos".

Quando nos viramos para o Loculus, a porta fez um bipe. Olhei para trás.

A tranca interna estava virando lentamente. Levantei um dos braços e puxei a corda da lâmpada. A luz se apagou.

E a porta começou a se abrir.

55
Empurre mais forte

A LUZ ACENDEU. Um homem de barba por fazer olhou diretamente para mim. Ele murmurou algo em outro idioma que soou extremamente canalha.

E desviou o olhar.

Atrás dele, uma mulher usando um boné da Massa olhou para dentro. Seus olhos circundaram o recinto.

Eu estava com as costas comprimidas contra a parede, segurando o Loculus com firmeza. Prendi a respiração. Cass agarrava meu braço com tanta força que me deu vontade de gritar. Eu quis lembrar a ele que a invisibilidade dependia do contato, não da força desse contato.

Os dois começaram a discutir. A mulher levantou o braço e apagou a luz. Lentamente, a porta começou a se fechar.

Nós aguardamos o clique. Mesmo então, nenhum de nós ousou voltar a respirar até os passos terem sumido à distância.

— Essa foi por pouco — disse Cass. — Te devo uma, Jack.

— Fique vivo — respondi. — É a melhor recompensa que você pode me dar. Agora vamos sair daqui. Segure no meu braço.

Agarrei o Loculus da invisibilidade, e Cass ficou com o voador. Ninguém conseguiria nos ver. Cuidadosamente, puxei a tranca para baixo, abri a porta com um empurrão e fui para o corredor.

A sensação era boa. Boa demais. Você não faz ideia do que seu corpo sente ao se tornar invisível. Sólido, mas sem peso. É o contrário de estar debaixo d'água. Sob ela, você tem de se ajustar à resistência. Todos os movimentos são exagerados. Com a invisibilidade, acontece o contrário. Você sente que seu braço vai voar a cada virada, que seus pés vão escorregar e jogá-lo pelo ar. Você tem que ir devagar. Dá vontade de rir.

E eu não conseguia imaginar momento menos adequado para dar risada.

Virei à esquerda. Ao chegar à esquina, dei uma olhada ao redor para encontrar a saída. No fim do longo corredor, em frente à porta de saída onde víramos Dimitrios minutos antes, havia três fortões de guarda.

Cass apertou meu braço com mais força. Levantamos só um pouquinho do chão, para evitar o ruído dos passos. Respirei fundo o ar do deserto que soprava pela porta aberta. Foi libertador.

Infelizmente, o teto era baixo demais para voarmos sobre a cabeça dos guardas. Então pairamos no ar, esperando.

O som de um caminhão fez os homens pararem de conversar. Através da porta, vi surgirem homens com rifles e tiras de munição sobre o peito. Nós nos encolhemos junto à parede, enquanto a pequena milícia entrava gritando.

Estremeci. Cass estava boquiaberto.

Os soldados eram treinados para guerra. Estavam lá para nos encontrar.

Enquanto eles se espalhavam por diferentes corredores, os três guardas voltaram em direção à porta aberta. Olharam para fora de novo, ombro com ombro.

"O que fazemos agora?", Cass mexeu os lábios sem emitir som.

Com a mão livre, peguei minha sacola e respondi, também apenas com movimentos dos lábios: "Chamamos o MacGyver".

Agora, o pote de sorvete estava melequento e pegajoso. Eu o joguei e ele caiu cerca de um metro atrás de nós, fazendo um ruído chocho. O sorvete era totalmente visível, e foi uma sujeira total. Para garantir, joguei a garrafa de óleo logo em seguida.

Os guardas deram meia-volta. A expressão no rosto mostrava como estavam intrigados, e começaram a caminhar em direção ao sorvete e ao óleo com curiosidade. Saíram da porta e foram diretamente para a nossa frente.

Recuamos, prensando ainda mais o corpo contra a parede.

Um dos guardas esbarrou em meu ombro. Com força. Quase soltei o Loculus.

Ele cambaleou para trás e ofegou. Em seus olhos, vi dois e dois sendo somados com relutância. Esses caras certamente haviam sido avisados sobre nós. Sobre o que tínhamos descoberto.

O homem chamou os outros enfaticamente. Os três tiraram a pistola do coldre.

Dois deles caminharam lentamente em nossa direção, com o olhar desfocado, mas determinado. O terceiro foi para a porta, bloqueando a fuga.

O guarda mais próximo de nós sorriu.

— Nós sabemos que vocês estão aí. Exatamente de onde não podem sair. Terei orgulho de ser aquele que vai devolvê-los. Sendo assim, vocês vão aparecer quando eu acabar de contar até três, senão vou atirar. Um...

Olhei para Cass. Meus dedos estavam suados, e o Loculus deslizava de minhas mãos. Eu o enfiei debaixo do braço.

O guarda me cutucou com o rifle e riu.

— Três!

56
BIGODES POR TODA PARTE

OUVI O CLIQUE da trava de segurança. Girei a tampa do spray de pimenta, abri e mandei ver. Com movimentos rápidos, saí da mira da arma. E lancei mais pimenta.

— Aaa... aaaaTCHIM!

Os guardas e seus aliados tropeçaram para trás. O outro, que ficava à porta, vacilou, o que me deu a oportunidade de lançar mais pimenta.

— Vamos! — gritei.

Saímos correndo do prédio sob um coro de espirros e um novo vocabulário de palavrões pesadíssimos.

Ficamos grudados no muro externo, à sombra.

Não muito longe, passamos pelo caminhão dos soldados. Ao passar, reparei em um molho de chaves no porta-copo.

— Você já dirigiu? — perguntei.

— Já — Cass respondeu. — Na fazenda.

Entramos. Cass ligou o caminhão e nós partimos, envoltos em uma nuvem de fedor.

As ruas de Nazlet el-Samman foram um alívio. Elas cheiravam a canela e carne frita. Abandonamos o caminhão na rodovia, nos afastando bastante, e seguimos a pé pelo resto do caminho.

— Polícia? — eu perguntava a quem quer que nos desse ouvidos. — Sabe onde fica a polícia?

— E uma garota mais ou menos da nossa idade, alguém viu? — Cass perguntava. — Uma garota superinteligente?

Procuramos desesperadamente ao redor para ver se achávamos algum guarda ou a Aly, mas estava difícil. A rua estava cheia de gente. Por um lado, isso nos protegia da Massa, mas, por outro, mal conseguíamos nos mexer. Tive de agarrar o braço do Cass para não perdê-lo de vista. Qualquer chapéu me parecia um boné com o lambda da Massa. Qualquer um me parecia um membro da Massa. Vi pelo menos sete homens que eram a cara do irmão Dimitrios. Havia bigodes por toda parte.

Estava chegando a hora do almoço, e os vendedores mexiam suas grandes panelas de comida. Um garoto de camiseta listrada corria para cima e para baixo, em meio aos turistas de passo lento. Ele ria, fugindo com facilidade de seu perseguidor, que parecia ser seu irmão mais novo. Uma garota veio caminhando em nossa direção de modo decidido, puxando dois bodes por cordas. Ouvimos pessoas falando alto em vários idiomas: "Logo ali... *Ella tho... Kommen sie hier bitte... Bienvenue...* O melhor!"

— Jack, estou morrendo de fome — disse Cass.

— Não — eu disse. — Agora não. Precisamos sair daqui.

— Isso é fast-food — ele disse. — Podemos comer e correr ao mesmo tempo.

— Não!

Seguimos por nossa trilha sinuosa, entre pirâmides de plástico fluorescentes, fileiras de camisetas arranjadas em cabides, nas quais se lia "MEUS PAIS ME LEVARAM AO EGITO E SÓ ME DERAM ESSA CAMISETA IDIOTA", e um artista de boina pintando o retrato de um avô que sorria pacientemente em uma tela com o nome PIRÂMIDE DO VELHO.

Puxei Cass para uma ruazinha lateral. Mesmo à luz do sol, era uma rua escura. De frente para uma porta, havia uma galinha com cara de brava que reclamou um pouco, mas logo perdeu o interesse em nós e voltou a entrar.

— O que a gente faz agora? — Cass perguntou.

— Vamos sumir deste lugar — eu disse. — Quanto mais longe, melhor. Eles vão nos seguir. Vão ver o caminhão e cobrir toda a área. Podemos ficar invisíveis, mas isso não vai nos ajudar a longo prazo. Vamos ficar de olho para ver se encontramos uma loja de ferramentas, para poder tirar essas pulseiras de irídio e torcer para o IK nos encontrar.

— Que tal ligar para casa? — Cass perguntou.

Pensei na desastrosa conversa da Aly com a mãe, em Rodes. Mas eu sabia que ouvir a voz do meu pai seria incrível. Era tentador.

— Vou pensar nisso.

Cass voltou a olhar para a rua.

— É mais fácil pensar de barriga cheia.

Esfreguei a testa. Doeu. E não era o tipo de dor esquisita que tinha a ver com o G7M e queria dizer que passara da hora do tratamento. Era pura fome.

Olhei para a direita e para a esquerda. A rua estava vazia. Não tinha ninguém vendo. Coloquei rapidamente o Loculus da invisibilidade na caixa, fechei-a e a guardei no saco.

— Fique de olhos abertos — eu disse.

Saímos da ruazinha e fomos para a área mais agitada.

Nas sombras do edifício mais próximo, um gato magro e dois filhotes mais magros ainda olharam para nós com desconfiança. Tropecei em um pedaço de pão árabe no chão e o chutei na direção deles. Quando eles atacaram o pão, um cara gordo de bigode grosso sorriu para nós, detrás de uma grelha comprida, que chiava.

— *Bueno! Bon! Primo! Ausgezeichnet! Oraio!* O melhor!

Ele fincou um pedaço de carne de kebab em um palito, e Cass engoliu de uma vez.

— Ahhh, ele tem razão — disse Cass, com um sorriso de felicidade. — É impressionante. Vou querer um inteiro, senhor.

Apontei para um pedaço de carne assando no espeto que me pareceu deliciosa.

— Seja o que for.

— Ahmed! Kebab, *shwarma*! — o cara gritou.

Seu parceiro, um sujeito alto de bigode mais grosso ainda e braços musculosos, serviu primeiro o prato de Cass. Então cortou cinco pedaços de carne de *shwarma* e as colocou dentro de um pão árabe fofo com cebola, pimentão e arroz fumegante.

Antes mesmo de morder, eu já estava salivando.

— Ah, garotos famintos! — o homem disse. — Dólares americanos? Apenas seis! — Ele sorriu. — Ok, para vocês faço por dois e cinquenta!

Dinheiro.

Eu acabara esquecendo de trazer dinheiro em meio aos preparativos para a fuga.

— Hááá... Cass?

— Saí de casa sem meu cartão — disse ele.

Olhei para o vendedor. Ele estava atendendo outro freguês, um gordo com chapéu de Indiana Jones, bermuda xadrez, meias brancas e sandálias, acompanhado da família, mais quatro pessoas.

A invisibilidade viria bem a calhar. Virei o saco e abri a caixa.

— Hahahahaha! — Rindo histericamente, o garoto da camiseta listrada passou correndo. Ele bateu com força no meu braço. A caixa caiu na rua.

— O Loculus! — Cass gritou.

Abaixei atrás da caixa e consegui trazê-la para a calçada. Apalpei a caixa por dentro, rezando para o Loculus ainda estar lá.

Nada. Eu ouvia a música. Eu sabia que o Loculus estava em algum lugar por perto. Mas não conseguia vê-lo.

— Sumiu — eu disse.

Cass estava de joelhos, apalpando ao redor. Fui para o lado dele para ajudá-lo. As pessoas gritavam, sem entender nada, quando as empurrávamos.

— Ei! — gritou o cara do kebab.

Eu me virei. Ahmed, seu parceiro, estava pulando a banca.

— Ladrão! — ele disse. — Paga!

Os turistas começaram a se virar para olhar. Um cara grisalho que estava tomando sorvete tirou uma foto. Uma garotinha começou a chorar.

— Segura eles! — Ahmed gritou.

Não havia tempo para pensar. Eu me atirei em meio à multidão. Derrubei uma cesta, irritando um encantador de serpentes, que tentou me bater com seu oboé. Mais gente começou a se juntar para olhar, e eu tropecei em dois cabritos que estavam bebendo água em uma poça. Eles baliram com raiva, enquanto saí tropeçando nas pedras. Parei em frente a um trio de dançarinos de break com roupas brancas esvoaçantes.

— Dá licença — eu disse, me enfiando em uma ruazinha paralela.

Encostado em um muro escuro, retomei o fôlego. Olhei para os lados freneticamente, procurando Cass.

Cadê o Cass?

Voltei em direção à rua principal.

— Cass! — gritei. — Cass, cadê você?

— *Você!* — Eu me virei ao ouvir uma voz grunhida. Ahmed estava vindo atrás de mim com os punhos cerrados. Corri novamente para o meio da multidão. O parceiro de Ahmed estava esperando, com um sorriso no rosto e os braços abertos.

Os dois cabritinhos levantaram os olhos da poça de água e me lançaram um olhar feio. Ajoelhei-me, peguei um deles e atirei no homem.

Ele pareceu assustado e pegou o bicho por instinto. Dei a volta em sua barraca e me enfiei no meio da multidão. Agachado, fui abrindo caminho entre as pessoas, torcendo para dar de cara com Cass.

Passei debaixo de uma entrada em arco que dava para um pátio. Corri a toda velocidade para o outro lado e saí em uma rua menos turística e mais ampla, com edifícios que pareciam caixotes, um ponto de ônibus e um posto de gasolina.

— Cass? — chamei.

Um carro parou cantando os pneus no meio-fio. O motorista gritou:

— Táxi? Táxi?

— Não! — respondi.

A porta do táxi se abriu com força, como se tivesse sido chutada. Eu recuei, quase caindo na calçada. Vi uma massa de tecido branco, um enorme par de óculos de sol e uma barba. Barba ruiva.

Uma mão carnuda me agarrou pela nuca e me fez entrar de cabeça no banco de trás.

57
Relaxando

— Tenho um. Preciso do outro.

Desenrolei meu corpo contorcido no chão do táxi. Eu conhecia aquela voz.

— Torquin?

Meu sequestrador puxou o capuz branco que cobria os fartos e encaracolados cabelos ruivos.

— Melhor você sentar — ele disse.

Eu o fitei, completamente embasbacado.

— Como...?

À minha esquerda, outra voz entrou na conversa.

— Ele está aqui porque eu pedi a um cara da loja de ferramentas para cortar minha pulseira de irídio.

Eu me virei em direção à voz. Fiquei tão perplexo ao ver Torquin que não reparei em quem estava comigo no banco de trás. Aly sorriu.

— Pode me abraçar. Tudo bem.

Eu a abracei com força, espremendo-a.

— Fiquei tão preocupado com você!

— Ficou? — ela perguntou.

— Fiquei! — exclamei, desfazendo o abraço. — Olha, a gente pode conversar mais tarde. Escuta, Aly. O Marco não está mais conosco. Ele está com a Massa, e eu não acho que ele vá voltar. O Cass está em algum lugar lá atrás, na rua principal. A gente se perdeu. Preciso correr até lá para ver se o encontro.

— A Massa está vindo — disse Torquin, fechando a porta. — Não posso deixar você ir. Torquin acha ele.

Ouvi sirenes ao longe. Vi um carro de polícia parar de repente ao lado de um ônibus público. Um policial e o irmão Dimitrios saíram do carro.

— Vamos! — Torquin disse.

Procurei sair do campo de visão de quem estava lá fora. O motorista do táxi ligou o carro.

— Inglês? — disse. — Para onde vamos?

Antes que qualquer um de nós pudesse responder, a porta se escancarou. Senti algo batendo em mim e caí sobre a Aly.

Quando a porta se fechou de novo, Cass se materializou do nada no banco ao meu lado.

— Todo mundo presente — ele disse, soltando dois sacos no chão do táxi. — Inclusive os Loculi.

Aly berrou e se jogou sobre mim para abraçar o Cass, e eu fiquei esmagado no meio de um enorme sanduíche.

— Você está bem? — ela perguntou.

— O kebab me deu gases — disse Cass. — Fora isso, estou *em odnitnes meb*.

— Aeroporto — Torquin interrompeu.

Quando o motorista pisou no acelerador, vi seus olhos pelo espelho retrovisor: pareciam duas lanternas brancas.

— Ora, ora, o terrorista maluco voltou! — Fiddle gritou quando descemos do avião parado na pista de decolagem do IK.

Uma mulher de cabeça raspada correu em nossa direção e me envolveu em um abraço. Custou um pouquinho até eu reconhecer Nirvana.

— Quanto tempo — ela disse. — Mais do que você imagina.

O professor Bhegad veio caminhando até a escada do avião, mancando ligeiramente. Seu casaco de tweed parecia um pouquinho mais gasto, e ele estava com o cabelo mais grisalho e mais ralo.

— Onde estão os Loculi? — ele gritou.

Desci da escada com os braços estendidos, segurando os sacos com os Loculi.

— Estão aqui dentro, professor — eu disse.

Ele os pegou com um sorriso enorme no rosto.

— Maravilhoso! Maravilhoso!

— Hááá, nós também estamos bem — disse Aly. — Obrigada por perguntar.

Bhegad pôs os sacos no chão, depois se virou timidamente em nossa direção. Ele estendeu a mão para mim e eu a apertei.

— Bem, Jack, você não parece uma semana sequer mais velho. O que faz todo o sentido. Aly... Cass... que bom ter vocês de volta.

— Nós... nós perdemos o Marco — eu disse baixinho. — Ele está com a Massa.

Os ombros de Bhegad caíram.

— Sim, bem, eu receava que isso fosse acontecer. Nós vamos lidar com a situação. Mas não nos concentremos agora no lado negativo. Temos vocês, temos os Loculi. Só faltam cinco. — Ele se encurvou para conferir o conteúdo dos sacos. Abriu a caixa que continha o Loculus invisível. — Não tem nada nesta caixa...

— O poder deste Loculus é a invisibilidade — eu disse.

— Extraordinário... — ele comentou, olhando mais de perto. — Parece que as caixas estão revestidas com irídio... o que impede os Loculi de transmitir poder. Como eles sabem disso?

— Eles sabem de muita coisa — disse Aly.

Bhegad assentiu com a cabeça.

— E, agora que estão com o Marco, sabem ainda mais. Nós teremos de agir rápido. — Ele esfregou a testa e deu um sorriso cansado. — Mas, primeiro, uma pequena comemoração no Comestíbulo. Todo mundo sentiu falta de vocês. Vamos. Os quartos estão à espera de vocês. Tomem um banho, se acomodem, fiquem *da boa*...

— O termo é *de boa*, professor — disse Nirvana.

— Ah, bem, é impossível acompanhar as mudanças de gíria — disse Bhegad, apertando o passo em direção ao campus. — O jantar começa às sete. O tema do cardápio será as Sete Maravilhas. Ensopado de carne colossal, pudim piramidal, salada dos jardins suspensos e assim por diante. Então, meus filhos, voltamos a nos ver depois que vocês descansarem.

Dei uma olhada para Aly e Cass.

Eu queria tanto me sentir bem por estar de volta.

Quase consegui.

✺

— Que diabo é um pudim piramidal? — Cass perguntou, desabando na minha cama. Ele ainda estava com o cabelo molhado do banho e vestia roupas do IK, limpas e brancas.

Aly entrou logo em seguida.

— Pudim é, tipo, creme de ovos. Minha mãe sempre pede nos restaurantes.

Eu não tinha terminado de me vestir, ainda estava colocando a calça.

— Dá licença?

— Não vou olhar — disse Aly, virando de costas.

Puxei o zíper e fechei o cinto. Peguei o celular na cômoda, o qual eu havia tirado do bolso da roupa da Massa.

Cass estava olhando fixamente para ele.

— Espera. Você ainda está com o celular?

Assenti num gesto de cabeça. Perguntei-me se ele ainda funcionaria. Apertei o botão na base do aparelho e vi um flash brilhando na tela: BATERIA FRACA.

Apertei OK e o olho gigante apareceu na tela.

— Que diabo é isso? — Aly perguntou.

— A razão pela qual nós saímos — eu disse.

— Nós tivemos ajuda de alguém — Cass acrescentou. — Um *etnamrofni*.

— Espera. Tem um *informante* dentro da Massa? — Aly perguntou.

Meu cérebro estava a mil. Voltando à nossa captura. O resgate fora emocionante e eu não quis pensar nas coisas ruins. Marco. Daria.

Só de pensar neles agora, me dava uma dor no peito.

Mas o olho parecia me encarar, como se tivesse vida. Parecia me conhecer.

— É — eu disse. — Um informante.

— Você sabe quem é ela? — Aly perguntou.

— Não — respondi. — Como você sabe que é mulher?

— Os cílios — Aly respondeu. — Têm rímel. E parece que tem um pouco de delineador também.

Apertei a tela com o polegar e abri o aplicativo de contatos.

— Tem um nome no topo da lista — eu disse. — Provavelmente o dela. Quer dizer, são os contatos *dela*. Está em código, como o restante dos nomes.

Nós olhamos para o número: 1914114325 51351291411. Peguei um lápis e um pedaço de papel, onde escrevi o código de substituição de números.

Então, lentamente, fui combinando os números às letras:

SNANCY EMELINK

— Irmã Nancy... — eu disse. — Nancy Emelink. A pessoa cuja voz ouvimos naquela sala com as almofadas. A chefe da Massa.

— Era uma mulher? — Cass perguntou.

— E ela disse o nome dela pra você? — Aly acrescentou.

— Para mim ela não disse — Cass observou.

Voltei a pensar naquele dia. No que a mulher dissera. As palavras eram tão estranhas...

— Mas havia outro nome. Morgana... Margana... Amargana? Não está aqui nesses números, mas ela mencionou.

— Hum — disse Cass, inclinando a cabeça. — Olha que coisa esquisita. *Amargana?* Ela disse isso mesmo? Porque *amargana*, além de ser amargo demais para um nome, é *anagrama* ao contrário!

Um anagrama.

Aquela pessoa, dona da voz esquisita, acrescentara a palavra no fim de seu nome. Por quê?

Escrevi o nome NANCY EMELINK em grandes letras garrafais. Imediatamente Aly entrou em ação. Eu a vi escrevendo AMY CLENKINEN, LYNN MCANIKEE e mais um monte de outras combinações.

Mas não consegui me animar a pegar um lápis. As letras pareciam dançar no papel, rearranjando-se em minha mente.

Senti uma pontada fria na base da espinha, que subiu até o pescoço.

— Para — eu disse.

Aly olhou para cima.

— Como é?

— Eu disse *para*!

Peguei o lápis da mão dela. Minha mão tremia enquanto eu organizava as letras que estava vendo.

MCKINLEY

— O que foi? — Aly perguntou. — É alguma pegadinha?

Cass espiou por cima do meu ombro.

— Tem umas letras de fora — ele disse. — N, A, N, E...

Elas dançaram na minha cabeça também. E, com a dança, senti o sangue sendo sugado do meu corpo para os dedos dos pés.

— Me dá o telefone — pedi, e minha voz soou seca.

— Jack...? — Aly disse.

— *Me dá logo!*

Ela me entregou o aparelho, e eu toquei na tela. O grande olho ainda estava lá, olhando para mim. A íris que nos levara até a sala secreta. A razão pela qual estávamos onde estávamos, sãos e salvos.

Toquei a tela com os dedos indicador e polegar e os juntei. Surgiram a testa e o nariz. Repeti o movimento e o zoom diminuiu, mostrando uma pessoa inteira. Uma mulher de uniforme. Ela estava em um grupo, ao lado dos irmãos Dimitrios, Yiorgos e Stavros.

Ela estava sorrindo. Eu conhecia aquele sorriso.

Não pode ser.

Dei zoom de novo, lentamente, aumentando a imagem da mulher até que somente ela preenchesse a tela.

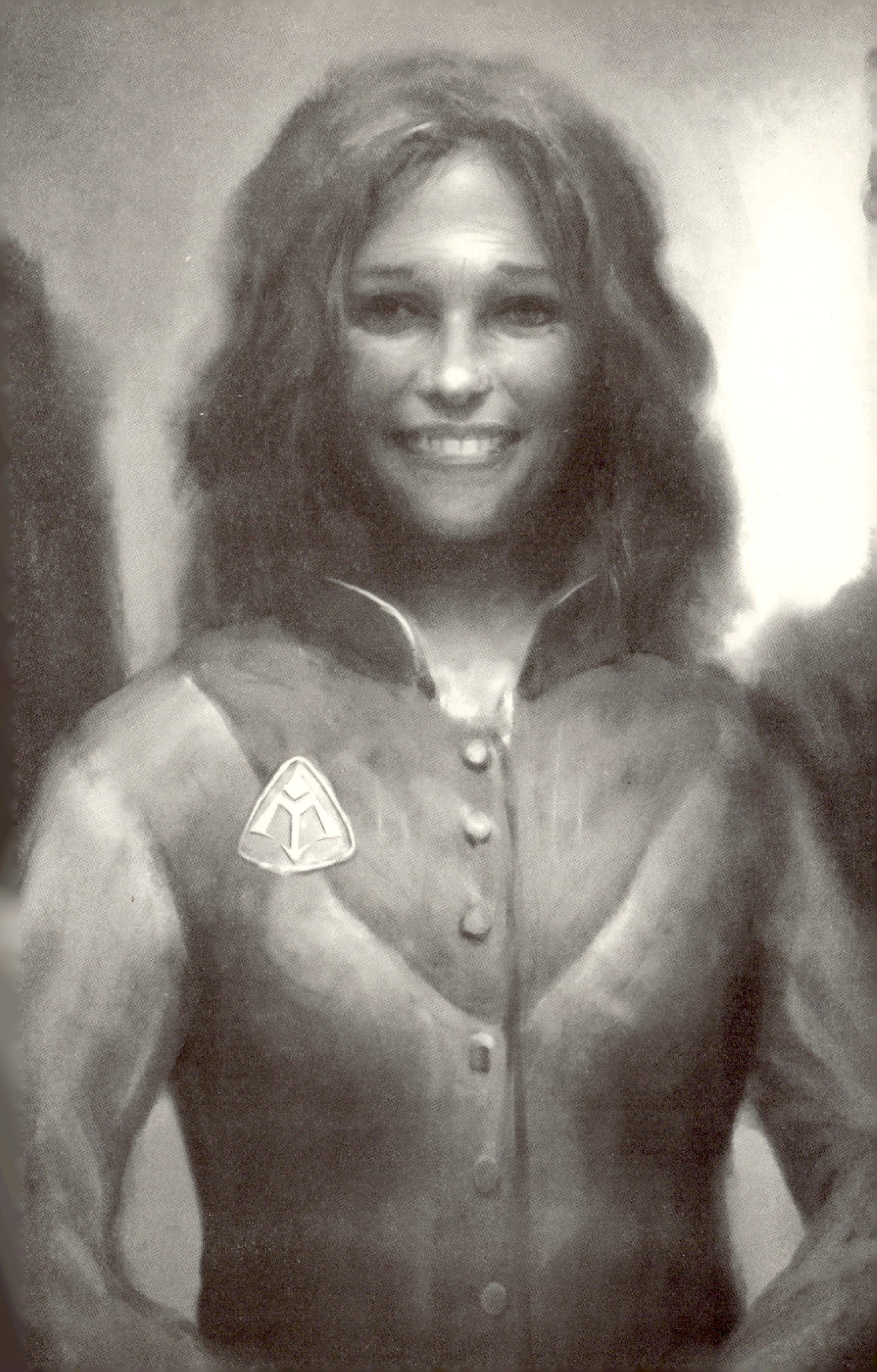

Bem-vindo ao estar de volta.

A chefe da Massa dissera isso. Ela havia usado exatamente essas palavras. Não tinha sido fácil entender, e eu estava com tanta raiva que nem escutei direito.

Era uma frase que eu só havia escutado de uma pessoa na vida.

Meus dedos ficaram frouxos. O celular escorregou da minha mão e caiu no chão. Tentei mover os lábios para falar, mas não consegui. O olho pertencia à pessoa da foto. Uma pessoa que não poderia estar lá. Uma pessoa que havia morrido muitos anos atrás.

— É *Anne*... As letras formam Anne McKinley... — eu disse.

Não tive forças para continuar. Mas Cass e Aly estavam olhando fixamente para mim, perplexos. As palavras precisavam ser ditas. Engoli em seco.

— A chefe da Massa — eu disse — é a minha mãe.

Este livro foi impresso em papel
Pólen Soft 80 g/m², na Markgraph.